한시로 들려주는 인생이야기

"이 저서는 2017년도 강릉원주대학교 전임교원 연구년 지원에 의하여 수행되었음"
("This study was supported by Gangneung-Wonju National University.")

한시로 들려주는 인생이야기

최일의 지음

차이나하우스

책을 펴내며

'시는 결핍에 대한 찬찬한 응시이며 슬픔의 결정체이다'

누구의 삶인들 눈물로 쓴 시 한 편이 아니겠으며 천일야화(千一夜話)가 아니랴만 시인의 삶은 더욱 구구절절 기막힌 사연들로 가득하다. 그렇지만 시의 연구는 이성적이고 객관적이어야 한다. 때문에 독만권서(讀萬卷書), 행만리로(行萬里路)는 시인에게만 요구되는 덕목이 아니다. 연구자 역시 이런 역량이 축적되어야 시를 제대로 읽어낼 수 있다. 다만 시를 읽는 사람의 마음이 너무 이성적이어서 감정까지 창백한 무채색의 상태라면 시를 제대로 읽어낼 수 있을까? 시인이 울면서 쓴 시를 제대로 감상하려면 연구자 역시 마음 한편에 우는 가슴을 갖고 있어야 하지 않을까? 마치 좌심방에 이성을, 우심방에 감정을 담아 놓고 양 방향으로 순환시키듯 말이다.

연구자 역시 주변의 흔하디흔한 것들도 예사로이 넘기지 않는 예민한 감수성을 지니고서 아픈 이들과 함께 울 수 있는 공감 능력이 구비되어야 비로소 시인의 본심을 파악하여 시를 제대로 읽어낼 수 있지 않을까 생각된다. 그런 면에서 이 책은 시인과 함께 우는 마음으로, 시인의 손을 잡고 함께 걷는 마음으로 쓰려 했다. 그렇기에 간혹 필자의 개인적이고 주관적인 경험과 고백을 글 속에 가미할 수밖에 없었는데 이로 인해 자칫 객관적인 시 읽기를 소홀히 하지 않았을까 하는 염려가 드는 것도 사실이다. 다만 나도 싫어하고 있는 나의 페르소나(persona)이긴 하지만 내가 무미건조하고 비(非)감정적인 사람이다 보니 설령 의식적으로 시인과 함께 울면서 주관적 감정 색채를 가미하였다손 치더라도 금방 나의 본령인 무감정하고 논리적인 페르소나에 의해 가려졌을 것이라는 위안을 해보기도 한다.

한시는 중국 고대 지식인의 삶의 이야기이다.

그들이 생존하던 당시의 세계관과 인생관을 날줄과 씨줄로 삼아 잘 짜여진 삶이 뇩

진하게 녹아져 있는 문학형식이 곧 한시다. 그러니 한시를 통해서 시인들의 삶을 엿볼 수 있는 것은 당연한 일이며 그 일은 매우 즐겁고 설레는 일이기도 하다. 그런데 시에 반영된 삶의 양상은 고대 중국인 특유의 독특하고 개성적인 측면도 없지 않지만 대부분은 사랑과 이별이라든지, 인생의 유한한 숙명이라든지, 결핍과 고통으로 인한 상처라든지 하는 인간으로서의 보편적인 삶이 노래되는 경우가 많다. 때문에 필자는 중국 고대의 한시를 우리나라 조선의 한시나 또는 현대 시인의 시와도 함께 얘기할 수 있다고 생각하고 있다. 그래서 이 책에서는 중국과 조선의 고대 시인은 물론이고 한국과 동서양의 현대 시인의 시도 수시로 인용하여 동서와 고금의 시공(時空) 넘나들기를 반복하며 재미있게 얘기를 펼치고자 하였다. 자칫 산만해지고 초점이 흐려질 우려가 없지 않아 있겠지만 이 책의 줄거리는 주제인 한시와 인생이야기가 항상 든든하게 받쳐주도록 주의를 게을리 하지 않았다.

이 책은 모두 7장으로 구성되어 있다. 대부분 인생과 관련한 한시 이야기들이며 각 장의 말미에 한시와 관련이 없는 내용들을 후기(後記)처럼 덧붙였는데, 특히 제4장, 제5장, 제6장에서는 나와 나의 가족 그리고 주변의 이야기를 풀어놓았기에 나의 내밀한 모습이 여과 없이 그대로 드러날 것 같아 부끄러우면서 한편으로 조심스럽기만 하다. 독자들께서는 널리 양해해 주셨으면 한다.

이 책에는 지금까지 살면서 갖게 된 나의 인생관, 그리고 앞으로 살아가기 위해 다짐하고 있는 나의 지향과 좌우명을 사이사이에 소개하였다. 요즘 마음속에 품고 있는 생각들 중에 혹시 아직 꺼내 놓지 못한 얘기가 있지는 않을까 마음 구석구석을 점검해 보고 꼼꼼히 정리하려 나름 애를 써봤다. 이미 지천명(知天命)에 들어선 이즈음에 과감한 고백성사를 통한 중간 점검이 필요한 시점이 되었다고 판단되었기 때문이다.

내 인생관을 고스란히 담은 이 책에 나는 앞으로 다른 책들보다 더 정을 줄지도 모르겠다. 가끔은 이 책을 쓰다듬으면서 내가 내뱉은 말들의 의미와 무게들을 곱씹게 될지도 모르겠다. 이 책을 계기로 무한한 앎과 학문의 세계에서 더 이상 나태하거나 혹은 주눅 들지 않고 과감하게 용기와 열정을 내서 정진할 수 있는 올곧은 결기가 되살아날 수 있다면 더 바랄 나위 없겠다.

중국문학이론가 유협(劉勰)이 ≪문심조룡(文心雕龍)≫의 맨 마지막 편인 <서지(序志)>편의 찬(贊)에서 한 말은 나에게 학문하는 의의와 자세, 그리고 글쓰기의 의미와 가치를 수시로 환기시켜주곤 한다.

| 生也有涯, | 삶은 끝이 있으나 |
| 無涯惟智. | 앎의 세계만은 끝이 없어라. |

逐物實難,	만물의 진상을 규명하기는 정말로 어려우나
憑性良易.	자연 본성에 의지하면 진실로 이해하기 쉬워라.
傲岸泉石,	자연 속에서 구속 없이 고고하게 살면서
咀嚼文義.	글의 참된 뜻을 곰곰 되새겨 보노라.
文果載心,	글이 정말 마음을 실을 수 있다면
余心有寄!	내 마음 부칠 곳 있음이라!

'생야유애(生也有涯), 무애유지(無涯惟智)'

이 글귀는 따로 서예로 남겨서 책상 앞에 걸어놓을 정도로 내가 좋아하는 말이다. 이는 학해무애(學海無涯)라는 학문 세계의 끝없음에 대해서 말한 것으로 장자(莊子)의 "나의 삶은 끝이 있으나 앎의 세계는 끝이 없어라.(吾生也有涯, 而知也無涯.)"를 약간 변용한 말이기도 하다.

그런데 위 찬의 마지막 글귀인 "문과재심(文果載心), 여심유기(余心有寄!)"는 정말로 우리 학문하고 글 쓰는 사람에게 한없는 위로를 주는 말이라 더욱 가슴에 와 닿는다. 유협이 ≪문심조룡≫에다 자기의 마음을 부치려 하였듯이 나도 이 책에 내 마음을 담아보려고 최선을 다하였다. 그런데 아무리 논리적인 언어로 설득력 있게 펼친다 하여도 역시 언어란 수단은 만족스러운 전달을 기약하지 못하며 게다가 자칫 오해를 낳기도 쉽다. 게다가 필자의 필력이 그다지 유려하지는 못하고 학문 역시 연박하지 못하여 목표한 수준에 도달했을지는 여전히 의문이 든다. 그럼에도 불구하고 끝없는 지식의 세계를 우보천리(牛步千里)로 뚜벅뚜벅 즐겁게 걸어가면서 문득 깨닫는 바가 있을 때면 글로 써서 내 생각을 담아보겠다는 소망은 여전히 올곧게 견지하고자 하는 나의 빙심(氷心)이다.

이 책을 내기까지 많은 책들을 참고하였고 기억 속에 있던 지식을 저도 모르게 꺼내 썼지만 일일이 주석을 달아 밝히지는 못했다. 전반적으로 이야기식으로 풀어가려다 보니 논문류처럼 주석을 달면 딱딱해질까봐 염려해서였다. 나에게 많은 지식의 자양분을 제공한 책과 주석서, 논문 등의 저자들에게 깊은 감사를 드리며 일일이 출처를 밝히지 못한 점 널리 혜량하여 주시기 바란다.

이 책은 2016년 2월에 쓴 《한시와 인생이야기》(해람기획)를 대폭 수정하여 출판하는 개정판이라고 할 수 있다. 어느덧 3년의 시간이 흐르면서 자료가 보강이 된 관계로 내용을 보충해야 할 필요성이 생겼고 동시에 이 책의 주제인 인생이야기로 내용의 집중도를 높이기 위해 장절을 첨삭해야할 필요가 있다고 느꼈기 때문이다.

이 조그마한 책을 내는 데도 많은 분들의 도움이 있었다. 항상 옆에서 묵묵하게 자리를 지켜 주고 있는 아내에게 감사하고 구순(九旬)을 넘기신 사랑하는 어머니와 형제 가족들에게도 고마운 마음을 나누고 싶다. 그리고 원고를 사전에 꼼꼼하게 읽어준 김영식 선생님과 지도학생 이수회·정정주 두 동학의 도움에 깊이 감사드린다. 그리고 이 책의 출판을 흔쾌히 허락해준 차이나하우스의 이건웅 사장님과 안우리 실장님, 그리고 편집 및 디자인 책임자에게도 깊이 감사드린다.

2019. 2.

저자 최일의 삼가 씀

목차

제4장 참나를 찾아서

제5장 꿈과 희망

제6장 사랑과 이별

제7장 생이별과 사별

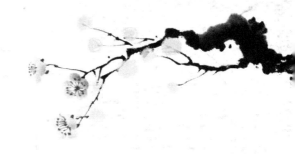

제1장

삶의 길

길은 아득히 멀기만 하다

(路漫漫其修遠兮)

1.1. 삶의 길은 만 리의 길

　인생이 무엇인지, 삶의 길이 무엇인지에 대해 정의하는 것은 우주가 무엇인지 정의하는 것과 마찬가지로 어려운 일이 아닐 수 없다. 누군가의 삶은 물리학의 전자기파의 파동이나 전자기장보다 복잡하고 다양하다. 물리학은 어떻게든 정리할 수 있고 설명이라도 할 수 있지만 인생은 그렇게 설명하기가 쉽지 않다. 그렇기에 미국의 시인 로버트 프로스트 역시 <자작나무>에서 "인생이 정말 길 없는 숲 같다."고 하여 길 찾기의 어려움을 토로하고 있다.

'인간은 노력하는 한 방황한다'

　이 말은 독일의 문호 괴테의 거작 ≪파우스트≫의 핵심적인 내용이다. 이 말을 원뜻에 가깝게 해석하자면 인간이 지향과 목적의식을 갖고 있는 한 방황하기 마련이라는 얘기다. 내가 길을 찾아 헤매고 있는 것은 결국 가야 할 곳이 있기 때문이라는 거다. 때문에 우리는 설령 지난한 작업이라고 할지라도 우리의 삶의 길에 대해서 한 번 모색해 보아야 한다고 생각되기에, 중국의 한시에서는 과연 삶의 길을 어떻게 노래하고 있는지 살펴보고자 한다.

　시는 삶의 갖가지 양상을 드러내주는 동시에 그것을 읽는 독자의 마음을 위로해주기도 한다.

근대 중국의 유명한 문학이론가인 왕국유(王國維)가 <홍루몽평론(紅樓夢評論)>에서 예술 중에서도 시와 희곡, 소설을 최고봉으로 간주한 것도 그것들이 인생을 잘 묘사하였기 때문이었으며, 그중에서도 시라는 장르는 우주와 인생의 근본적인 문제들을 다루고 있는 철학적 특징을 지니면서도 동시에 인간을 정신적으로 위로해주는 본질적 가치를 지니고 있기에 철학보다 더욱 가치가 있다고 여겼기 때문이었다.

시가 삶의 양상을 묘사해준다는 것은 곧 시 속에 사람 사는 길이 있다는 것을 의미한다. 사람이 산다는 것이 곧 길 위에 서서 길을 가는 것과 다를 바 없다고 한다면 우리는 그 길의 전모를 시 속에서 충분히 찾아볼 수 있을 것이다.

인생은 무거운 짐을 지고 먼 길을 가는 것이다. 우리가 걸어야 할 삶의 길은 끝이 없이 멀고 아득하다. 때문에 "임무는 막중한데 갈 길이 멀구나.(任重而道遠)"라는 현실 직시가 필요하고, 굴원(屈原)처럼 "길은 아득히 멀기만 하나(路漫漫其修遠兮) 나는 장차 위아래로 오르며 길을 찾아보리라.(吾將上下而求索)"(<이소(離騷)>)라는 담대한 다짐이 필요하다.

이처럼 걸어야 할 길이 아득히 멀고도 험난하다는 것을 발견하고 마음의 준비를 갖추는 일이 삶의 길을 나서고자 하는 출발 단계에서는 무엇보다 중요하다.

왕국유는 ≪인간사화(人間詞話)≫에서 대학문과 대사업을 성취하려는 자가 꼭 거쳐야 하는 세 가지 경계 중 첫 번째 단계를 "작야서풍조벽수(昨夜西風凋碧樹). 독상고루(獨上高樓), 망진천애로(望盡天涯路).", 즉 "어제 저녁 서풍에 푸른 나무 시드니, 홀로 높은 누대에 올라 하늘 끝까지 난 길을 다 바라보네."로 묘사하였다. 이 역시 눈 앞에 끝없이 펼쳐진 길을 직시하는 것이 곧 길을 걷는 자, 또는 삶을 살아가야 할 우리가 반드시 직면해야 할 최초의 현실임을 알려주고 있다.

'행만리로(行萬里路), 독만권서(讀萬卷書)'

중국 시인들은 만 권의 책을 읽는 것과 동시에 만 리의 길을 걸어야 한다고 생각하였다. 독서와 경험을 동시에 중시한 관점이다. 만 리의 길이란 그만큼 인생길이 멀고 험난하다는 것이요 또한 우리가 반드시 만 리의 길을 걸어보아야만 비로소 삶의 비의를 엿볼 수 있다는 말이라고 생각된다. 그래서 우리나라 현대시인 이원규는 <족필(足筆)>에서 노래했다. "걸어서/ 만 리 길을 가본 자만이/ 겨우 알 수 있으리/ 발바닥이 곧 날개이자// 한 자루 필생의 붓이었다는 것을!"

삶을 사는 길이 아득히 멀게만 느껴지는 이유는 과연 어디에 있을까? 그것은 뚜렷하고 선명하게 내 앞에 놓인 길이란 애초에 존재하지 않기 때문이다. 원래 진리를 찾는 데는 길이 없어서(大道無門) 우리는 하는 수 없이 길 없는 길(無路之路)을 걸어야만 하기 때문에 그 초입에 서서 아득하고 망연함을 느낄 수밖에 없는 것이다. 한국의 여류시인 문정희가 <먼 길>에서 "이 먼 길을 내가 걸어오다니, 어디에도 아는 길은 없었다. 그냥 신을 신고 걸어왔을 뿐. 처음 걷기를 배운 날부터, 지상과 나 사이에는 신이 있어, 한 발자국 한 발자국 뒤뚱거리며, 여기까지 왔을 뿐."이라고 고백했듯이 우리 역시 아는 길은 어디에도 없으며 그저 신발을 신고 두 발에 의지하여 걸어야 할 뿐이다. 노신(魯迅)이 <고향(故鄕)>에서 "본래 땅 위에는 길이 없었다. 걷는 사람이 많아지자 그 곳도 곧 길이 되었다.(其實地上本沒有路, 走的人多了, 也便成了路.)"고 하였듯이 본래는 존재하지 않지만 걷다보면 결국 그것이 길이 될 거라 믿고 길을 나서야만 할 운명을 지니고 있다.

길이 없다고 주저앉을 것이 아니라 작은 길이라도 먼저 길을 내기 시작하면 그때부터 길은 점점 더 커질 수도 있을 것이다. 또 내가 만든 조용한 오솔길도 나와 내 주변의 사람들이 더 즐길 수 있도록 함께 나눌 수 있다면 커다란 신작로는 아니더라도 충분히 가치 있고 아름다운 길이 될 것이다. 우리는 덤불이 뒤덮인 앞을 조금씩 헤쳐 나가야 하고 작은 길이라도 길을 내는데 주저하지 말고 나서야 한다.

우리는 기본적으로 인생이 나그네의 길임을 잘 알고 있다. 나그네라 함은 자신이 살던 곳을 떠나 다른 곳에 머물거나 여행 중에 있는 사람으로 여객(旅客), 길손, 행객(行客)을 의미한다. 우리는 집을 박차고 나와서 길을 떠나야 한다. 배가 안전한 항구에 있으면 이미 배로서의 기능을 상실한 거다. ≪장자(莊子)≫에 나오는 하백(河伯)의 '순류이동행(順流而東行)', 즉 강물을 따라 동쪽으로 향한 길 떠남이 정말 위대한 결단이었다고 생각되는 이유도 여기에 있다. 물론 그가 길을 떠난 애초의 의도는 그렇게 순수하지만은 않았다.

가을에 비가 내리자 강과 호수의 물이 불어났다. 그렇게 불어난 물이 모두 황하(黃河)로 모여들었다. 황하는 강 양안을 가득 채워 강과 들이 구분되지 않을 정도였다. 황하의 신 하백은 세상의 모든 것이 자신에게로 다 흘러들었다고 생각해 뿌듯하기 그지없었다. 그는 자기가 최고라고 우쭐대면서 뽐내는 마음으로 길을 떠나기에 이르렀다. 하백은 불어난 물과 함께 흘러 바다에 이르게 됐다. 그때 하백은 너무나 놀랄 수밖에 없었다. 바다로 오기 전 하백은 자신이 세상에서 가장 크고 넓다고 생각했는데 북해에 이르고 보니 자신은 크고 넓은 것이 아니라 한없이 작다는 것을 느끼게 됐기 때문이다. 하백은 한없이 넓은 북해에 압도돼 할 말을 잃어버렸다. 그러나 어쨌든 그가 물을 따라 동쪽으로 장대한 여정을 시작하지 않았더라면 그는 결국 우물 안 개구리로 계속 남아 있었을 것이다. 때문에 이것은 위대한 여정의 시작이자 출발이었다고 생각된다.

나는 하백처럼 위대한 나그네는 없다고 본다. 그는 북해약(北海若)보다 더 큰 존재이다. 왜냐하면 설령 자신의 입장을 뽐내기 위한 것이 길 떠난 이유였다손 치더라도 그는 현재 자기의 처지에 만족하거나 혹은 그 자리에 안주하지 않고 저 멀리 떠나고자 하는 호기심, 열정을 지닌 존재였기 때문이다. 언급은 되어 있지 않지만 당연히 그가 가는 길에 역경이나 좌절이 없을 수가 없었고 또 그가 그것을 몰랐을 리가 없었을 것이다. 그럼에도 불구하고 그는 길을 나섰다는 데 그의 위대함이 있다고 생각한다. 결국 그는 북해약이란 존재를 알게 되었고 바다를 알게 되었다. 그의 지식과 인식의 세계를 한층 더 넓힐 수 있었고, 나아가 우물 안 개구리의 시각, 즉 좌정관천(坐井觀天)과 같은 좁은 시각을 벗어버릴 수 있는 지혜를 획득하게 되었던 것이다.

'영혼의 눈에 끼었던 무명의 백태가 벗겨지다'

자기가 살고 있는 장소, 그리고 살고 있는 시대의 풍조와 철학, 그리고 그 시대에 배운 지식과 가르침에 쉽게 얽매이는 것이 사람이다. 이런 익숙한 것들이 우리를 부지불식간에 옭아매서 결국 더 이상 전진하지 못 하게 만들고, 폭넓은 국면을 두루 조망할 수 없게 만들며 나아가 창의적인 살아있는 세계로의 진입을 막는 것이다. 우리나라 구상 시인이 <말씀의 실상>에서 "영혼의 눈에 끼었던, 무명의 백태가 벗겨지며, 나를 에워싼 만유일체가, 말씀임을 깨닫습니다. 노상 무심히 보았던, 손가락이 열개인 것도, 이적(異蹟)에나 접한 듯, 새삼 놀라웁고."라고 고백하고 있듯이 지금 우리 눈에 쓴 무명의 백태, 다시 말해서 고정된 관점이나 편견을 벗기기 위해서는 과감하게 지금 살던 곳에서, 지금 익숙한 곳을 떠나 길을 새롭게 시작하는 용기와 지혜가 필요함을 알 수 있다.

우리 앞에 펼쳐진 세상을 길을 내가며 전진할 때 그 길은 거센 바람과 폭풍우가 몰아치는 험난한 곳일 수밖에 없다. 인생은 고해(苦海)라고 불교에서 정의하였듯이 우리의 삶에는 상처와 고통이 반드시 수반되기 때문이다. 이백(李白)은 간신들의 농간에 의해 관직에서 물러난 후 인생길의 어렵고 험난함을 표현하면서 <인생길 험난하여라(行路難)>에서 "황하를 건너려니 얼음이 강을 뒤덮었고, 태항산에 오르려니 온 산에 눈이 가득하구나.(欲渡黃河氷塞川, 將登太行雪滿山) …… 인생길이 험난하고 험난하구나.(行路難, 行路難,)"라고 고백하였다. 험난한 인생길은 대만의 가수 주화건(周華健)이 <친구(朋友)>에서 "이 몇 년 동안 나 홀로 바람도 무릅쓰고 비도 맞으며 걷고 또 걸었지. 눈물도 흘렸고 실수도 있었지만 또한 무엇을 끝까지 버티며 고수해야 할지는 기억하고 있다네.(這些年 一個人 風也過 雨也走 有過淚 有過錯 還記得堅持甚麼"라고 부른 노래가사에도 그 실상이 아주 잘 묘사되어 있다고 할 수 있다.

앞에 풍랑이 인다고 해서 익숙한 세계에만 안주해서는 안 된다. 우리가 태어나면서부터 알아왔고 함께 더불어 살아왔기에 이미 습관이 되어 너무 편한 세계, 이를테면 고향과 같은 세계에 있으면 모두 다 훌륭한 인생을 살 것이고 기필코 성공할 것이라 장담하지만 그러나 결코 꼭 그렇지만은 않은 것이 삶의 이치이다.

고향에선 누구나 촌놈이요 허접한 누구의 아들일 뿐으로 고향에서 오히려 차별 대우를 받기 쉽다. 나자렛 예수는 그의 고향인 나자렛 땅에서는 그저 목수의 아들에 불과할 뿐이었다. 유명해진 예수가 고향을 방문하여 회당에서 가르칠 때 예수의 말씀을 들은 사람들은 두 가지 서로 다른 반응을 보인다. 진정 하느님의 소리를 들려주고 있구나 하는 경탄의 놀라움을 보인 이들이 있는가 하면 그렇지 않고 시기심과 적개심에서 나오는 그런 불편한 놀라움을 보이는 이들도 있었다. 예수를 반대하는 사람들은 주로 유대인들의 지도급 인사들인 바리사이 율법학자들이었는데 그들이 찾아낸 구실은 바로 예수의 출신 성분이었다. "저 사람은 요셉의 아들이 아닌가!" "우리가 익히 알고 있던 우리 동네 목수의 아들일 뿐이니 별로 대단할 것도 없는 사람이 아니겠어!" 하며 인류에게 참된 진리와 구원의 길을 제시한 예수를 무조건적으로 비난하고 반대를 했던 것이다.

마조 도일(馬祖道一, 709~788)은 선종의 역사상 혜능 다음으로 중요한 인물이다. 마조는 사천의 도읍지인 한주(漢州) 출신으로 어렸을 때부터 그 지방의 절을 드나들다 열 두 살 되던 해에 승려가 되었다. 승려가 된 직후 남악산에 가서 홀로 참선 수행을 하였는데, 당시 남악산 반야산의 주지로 있던 스님이 바로 회양(懷讓) 선사였다. 회양은 마조를 보는 순간 직감적으로 그가 큰 법(法)그릇임을 간파하여 그 앞에서 벽돌을 갈아 거울로 만들겠다는 퍼포먼스를 행하면서 그를 참된 깨우침으로 인도한다.

현상계에 대한 모든 집착을 끊었던 마조임에도 불구하고 여전히 그의 마음 깊숙한 곳에는 인간적인 것이 남아 있었음을 보여 주는 일화가 전해진다. 그가 잠시 고향에 들른 일이 있었는데 옛날 마조의 바로 이웃에 살았던 한 노파가 보고는 이렇게 말했다. "나는 무슨 대단한 인물이라도 와서 이렇게 소동이 났다 했더니 바로 쓰레기 수거하는 쓰레받기집 마씨의 아들 녀석이 왔구먼!(溪邊婆子云: '將謂有何奇特, 元是馬簸箕家小子.')" 이 소리를 듣고 마조는 반은 장난으로, 반은 감상적으로 즉흥시 한 수를 지었다.

勸君莫還鄉,　　　권하노니, 그대여 고향에는 가지 마시게
還鄉道不成.　　　고향에선 누구도 도를 이룰 수 없다네.
溪邊老婆子,　　　개울가에 살던 그 할머니
喚我舊時名.　　　여전히 내 옛 이름만 부르더군!

고향에서는 도를 이룰 수 없으니, 즉 진리를 깨우칠 수 없으니 과감하게 고향을 떠나지 않으면 안 된다는 얘기로 간주할 수 있겠다. 그만큼 고향은 구태의연한 인식과

고정 관념에 사로잡혀서 성숙의 길, 깨달음의 길을 방해하는 것이다. 그러니 성숙과 깨달음을 위해선 과감하게 나를 구속하고 있는 집과 고향이란 울타리와 영역에서 벗어나야 하는 것이다.

'나 또한 홀로서 가야 하리라'

길을 떠나는 건 언제나 나 개인의 몫이다. 즉 혼자서 가야 할 길인 것이다. 불교의 가장 오래된 경전이라고 하는 《숫타 니파타(Sutta Nipata)》에서 "소리에 놀라지 않는 사자와 같이, 그물에 걸리지 않는 바람과 같이, 흙탕물에 더럽히지 않는 연꽃과 같이 무소의 뿔처럼 혼자서 가라."라고 했듯이 어느 누구에게도 의지하지 않고 걸어야 한다. 청대(淸代) 시인이자 이론가 원매(袁枚)는 그의 시 <강을 건너는데 거센 바람 불어와(渡江大風)>에서 다음과 같이 노래한 적이 있다.

水怒如山立,	성난 물결이 산처럼 솟구치는데,
孤篷我讀行.	외로운 나룻배에 나는 홀로서 간다.
身疑龍背坐,	내 몸이 용의 등위에 타고 있는 건 아닐까?
帆與浪花平.	돛이 솟구치는 물보라와 나란하다.
纜繫地無所,	닻줄을 맬 곳조차 없는데,
鼉鳴窓有聲.	선창 밖으로 악어의 울음소리 들려온다.
金焦知客到,	금산과 초산은 나그네가 오는 줄을 아는 것인지,
出郭遠相迎.	성 밖으로 나와 멀리서 나를 맞이한다.

성난 물결이, 집채 같은 파도가 산처럼 솟구쳐 오르는 험난한 뱃길이지만 나룻배를 타고 홀로 이 강을 건너야 한다. 두렵다면 더 이상 앞으로 나갈 수 없다. 앞으로 더 이상 전진하지 않는다면 짧게는 정체나 퇴보가 뒤따를 것이고 길게는 죽음이 불현듯 다가올 것이다. 우리나라 현대시인 구상이 <그분이 홀로서 가듯>이란 시에서 "그분이 십자가의 길을 홀로서 가듯 나 또한 홀로서 가야만 한다."고 결연한 의지를 불태운 것도 생명이 존재하는 한 앞으로 걸어가야 하는 인간의 숙명을 잘 표현한 것이라고 할 수 있다.

아득히 먼 길을 가다보면 당연히 아는 사람도 드물고 나를 알아주는 사람도 드물 수밖에 없다. 사방을 둘러봐도 친한 사람이 없는 사고무친(四顧無親)의 상태에 처하기 쉽다. 만 리 떨어진 당나라로 유학을 가서 그곳에서 벼슬살이까지 하였던 신라(新羅) 최치원(崔致遠)의 <추야우중(秋夜雨中)>에 나타난 마음을 감상해보자.

秋風惟苦吟,　　가을바람에 오직 괴로이 시만 읊조릴 뿐이니
世路少知音.　　세상길에는 나를 알아주는 사람 드물구나.
窓外三更雨,　　창밖엔 한밤중 비가 내리는데
燈前萬里心.　　등불 앞에서 만 리 밖으로 향한 마음.

'지음'이란 자기를 알아주는 친한 벗을 가리키는데, 본래 거문고를 잘 타던 백아(伯牙)와 그가 타던 거문고 소리를 잘 이해해 주었던 종자기(鍾子期) 간의 고사(故事)에서 유래한 말이다. 거문고 타는 소리를 듣고 백아의 심중(心中)을 잘 이해해 주던 종자기가 죽자 백아는 자기가 타는 거문고 소리를 이해하는 사람이 없으니 거문고를 타봐야 무슨 소용이 있겠느냐며 거문고의 줄을 끊고 다시는 손을 대지 않았다고 한다.

이 시는 최치원이 당나라에서 빈공과(賓貢科)에 합격 후 표수현위(漂水縣尉)를 지내던 18세에서 23세에 이르는 사이에 지은 것으로 보이는데, 타국 땅에서 살아가야 하는 이방인으로서 부득이 느껴야 했던 외로움과 고독감 그리고 소외감 등을 잘 표현하고 있다. 낯선 타국 땅에 그를 알아주는 친한 벗이 없을 것임은 당연하고 그로 인하여 견뎌야 했을 외로움과 고독감은 얼마나 컸겠으며, 또한 도와주는 사람 하나 없음으로 인하여 자신의 포부를 제대로 펼칠 길이 없는 데서 오는 억울한 마음과 원망 역시 얼마나 컸을까 하는 것은 충분히 미루어 짐작할 만하다.

그런데 제4구에 대한 해석은 조금씩 미묘한 차이를 보인다. 타국에서 고국을 그리는 마음이라고 보기도 하고, 어떤 경우는 정반대로 잠시 고국에 돌아왔지만 이제는 너무 익숙해진 만 리 밖 당나라를 그리는 마음이라고 보기도 하며, 어떤 경우는 소외된 현실에서 벗어난 탈속의 이상향을 추구하는 마음으로 해석하기도 하는데 다만 첫 번째 해석이 더욱 합리적이라 생각된다.

또 만 리는 곧 만 리 밖에 있는 곳으로서 고국 내지는 고향을 가리킬 텐데 다만 동사술어가 생략되어 여러 가지 해석들을 유발시킨다. 향하다 또는 내닫다, 치닫다 등으로 풀이하는 것이 적절하지 않을까 생각된다. 여기서 마음은 당연히 고향을 그리워하는 화자의 외로운 마음이 될 것이다.

보통사람이라면 최치원처럼 아득히 먼 길을 막상 혼자서 떠나고자 할 땐 두렵기도 하고 떨리기도 할 것이다. 담대한 용기와 열정이 필요하리라. 이 때 당대(唐代) 시인 고적(高適)의 <동대와 이별하며(別董大)> 제1수에 보이는 것과 같은 호기로움을 떠올리면 좋을 것이다.

千里黃雲白日曛,　　　해 지는 석양빛에 천리 길 가득 샛노래진 구름
北風吹雁雪紛紛.　　　북풍은 기러기에 불어오고 눈발이 어지러이 날린다.
莫愁前路無知己,　　　그대 앞길에 친한 벗 없다고 근심하지 말게
天下誰人不識君.　　　천하에 뉘라서 그대를 알아보지 못 하리!

동대는 당시의 유명한 음악가였던 동정란(董庭蘭)을 가리키는데 형제 항렬 중에서 맏이라서 '동대'라고 불렀다. 황혼 무렵 지는 석양빛에 누렇게 변한 구름이 천리 먼 길까지 펼쳐져 있다. 이 때 남녘으로 날아가는 기러기의 날갯짓에 차가운 북풍한설이 몰아치고 있고 눈발 또한 어지러이 날리고 있다. 이렇게 내가 걸어야 할 앞길은 황혼 무렵 누런 구름이 뒤덮고 북풍이 몰아치며 눈발이 날리는 엄혹한 환경에 휩싸여 있다. 앞으로 전진하고자 하는 나의 마음을 짓누르고 의기소침하게 만들고 있다. 그런데 시인은 이런 나의 어깨를 다독이며 격려를 아끼지 않는다. 세상에 자네 같은 친구가 어디 있다고, 어디를 가더라도 자네 같은 친구는 반드시 모든 사람들로부터 환영을 받을 것이고 인정을 받을 것이니 아무런 걱정하지 말고 어서 가던 길을 계속 재촉하라는 그런 위로와 격려가 귓전에 들려오는 듯하다.

우리가 길을 걷고자 할 때는 붕(鵬)새가 장차 남녘 아득한 바다로 날아가고자 할 때면 9만 리 창공으로 치솟아 6개월 동안을 줄곧 날아야 한다는 붕정만리(鵬程萬里)와 같이 원대하게 계획을 세울 필요가 있을 것이다. 물론 ≪장자소요유(逍遙遊)≫에서

는 힘껏 날아올라도 겨우 느릅나무나 다목나무 가지에 오르는 매미[조(蜩)]와 비둘기[학구(學鳩)]처럼 작은 지혜를 가진 사람들은 남녘을 날아가는 붕새와 같은 큰 지혜를 이해하지 못 할 것이라고 비웃고는 있지만 그러나 사람이 어찌 다 붕새 같은 사람만 있겠는가? 사람 중에는 매미나 비둘기 같은 사람도 있으니 그들이 오르는 느릅나무나 다목나무를 향한 길이 비록 매우 짧은 길이라 별 것도 없다지만 그래도 날아오르는 가상한 노력을 하였기에 그들의 길 역시 소중하다고 생각된다. 물론 먼 길을 가려고 꿈을 꾸어야 하겠지만 그러나 길의 멀고 가까움으로 사람이 걷는 길의 가치 척도를 삼을 이유는 없으며 길이 멀든 가깝든 모두 소중하다고 생각된다.

길을 나서면 나를 둘러싼 모든 사람과 세계는 다 나의 배움의 대상이 된다. 예수는 "내가 길이요 진리요 생명이니 나를 말미암지 않고는 아무도 아버지 나라로 들어갈 수 없느니라!"고 하면서 스스로가 길임을 천명하고 제시하였는데 우리 같은 평범한 사람들이 걷는 길이 그 자체로 진리의 길일 수는 없다. 그렇기에 배우면서 걸어야 한다. 그런데 나와 함께 걷는 이들이 모두 다 나의 스승인 이유는 어디에 있을까?

'세 사람이 길을 가면 반드시 나의 스승이 있다(三人行必有我師)'

공자가 이렇게 말한 이유가 어디에 있는가를 살피면 그 해답을 찾을 수 있다. 세 사람 중에 나를 제외한 두 사람은 올바른 사람이거나 또는 악한 사람을 의미한다. 올바른 사람에게서는 올바른 측면을 배우면 되는 것이고 올바르지 못 한 사람 역시 반면교사(反面教師)가 되어 그의 올바르지 못 한 부분을 경계로 삼아 훗날 이런 행위를 하지 않으면 되기에 나를 둘러싼 모든 사람은 곧 나의 스승이 되는 것이다. 불교 ≪법구경(法句經)≫에서는 "나보다 나을 것 없고 내게 알맞은 길벗이 없거든 차라리 혼자서 가서 착함을 지켜라, 어리석은 사람의 길동무가 되지 말라."고 했는데 이말 역시 어리석은 사람으로부터 물들지 말고 그와 동화되지 말고 차라리 혼자서 길을 걸으라는 것이지 그에게서 아무 것도 배울 게 없음을 뜻하는 것은 아니라고 생각된다. '인생도처유상수(人生到處有上手)'라고 했다. 가는 곳마다 고수가 숨어 있고 강호에는 기인이사(奇人異士)가 많다는 것이니 항상 겸손한 자세로 배움의 태도를 지니라는 얘기일 것이다.

1.2. 다양한 삶의 길

우리가 걷는 길이 곧고 바른 길이라면 얼마나 좋겠는가! 그것은 종교의 말씀에서나 나올 만한 길일 것이다. 실제 ≪성경≫ <시편> 23편에서는 "여호와는 나의 목자, 아쉬울 것 없노라, 푸른 풀밭에 누워 놀게 하시고 잔잔한 물가로 이끌어 쉬게 하시니 지쳤던 이 몸에 생기가 넘친다. 그 이름 목자시니, 인도하시는 길, 언제나 바른 길이요, 주님께서 나와 함께 계시니 비록 죽음의 어두운 골짜기를 지날지라도 무서울 것 없어라, 막대기와 지팡이로 인도하시니 걱정할 것 없어라."라고 하여 여호와는 언제나 바른 길로 인도한다는 사실을 밝히고 있기도 하다. 그러면서 <신명기> 1:31에서는 "사람이 자기의 아들을 안는 것 같이 너희의 하느님 여호와께서 너희가 걸어온 길에서 너희를 안으사 이곳까지 이르게 하셨느니라."라고 하여 우리가 걷고 있는 길에서 우리를 안아주어 현재의 길까지 이르게 했다는, 다시 말해서 이 길을 걸은 것은 사람의 힘만으로 걸은 것이 아니라 하느님께서 뒤에서 보이지 않게 도와주었기에 가능했던 것이라는 그야말로 우리가 간과했던 사실까지도 새삼 깨닫게 해주고 있다.

그러나 만약 이 세상에 바른 길만을 걸어온 사람이 혹시라도 있었다면 그는 무척 행운아라고 간주할 수밖에 없는 것은 왜 그런가? 그것은 우리가 길을 가다보면 잘못된 길에 들어설 때가 너무 많다는 사실을 경험적으로 익히 잘 알고 있기 때문이다. 세월이 흘러가면서 우리는 자신이 걷던 길이 잘못되었음을 알고 후회하기 십상이다. 특히 배움은 더욱 그러하기에 송대(宋代) 주희(朱熹)가 우리를 위해 배움을 권면해주는 글은 오늘날까지 여전히 유효하고 힘이 있을 수밖에 없다. "오늘 배우지 않고 내일이 있다고 이르지 말며, 금년에 배우지 않고 내년이 있다고 말하지 마라. 세월은 흘러가기만 하고 나를 기다려주지 않는다. 아아, 이미 늙었구나. 이것이 누구의 탓이던가? (勿謂今日不學而有來日, 勿謂今年不學而有來年, 日月逝矣! 歲不我延, 嗚呼老矣! 是誰之愆?)" 세월이 특별히 나만을 위하여 늦게 흘러가지는 않으며 늙은 다음에 젊은 시절 배우지 않고 방탕하게 살았던 것을 후회한들 아무 소용없다는 경구를 조용히 되새겨

볼 일이다.

　누구나 잘못된 길에 들어설 수 있는 가능성이 존재한다면 결국 그 잘못된 길을 조금이라도 빨리 인식하고 다시 바른 길로 돌아설 줄 아는가 하는 것이 곧 그 사람의 지혜와 용기의 척도를 가늠하는 가늠자가 되지 않을까 싶다. 동진(東晉)의 시인 도연명(陶淵明)이 위대한 시인으로 간주되는 것은 그가 자연친화적인 질박한 시작품을 남겼기 때문이기도 하지만 더 큰 이유는 잘못된 길 중간에서 결연히 돌아설 줄 알았기 때문이 아닐까 하는 생각을 하게 된다.

'길 잘못 들었어도 아직 멀리 가지는 않았네'

　도연명은 41세 때, 최후의 관직인 팽택현령(彭澤縣令)의 자리를 과감하게 버리고 고향인 시골 전원으로 돌아오면서 세속과 결별하는 심경을 <귀거래혜사(歸去來兮辭>로 노래하였다.

歸去來兮,	돌아가자!
田園將蕪胡不歸?	전원이 장차 황폐해지려 하거늘 어찌 돌아가지 않으리오?
既自以心爲形役,	이제껏 내 마음은 육체에 부림 받아 왔지만,
奚惆悵而獨悲?	그렇다고 어찌 낙담하여 홀로 슬퍼만 할 것인가?
悟已往之不諫,	지난 일은 돌이킬 수 없음을 깨달았고,
知來者之可追.	다가 올 일은 올바로 할 수 있음을 알았네.
實迷途其未遠,	실로 길 잘못 들었어도 아직 멀리 가지 않았으니
覺今是而昨非.	지금이 옳고 어제가 글렀음을 깨달았네.
舟遙遙以輕颺,	배는 흔들흔들 가벼이 출렁이고,
風飄飄而吹衣.	바람은 표표히 옷자락을 날리네
問征夫以前路,	길 가는 행인에게 앞길을 묻는데
恨晨光之熹微.	새벽빛이 흐린 것이 한스럽네.
	······
歸去來兮,	돌아가자!
请息交以絶游.	세상 사람들과 사귐을 끊자.
世與我而相违,	세상과 나는 서로 어긋나니,
復駕言兮焉求?	다시 수레 몰고 나가야 무얼 얻겠는가?

......

善萬物之得時,	만물이 제 때를 만나 번성함을 부러워하며
感吾生之行休.	내 생(生)이 곧 끝나 감을 탄식하네.
已矣乎!	아서라!
寓形宇內復幾時?	천지간에 몸담았으되 다시 얼마나 더 살랴?
曷不委心任去留?	어찌 가고 머무름을 마음 편한 대로 맡겨두지 않고
胡爲乎遑遑欲何之?	무얼 위해 어디로 허겁지겁 가려하는가?
富貴非吾願,	부귀는 내가 원하는 바가 아니요,
帝鄕不可期.	천당은 기약할 수 없는 것!
懷良辰以孤往,	좋은 철 품으며 홀로 나서서,
或植杖而耘耔.	지팡이 꽂아 놓고 풀 뽑고 김매기 하고,
登東皐以舒嘯,	동쪽 언덕에 올라 긴 휘파람 불어 보고
臨淸流而賦詩.	맑은 시냇물 마주하여 시를 읊기도 하네.
聊乘化以歸盡,	이렇게 자연 변화 따르다 목숨 다할 것이니
樂夫天命復奚疑!	주어진 운명 즐기는데 또 무얼 의심하랴?

이 작품은 4장으로 되어 있고 각 장마다 다른 운(韻)을 쓰고 있다. 제1장은 관리생활을 그만두고 전원으로 돌아가는 심경을 읊었고, 제2장은 그리운 고향집에 도착하여 자녀들의 영접을 받는 기쁨을 그렸으며, 제3장은 세속과의 절연을 선언하고 전원생활의 즐거움을 담았으며, 제4장은 전원 속에서 자연의 섭리에 따라 목숨이 다할 때까지 살아가겠다는 뜻을 담고 있다.

작자는 이 작품을 쓰는 동기에 대해 서문에서 누이동생의 죽음을 슬퍼하여 관직을 버리고 고향으로 돌아간다고 밝히긴 하였으나, 양(梁)의 소명태자(昭明太子) 소통(蕭統)이 쓴 ≪도연명전(陶淵明傳)≫에는 순시 나온 감독관을 의관(衣冠)을 정제하고 영접하지 않으면 안 되는 것을 알고, 오두미(五斗米) 밖에 되지 않는 작은 녹봉을 위해 향리의 낮은 관리에게도 허리를 굽혀야 하는 현실을 개탄하여 그날로 사직하였다고 전하고 있다. 결국 자신의 본성에 어긋나면서까지 먹고살기 위해 몸을 굽신거려야 하는 자신의 길이 잘못되었음을 인식하고 전원으로 돌아가 밭을 일구며 본성에 맞는 생활을 하는 것이 자신에게 맞는 길임을 천명한 데 이 글은 큰 의의가 있다고 할 수 있다.

문득 이 길이 내가 걸어야 할 길이 아니고 길을 잘못 들었음을 안다는 것, 그것이 결국 소중하지 않을까? 자기 길이 잘못되었는지도 모르고 우리는 얼마나 앞으로만 달려가고 있는가? 회심한다는 것, 돌아올 줄 안다는 것은 이미 진정으로 자신의 삶의 길을 아는 사람의 모습이라 할 수 있다.

또한 이 시에서 세상의 일들은 종종 나의 바람과 서로 어긋나게 진행된다고 고백하고 있는데 그 이유는 어디에 있을까? 세상일들이 나의 바람과 일치되는 경우가 많지 않은 것은 위에서처럼 그것이 나의 본성과 어긋나기 때문이기도 하지만 한편으로 세상에 대한 이기적 욕망이 실제 나의 능력과 본성을 벗어나서 너무 크기 때문일 때가 많다. 그리고 그 욕망은 현실에 만족하지 못하고 계속 욕망에 내 몸을 맡기도록 부추기는 때가 많다. 때문에 계속 전진해야 할지 아니면 쉬어야 할지, 언제 이곳을 떠나서 그만 돌아가야 할지, 그 때를 알고 떠나는 자의 뒷모습은 얼마나 아름다운 것인가! 그렇기에 우리가 도연명의 전원 회귀에 지금까지도 박수를 보내고 있는 것인지도 모르겠다.

'지난 일은 돌이킬 수 없음을 깨달았고, 다가 올 일은 올바로 할 수 있음을 알았네.'

위의 <귀거래혜사(歸去來兮辭)> 중의 시구인 이 말은 한국 프로야구 KIA 타이거즈의 수석코치였던 조계현이 인생신념으로 삼고 있다고 말하는 것을 인상 깊게 들은 적이 있다. 지난 일은 탓해보아야 소용없고 앞으로 바른 길을 좇는 것이 중요하다는 의미가 그의 마음을 움직였다고 한다. 그는 늘 야구에 감사하는데 그 이유는 야구로 인해 본인이 존재하기 때문이란다. 그의 전생은 아마도 야구 그라운드였을지도 모르겠다는 고백을 통해서 그의 야구를 향한 열렬한 애정을 읽을 수 있었으며, 동시에 옳든 그르든 간에 지난 일들을 소중하게 받아들이고 그 일들을 디딤돌 삼아 오직 바른 길만을 따라 걷겠다는 결연한 의지도 엿볼 수 있었다.

1.3. 두 갈래 길, 막다른 길

우리는 걷다보면 때로는 두 갈래 갈림길을 만날 때도 있다. 두 갈래 길에 대한 단상을 노래한 시로서 미국시인 로버트 프루스트의 <가지 않은 길(The road not taken)>

(피천득 번역)처럼 탁월한 시는 또 없다고 생각된다.

노란 숲 속에 길이 두 갈래로 났었습니다.
나는 두 길을 다 가지 못하는 것을 안타깝게 생각하면서,
오랫동안 서서 한 길이 굽어 꺾여 내려간 데까지,
바라다볼 수 있는 데까지 멀리 바라다보았습니다.

그리고, 똑같이 아름다운 다른 길을 택했습니다.
그 길에는 풀이 더 있고 사람이 걸은 자취가 적어,
아마 더 걸어야 될 길이라고 나는 생각했었던 게지요.
그 길을 걸으므로, 그 길도 거의 같아질 것이지만.

그 날 아침 두 길에는
낙엽을 밟은 자취는 없었습니다.
아, 나는 다음 날을 위하여 한 길은 남겨 두었습니다.
길은 길에 연하여 끝없으므로
내가 다시 돌아올 것을 의심하면서…….

훗날에 훗날에 나는 어디선가
한숨을 쉬며 이야기할 것입니다.
숲 속에 두 갈래 길이 있었다고,
나는 사람이 적게 간 길을 택하였다고,
그리고 그것 때문에 모든 것이 달라졌다고.

　누구든지 두 갈래 길에서 반드시 하나를 선택해서 걸어야 한다. 길은 앞으로 끝없이 이어져 있어서 계속 걸어가야만 한다는 것을 알기에 결국 나머지 한 길을 다시 되돌아와서 걸을 수는 없을 거라고 여기면서 자신에게 더 적절하고 필요하다고 생각되는 그 길을 선택하는 것이다. 그렇기에 나머지 한 길은 결국 가지 않은 길, 가보지 않은 길, 가보지 못 한 길로 남게 되는 것이다. 프루스트는 사람들이 적게 갔던 길, 그래서 자신이 더 걸을 수 있을 것이라 판단한 길을 선택하였고 그 결과 나머지 길은 그의 선택을 받지 못 한 길로 남겨지게 된 것이다.

이처럼 세상의 모든 길은 간 길과 가지 않은 길, 알려진 길과 알려지지 않은 길, 길 있는 길과 길 없는 길 등 두 갈래 길로 나뉜다. 삶이라는 조건 아래, 선택이라는 이름 아래 우리는 한 길만을 선택해서 걸어야 한다. 그 누구도 두 길을 걸을 수는 없다. 한 길에 한 번 들어서는 순간, 우리가 다른 나머지 길을 다시 되돌아와 걸을 만큼 우리에게 주어진 시간이 충분하지 못 하기 때문이다.

'두 번의 삶은 없다'

폴란드의 시인 쉼보르스카는 노래했다. "두 번은 없다. 지금도 그렇고/ 앞으로도 그럴 것이다. 그러므로 우리는/ 아무런 연습 없이 태어나서/ 아무런 흔적 없이 죽는다./ 우리가, 세상이라는 이름의 학교에서/ 가장 바보 같은 학생일지라도/ 여름에도 겨울에도/ 낙제란 없는 법." 두 번의 똑같은 밤도, 두 번의 동일한 눈빛도 없다. 반복되는 하루는 단 한 번도 없다. 다시 뒤돌아가 반복하는 삶을 살 수 있도록 인생은 우리를 낙제시켜주지 않는다.

그렇다면 두 갈래 길에 서서 길을 선택하는 것은 순전히 나의 의지에 의한 주체적인 행위인가? 아니면 운명 또는 필연의 개입에 의한 어쩔 수 없는 선택인 것인가? 우리는 대부분 내 의지에 따라 좀 더 아름답고 멋있다고 판단된 길을 선택하였고 그 선택이 자신의 모든 인생을 결정하였다고 당당하게 말하고 싶어 한다. 그러나 그 선택보다 우연 혹은 운명이 앞서 존재하여 그것들이 우리에게 길을 선택하게 하였고 우리는 그 예정된 운명의 길을 걸을 수밖에 없었다는 사실을 인정해야 한다면 우리는 과연 어떤 느낌을 갖게 될까? 그런 의미에서 나에게 운명처럼 주어진 길을 걸었다는 고백을 하는 윤동주의 <서시>를 잠깐 감상해보자.

죽는 날까지 하늘을 우러러
한 점 부끄럼이 없기를
잎새에 이는 바람에도
나는 괴로워했다.
별을 노래하는 마음으로

모든 죽어가는 것을 사랑해야지.
그리고 나한테 주어진 길을
걸어가야겠다.
오늘밤에도 별이 바람에 스치운다.

시인은 운명처럼 자신의 앞에 던져진 주어진 길을 걷겠다고 다짐하고 있다. 나는 10대에는 "잎새에 이는 바람에도"라는 시구에 한없이 끌렸었다. 그러나 부조리한 사회를 조금이나마 인식하게 되었던 20대에는 "한 점 부끄럼 없기를"이란 구절이 가슴을 후비고 지나갔고, 다시 나이가 좀 들고 인생의 많은 일들을 겪고 있는 작금의 4·50대에 이르러서는 "나한테 주어진 길"을 숙명처럼 받아들이게 되었다. 아마도 먼 훗날 6·70대가 되면은 다시 모든 욕망과 분별을 내려놓고 "별을 노래하는 마음으로 모든 죽어가는 것을 사랑해야지"라는 시구를 사랑하지 않을까 생각하고 있다. 우리가 선택한 길이든, 아니면 운명처럼 주어진 길이든 간에 분명한 것은 매일매일이라는 시간을 우리는 앞으로 걸어가야만 한다는 것이다. 우리가 목숨을 잃지 않는 한 매일매일을 살아야 한다는 것, 그것은 우리 인간의 거역할 수 없는 숙명이기 때문이다.

'궁즉통'·'백척간두, 진일보'

길을 가다보면 때로는 막다른 길에 들어설 수도 있다. 거의 절망처럼 인식되는 상황에 이르렀을 때 우리는 어떤 선택을 해야 하는가? 가난과 궁핍이라는 막다른 길에서 분연히 떨쳐 일어나는 한 남자의 모습을 보여주는 <동문행(東門行)>이란 시를 감상해보자.

出東門,　　　　　동문 밖으로 나서면서
不願歸,　　　　　돌아오지 않기를 바랐건만
來入門,　　　　　다시 동문으로 들어서니
悵欲悲.　　　　　낙담 속에 슬픔이 북받친다.
盎中無斗米儲,　　동이 속에는 쌀 한 말도 남아있지 않고
還視架上無懸衣.　둘러보니 옷걸이에도 옷 한 벌 없구나.

拔劍東門去,	칼을 빼어들고 동문 밖으로 나가려 하니
舍中兒母牽衣啼.	집안의 아이 어미가 내 옷을 잡아당기며 울부짖는다.
他家但願富貴,	"다른 집은 오직 부귀만을 바라지만
賤妾與君共餔糜.	저는 당신과 함께 싸라기죽이라도 먹겠어요.
上用倉浪天故.	위로는 푸른 하늘이 있기 때문이요
下當用此黃口兒.	아래로는 이 어린 자식들이 있기 때문입니다.
今非!	그러니 지금 이렇게 떠나시려는 건 옳지 않습니다."
咄!	"어허, 닥치시오!
行.	나는 가야 하오.
吾去爲遲!	내 지금 떠나도 너무 늦었다오!
白髮時下難久居.	백발은 수시로 빠지는데 오래도록 버티며 살아가기 힘들다오."

싸라기죽이라도 먹으면서 그냥 여기서 만족하고 함께 살자고 하는 아낙네의 절절한 외침이 이 시를 읽는 독자의 심금을 울린다. 그러니 떠나려는 남편의 심정은 오죽하겠는가? 그렇지만 삶의 막다른 길에 도달한 남편은 분연히 일어나서 출로를 모색하기 위해 집을 떠나려고 한다. 식구들의 생계를 책임지고자 앞뒤 돌아보지 않고 집을 나가 새로운 길을 모색하고자 하는 남편의 입장이 참으로 안타까우면서도 또한 이해 못 할 것은 아니다. 그것이 설령 당시 사회에서 용납되지 않는 일, 이를테면 남의 것을 훔치거나 반란에 가담하는 등의 일을 하려고 하는 극단적인 선택을 하더라도 말이다. 사랑하는 가족의 생계 앞에서, 그리고 그것이 정상적인 삶의 과정에서는 이루기가 불가능한 상황에서 남자가 가야 할 길은 과연 무엇이겠는가?

궁즉통(窮則通)이라고 했다. 막다른 곳에 도달했을 때 비로소 활로가 뚫릴 수 있다는 것이다. 그러나 또한 바꾸어 말하면 우리가 막다른 곳에 이르는 경험을 하지 못 한다면 그에게는 더 이상 새로운 길을 열 수 있는 기회가 주어지지 않는다는 것으로 이해할 수도 있겠다. 궁즉통의 이치를 시에 재현한 것이 바로 송대 육유(陆游)의 <유산서촌(游山西村)>이다.

"첩첩 산중 시냇물 끊기자 이제 길이 없나 의심하였더니, 버드나무 어둡고 꽃들 밝은 곳에 마을 하나가 또 있구나.(山重水盡疑無路, 柳暗花明又一村.)"

첩첩한 산중을 걸어 올라간다. 이윽고 시냇물도 끊겨버린 곳에 이르니 이제 거의 막다른 길에 들어선 듯 더 이상 갈 곳이 없지 않나 생각하였다. 그러나 문득 앞을 보니 또 버드나무들이 우거져 어둡게 보이고 꽃들이 활짝 피어 밝게 빛나고 있는 그곳에 마을 하나가 다시 펼쳐져 있다. 암담한 절망이 다시 새로운 희망으로 변모되는 그런 상황이 생동적으로 다가온다. 막혔다고, 막다르다고 절망해서는 안 된다는 희망의 메시지로도 읽힌다.

우리나라 동학의 창시자 수운(水雲) 최제우(崔濟愚)은 산을 넘고 또 넘고 물을 건너고 또 건너는 것이 삶이라는 관점을 제시한다.

"산을 넘으니 다시 산이 보이고, 물을 건너니 또 물을 만나네

(山外更見水, 水外又達水.)"

그런데 이런 수운의 관점은 절망이 아닌 희망으로 읽힌다. 막다른 길에 도달한다 하더라도 길은 다시 시작을 위해서 열리게 되고 삶의 절망은 또 다른 삶의 희망을 예비하는 증표이지 않을까?

한편 시인이 막다른 곳까지 올라가보지 않았던들 이런 새로운 세계를 만날 수 있었을까? 이런 새로운 세계가 그에게 열렸을까? 그러니 우리는 막다른 길에 도달하지 않을까 염려하지 말고 앞으로 계속 전진해야 한다. 선(禪) 스님들이 백 척이나 되는 장대 끝에서[백척간두(百尺竿頭)] 다시 한 걸음 더 앞으로 내딛으라[진일보(進一步)]고 용맹정진을 강조한 것은 왜일까? 그래야만 비로소 생생하고 활발한 깨달음의 새로운 세계를 만날 수 있어서 그랬던 것이 아니었을까?

1.4. 사람을 살리는 길

절망의 구렁텅이 막다른 길에서 생로(生路)로 열어주는 사람은 누구일까? 희망과 꿈이라곤 보이지 않는 암담한 길에서 스스로 밝은 빛이 되어주는 사람은 누구일까?

더불어 사는 것만이 참된 삶의 길이라며 외로움에 쩔쩔 매고 있는 사람을 가만히 안아 주는 사람은 누구일까? 서러움에 울고 있는 자의 손을 지긋이 잡아주는 자는 누구일까?

'너는 누구에게 한 번이라도 뜨거운 사람이었느냐'

우리나라 현대시인 안도현은 "연탄재 함부로 차지마라. 너는 누구에게 한 번이라도 뜨거운 사람이었느냐?"(<너에게 묻는다>)고 하여 남을 위해 뜨겁게 마음을 불태우는 사람이 바로 그 사람일 것이라고 보았다. 정호승은 "길이 끝나는 곳에서도 길이 되는 사람이 있다. 스스로 봄길이 되어 끝없이 걸어가는 사람이 있다."(<봄길>)라고 하여 스스로 봄길이 되어주는 사람이 바로 그 사람이라고 하였다.

중국에는 뜨거운 마음으로 봄길이 되어 준 시인으로 당대의 시성(詩聖) 두보(杜甫)를 기꺼이 꼽을 수 있지 않을까 생각된다. 사나운 운명과 전쟁에 얽혀들어 고향을 떠나 유랑생활을 하면서 때로는 가족과도 떨어진 채 병 들고 신산스러운 삶을 살아야 했던 두보이지만 자신의 처지가 불우하다고 해서, 그리고 자신의 상황이 막다른 곳에 있다고 해서 국가 사회와 이웃 동료들에 대한 사랑을 결코 포기한 적이 없다. '외로운 돛배에 늙고 병든 몸(老病有孤舟)'으로 상징되는 그이지만 항상 가족과 벗, 이웃들을 생각하며 '난간에 기대어 눈물 흘렸다.(憑軒涕泗流)'(이상 <등악양루(登岳陽樓)>)

사랑과 인(仁)의 가장 기본은 추기급인(推己及人), 즉 자신의 처지를 통해 남의 입장을 헤아리는 정신일 텐데 바로 그런 사랑의 기본 정신을 잘 반영한 두보의 <가을바람에 부서진 띳집의 노래(茅屋爲秋風所破歌)>를 감상해보자.

八月秋高風怒號,	팔월 가을하늘 높은데 성난 바람이 거세게 불어
卷我屋上三重茅.	우리집 지붕 위 세 겹의 띠를 말아가 버렸네.
茅飛渡江灑江郊,	띠는 날아가 강을 건너 물가에 뿌려져서는
高者掛罥長林梢,	높은 것은 우거진 숲의 가지 끝에 걸렸고,
下者飄轉沈塘坳.	낮은 것은 깊숙한 못 웅덩이에 나뒹군다.
南村群童欺我老無力,	남쪽 마을 아이놈들은 내가 늙어 힘없다고 얕잡아보고

忍能對面爲盜賊,	뻔뻔스럽게도 얼굴 마주한 채 도둑질을 해서는
公然抱茅入竹去.	공공연하게 띠를 안고 대숲 속으로 들어간다.
脣蕉口燥呼不得,	입술이 타고 입이 마르도록 외쳐 봐도 소용없어
歸來倚杖自歎息.	돌아와 지팡이에 기대어 혼자 탄식한다.
俄頃風定雲墨色,	잠간 사이에 바람은 멎고 구름이 먹빛이 되더니
秋天漠漠向昏黑.	가을하늘은 아득히 까맣게 저물어간다.
布衾多年冷似鐵,	삼베 이불은 여러 해 되어 쇠처럼 차가운데,
驕兒惡臥踏裏裂.	개구쟁이 아이가 잠결에 차버려 안은 찢어져 있다.
牀頭屋漏無乾處,	지붕에서 새는 빗물로 침상 머리에 마른자리 없건만
雨脚如麻未斷絶.	빗발은 삼처럼 곧게 끊임없이 내린다.
自經喪亂少睡眠,	난리 겪은 뒤로는 잠도 부족한데
長夜霑濕何由徹?	흠뻑 젖은 채 긴 밤을 무슨 수로 지새울까?
安得廣廈千萬間,	어떻게 천 칸 만 칸 고대광실(高臺廣室) 넓은 집을 지어
大庇天下寒士俱歡顔,	세상의 가난한 선비들을 크게 감싸주어 모두 즐겁게 하고
風雨不動安如山?	비바람에도 끄덕하지 않고 산처럼 편안하게 만들어 줄 수 있을까?
嗚呼何時眼前突兀見此屋,	아아, 언제나 눈앞에 우뚝 솟은 이런 집을 보게 될까?
吾廬獨破受凍死亦足!	그때에는 내 띳집만 홀로 부서져 얼어 죽어도 또한 좋으리라!

'비(庇)'는 '덮어주다, 감싸주다. 보호해주다'는 뜻으로 이 시의 핵심사상이 담겨 있는 시안(詩眼)이라고 생각된다. 띳집 지붕이 바람에 날아가 버려 삼대처럼 줄기차게 내리는 빗물이 지붕에서 계속 새어 나와 침상머리가 흥건한데 삼베 이불은 헤져서 추운 밤을 어떻게 견디며 지새워야 할지 참으로 아뜩한 상황이다. 그런데도 시인의 눈은 자신의 불우한 개인 상황에 절대 침잠하거나 매몰되지 않고 자신과 동일한 상황에 처해 있을 수많은 가난한 선비들에게로 시선을 돌린다. 그들을 모두 다 수용하여 이 추위와 빗발을 막아줄 수 있는 천 칸 만 칸의 고대광실을 지을 수 있다면 그들로 하여금 빗발에도 산처럼 끄덕없이 편안하게 살면서 국가 사회를 위해 이바지하게 하지 않을 수 있겠는가? 그런 순간이 온다면 내 띳집이야 부서져서 설령 내가 얼어 죽는다 해도 좋으리라! 더불어 잘 사는 광명의 순간을 볼 수 있다면 지금 죽는다 해도 무방하리라는 다짐이요 바람이다. 시인은 시성이라는 명성에 걸맞게 우국(憂國) 우민(憂民)의 정서를 견지하면서 결코 개인적인 상황에 굴복하여 매몰되지 않고 항상 시야를 주변

이웃들에게 돌리면서 그들의 고통과 함께 하고자 공감과 연대의 정신을 지향하고 있다. 송대 범중엄(范仲淹)이 <악양루기(岳陽樓記)>에서 "세상 사람들이 근심하기에 앞서 먼저 근심하고, 세상 사람들이 즐거워 한 뒤에 즐긴다.(先天下之憂而憂, 後天下之樂而樂.)"고 말한, 유가 사상 중 애민(愛民)의 기본 정신과 일맥상통한다고 하겠다.

'눈길 함부로 걷지 마라'

우리는 길을 걸을 때 내가 남긴 발자국이 남에게 영향을 준다는 사실을 잊어서는 안 된다. 물론 송대 소식(蘇軾)은 <화자유민지회구(和子由澠池懷舊)>에서 우리가 인생을 살면서 남긴 흔적도 죽고 나면 모두 쉽게 사라져버리는 허무함을 다음과 같이 노래하기도 하였다.

人生到處知何似,	사람이 살면서 지나온 길 무엇과 닮았는지 아시는가?
應似飛鴻踏雪泥.	날던 기러기 눈 녹은 진흙땅을 밟는 것과 같다네.
泥上偶然留指爪,	진흙땅 위에 우연히 발자국 남겼지만,
鴻飛那復計東西.	기러기 날아가고 나면 어떻게 다시 방향을 가늠할 수 있던가!

기러기가 우연히 발자국을 조금 남기긴 하였지만 일단 날아가 버리면 어디로 날아갔는지 알 수 없듯이, 사람도 죽고 나면 그가 남긴 발자취와 행적은 사라져버리고 찾을 길이 없게 된다는 것이다. 우리의 삶을 겸허히 성찰하고 반성하게 하는 시이긴 하지만 그렇다고 우리가 남긴 발자취가 그렇게 허무하게 다 사라지는 것은 아니다. 그 때문에 서산대사는 <답설(踏雪)>시에서 설사 몇 발자국일지라도 우리가 발자취를 남길 때 매우 신중해야 하며 훗날 후인들에게 미칠 영향까지 고려하는 책임감을 느껴야 한다고까지 말하고 있다.

踏雪野中去,	눈 밟으며 들판을 거닐 적에
不須胡亂行.	함부로 어지러이 걸어서는 안 된다.
今日我行蹟,	오늘 나의 행적이
遂作後人程.	마침내 후인들의 이정표가 될지니.

훗날 남의 모범이 되고 이정표가 되도록 길을 걸어야 한다는 준엄한 요구라고 할 수 있다.

'죽은자가 산자의 마음속에 남아있지 않다면'

나의 지금의 발자취는 훗날 후인들에게 부끄러울 일이 없을까 수시로 성찰을 하면서 길을 걸어야 한다. 이런 길을 걸은 사람은 죽어서도 당연히 산 자들의 가슴 속에 남아 있을 것이다. 그래서 노신(魯迅)은 "죽은 자가 만약 산 자의 마음속에 묻혀 있지 않다면 그것이야말로 진짜 죽어버린 것이다.(死者倘不埋在活人的心中, 那就眞眞死掉了)"고까지 말하고 있다. 죽은 자의 행적이 산 자의 마음속에 여전히 기억되어 남아있다면 그는 죽었어도 죽은 게 아니라는 얘기일 것이다.

'들풀이 되어 불길에 태워지리라'

동일한 맥락에서 죽어도 살 수 있는 길을 중국의 현대시인 장극가(臧克家)는 <어떤 사람(有的人)-노신을 기념하며 느낌이 있어(紀念魯迅有感)>에서 다음과 같이 노래했다.

有的人活着   어떤 사람은 살아있지만
他已經死了;   이미 죽어버린 사람이 있다.
有的人死了   어떤 사람은 죽었지만
他還活着.   아직 살아 있는 사람이 있다.

有的人   어떤 사람은
騎在人民頭上: 백성의 머리위에 타고 앉아서
"呵, 我多偉大!"   "하하, 내가 얼마나 위대한가!" 감탄하지만
有的人   어떤 사람은
俯下身子給人民當牛馬.   몸을 굽혀서 백성에게 소와 말이 되어준다.

有的人   어떤 사람은

把名字刻入石頭想"不朽"　　　　이름을 돌에 새겨 넣고 '불후'해지길 원하지만
有的人　　　　　　　　　　　어떤 사람은
情願作野草, 等着地下的火燒.　　진심으로 들풀이 되어 이윽고 땅의 불길에 태
　　　　　　　　　　　　　워지길 원한다.

　살아 있어도 이웃과 더불어 살고, 그들의 고통을 함께 나누고자 하는 열정이 없다면, 오직 자신만을 위해서 살고 나아가 남의 머리 위에 군림하려고만 든다면 그는 살아 있어도 죽은 거나 마찬가지다. 아무도 그를 기억해주지 않을 것이기 때문이다. 사람은 남의 기억 속에서, 추억 속에서 살아 있기 때문이다. 그러니 우리가 걸어야 할 길이 자칫 이기적인 길이 되지 않도록, 더불어 가는 길이 되도록 항상 자신의 자리를 점검하면서 걸어야 할 것이다.

　도(道), 다시 말해서 진리(眞理)란 무엇인가? '도'란 원래 '길'을 의미하는 것에서 알 수 있듯이 참된 삶의 길이 아닐까? 사람에게 삶을 제외하고 무엇이 중요하겠으며, 유한한 삶을 지혜롭게 사는 일보다 더 가치 있는 일이 어디 있겠는가? 이러한 참된 길, 즉 도를 터득한 사람이 바로 깨달은 사람이 아니겠는가? 그렇다면 그 삶의 참된 길은 어디에 있는가? 유가(儒家)는 삶의 현장에서 어짐, 즉 인(仁)을 실천하는 것을 도를 추구하는 삶으로 간주하였다. 도가(道家)는 특별한 인위적인 행위나 조작을 가하지 않고 자연스러움 그대로 놓아두고 그렇게 자연스러움에 맞추어 사는 것, 즉 무위자연(無爲自然)을 도를 깨우친 삶으로 보았다. 불가(佛家)는 고저(高低)·장단(長短)·범성(凡聖)·유무(有無)를 구분하는 일체의 분별심 내지는 차별심을 떠난 마음 자리, 곧 평상심(平常心)을 깨달은 마음자리로 보았다. 이들에 비해 기독교는 하느님 즉 예수님의 말씀 그 자체를 진리로 간주하였다. 그들이 깨달은 참된 삶의 길이란 원래 문자와 언설로 형언할 수 없는 그 무엇이기에 이토록 정의가 분분한 것이며, 때문에 "아는 자는 말을 하지 않는다(知者不言)"고 했던 것이기도 하다. 참된 삶의 길에 대한 묘사는 이토록 다양하고 또한 보는 관점 역시 저마다 다르기는 하지만 참된 삶을 마음속으로 깨달았다는 사실 그 자체만은 이들 각자에게 모두 공통된 사실이 아닐까!

****

사람이 한평생 걸은 삶의 길을 평가하는 척도는 어디에 있어야 하는가?

물신주의가 팽배한 자본주의 사회, 그리고 경쟁과 효율 만능의 시장주의 제도 하에서 사람을 평가하는 척도는 일반적으로 자본, 즉 가지고 있는 재산과 경쟁에서의 승리이다. 그러나 이런 평가 척도는 다분히 일시적인 것으로서 항구적이자 보편적으로 적용할 수 있는 것이 못 된다. 우리가 살아온 삶의 길을 평가하는 척도는 대략 세 가지가 되어야 하지 않을까 생각해본다.

첫째, 그의 삶이 진정한 삶을 살았는가 하는 진정성을 살펴야 할 것이다. 즉 사람과 사회를 대하는 건전한 가치관을 바탕으로 거짓됨이 없이 진실한 마음을 온전히 다하며 살았는가? 거짓과 기만, 사기를 거부하고 진실하게 한 사람의 몫을 다하려는 그런 진정성을 기반으로 하고 있는가를 보아야 한다는 것이다. 둘째, 얼마나 많은 땀을 흘리며 열정적으로 살았는가 하는 열정을 살펴야 할 것이다. 셋째, 더불어 사는 사회에서 타인의 고통과 얼마나 함께 했는지, 얼마나 배려를 하며 살았는지, 얼마나 많은 사람됨의 크기를 쌓았는가 하는 인격적 척도 역시 중요한 평가의 가늠자가 되어야 할 것이다.

그렇다면 이 글을 쓰고 있는 나는 어떠한가? 내가 걷고자 하는 삶의 길은 무엇이며, 어떤 길을 삶의 길에서 승리한 삶이라고 간주하고 있는가? 진정 승리한 삶의 길 역시 대략 세 가지 측면을 생각해볼 수 있지 않을까 싶다.

첫째, 오로지 살아가는 과정 그 자체만을 즐기는 길이다. 그런데 나는 인생이란 노력하는 과정이라고 생각하기 때문에 배우고 경험하며 깨달아가는 그 노력의 과정을 즐겁게 수행하는 것이 무엇보다 중요하다고 생각한다. 하던 일, 추진하던 목표를 최종적으로 성공시켰는지 여부는 중요하지 않다. 그렇기에 또한 오늘을 집중해서 살면서 오늘을 즐기는 것이 중요하다. 다시 말해서 내일을 위해서 살지 않고 오늘을 위해서 사는 거다. 때로 남과 비교하고 싶을 때, 나 자신을 추스르며 오직 어제의 나와만 비교하고 오늘의 내가 어제의 나보다 나아지도록 노력하는 것, 그것만을 즐기고자 한다.

둘째, 길의 종착지까지 웃으면서 버텨내는 삶의 길이다. 인생의 마지막 날까지 때로 쓰러져도, 넘어져도 끝까지 포기하지 않고 내가 걷고자 하는 삶을 견인해내는 것이 중요하다. 삶은 결핍과 상처의 고통이 큰 비중을 차지하기 마련이지만 그 과정에서도 웃음을 잃지 말아야 한다. 의연하게 웃으면서 대처할 수 있어야 한다. 어쨌든 인생은 살아볼 맛이 있는, 한바탕 승부를 벌여볼 만 한 세계임을 직시해야 한다. 악착같이 버티며 지적, 인격적으로 알차게 영글어야 한다. 그것이 우리가 지상에 온 소명이자 생에 대한 미덕이라고 생각한다.

셋째, 이웃과 더불어 길을 같이 걷는 삶의 길이다. 옆의 사람을 배려하고 사랑하면서 그와 손잡고 걸을 수 있어야 한다. 이른바 스타(star)란 무엇인가? 만인에게서 우러름을 받는 존재인가? 그렇다면 왜 사람들은 스타, 곧 별을 좋아할까? 이성선이 <사랑하는 별 하나>에서 "가슴에 사랑하는 별 하나를 갖고 싶다. 외로울 때 부르면 다가오는 별 하나를 갖고 싶다."고 염원한 이유는 그 별이 만인의 우러름을 받는 별이 아니라 저를 불살라 나를 비춰주는 존재이고, 특별히 나와 교감을 해주는 별이기 때문일 것이다.

우리는 남에게 스타(star)가 되어야 한다. 남 앞에서 우러름을 받고 남들에게 뽐내는 그런 스타가 아니라, 자신을 불살라 남을 환하게 비춰주고 위로해주는 진정한 스타 같은 존재가 되어야 한다. 부모는 자식들에게, 선생님은 학생들에게, 선배는 후배들에게 스타가 되어야 한다. 자기 스스로 타인들에게 기꺼이 빛을 줌으로써 그들의 어둠을 밝혀서 길을 잃지 않도록 해야 한다.

인생에서 유일하게 끝까지 남는 것은 오직 사랑뿐이다. 가족에게 헌신하고, 이웃과 친구에게 친절을 베풀고 끝까지 배려와 양보를 할 수 있는 것, 이것이 사람됨과 인격을 결정하는 것이 아닐까 생각된다.

영국 문화원에서 비영어권 102개국의 4만 명에게 가장 아름다운 영어 단어가 무엇인지 물었다. 1위는 mother(어머니), 2위는 passion(정열), 3위는 love(사랑), 4위는

smile(웃음)이었다고 한다.

다음은 내 스스로 삶의 경구(警句)로 삼아 실천하려고 하는 글귀다. 같은 시대를 살며 동일한 길을 걷고 있는 사람들과 함께 공감하고 싶다.

웃으면서, 서로 사랑하면서 끝까지 버텨내는 것이 곧 승리한 삶이다.

(笑着, 相愛着, 堅持到底就是勝利.)

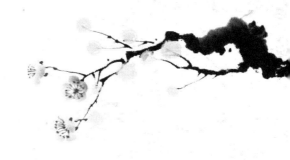

제2장

살아간다는 것

세상일이 뜻대로 되지 않는 것이 우리네 삶
(人生在世不稱意)

2.1. 삶은 어긋남의 연속

나는 TV 프로그램 중에서도 다문화가정의 애틋한 스토리, 극한직업, 오지 탐험여행 등을 자주 시청하는 편이다. 언제가는 어느 캄보디아 출신 여성이 한국에 시집을 와서 살아가며 겪는 애환을 소개하는 프로그램을 보고 가슴이 뭉클한 적이 있다. 이 여성의 한국인 남편은 이미 간경화로 세상을 떠나버렸고 말도 잘 통하지 않는 나라에서 캄보디아 출신 여성 혼자 남아서 1남 1녀의 자녀들을 키우고 있었다. 그녀는 인근에 있는 떡공장에 다니면서 생계를 유지하는 한편으로 저녁에는 가계에 보탬이 되기위해서 직접 떡을 떼어다가 해변가 유원지 등을 돌아다니면서 떡을 팔았다. 그녀는 과연 이역만리 타국인 한국까지 시집오면서 이렇게 신산스러운 삶을 살 거라고 예상했었을까? 하늘이 있다면 어째서 그녀와 같은 말 못할 사연을 지닌 사람에게까지 이렇게 가혹한 고통을 내리는 것일까?

'세상을 사는 일이 내 뜻대로 되지 않아'

우리가 살면서 겪어야 하는 삶의 고통의 양상은 너무나 다양하다. 궁핍, 정치적 좌절, 실연, 불화, 질병, 외로움, 죽음 등등. 그것의 주요 이유는 결핍에 있다. 다시 말해서 내가 원하는 상황이나 내가 만족할 만 한 수준에 현실은 도달하지 못 하고 간극을 보이는 데서 오는 결핍감이 우리가 고통을 느끼게 되는 주요 원인이다. 그래서 이백은 <선주사조루전별교서숙운(宣州謝朓樓餞別校書叔雲)>시에서 "사람이 세상 살아가는 게 뜻대로 되질 않으니 내일 아침은 머리 풀어헤치고 조각배 띄우리라.(人生在世不稱意, 明朝散髮弄扁舟.)"고 하여 본인의 뜻과 현실의 괴리에서 오는 결핍감을 탄식하였다.

'고통과 즐거움은 가까이 붙어 있어'

기쁨과 슬픔이 점철되어 있는 게 우리네 인생이다. 선악(善惡)과 시비(是非), 화복(禍福)은 고정된 게 없다. 그리고 인간사는 하나 얻으면 하나를 잃는 일득일실의 원리가 관통하고 있다. ≪주역(周易)≫에서 '즐거움이 극에 이르니 슬픔이 생긴다(樂極生悲)'라고 하였거니와 당대 원진(元稹) 역시 세상이 즐거움만으로 이루어지지 않은 이치를 통찰하였기에 <고락상의곡(苦樂相倚曲)>에서 "옛날부터 고통과 즐거움은 서로 기대어 있어 손바닥 위의 열 손가락보다 더 가깝게 있다네.(古來苦樂之相倚, 近于掌上之十指.)라고 하여 항상 우리 곁에 달라붙어 있는 고통의 존재를 지적하였다.

'행운과 불행은 꼬아놓은 새끼줄 같아'

온다 리쿠는 "행운과 불행은 꼰 새끼줄 같다. 그것이 행운이 될지 불행이 될지는 아무도 모른다."고 하였고, 오쇼 라즈니쉬는 "삶은 정반대되는 두 가지 요소를 다 포함하고 있다."고 하였고, 찰리 채플린 역시 "인생은 좁게 보면 비극이나 넓게 보면 희극이다."고 하였으며, 우리나라의 현대시인 박노해 역시 "긴 호흡으로 보면 좋을 때도 순간이고 어려울 때도 순간인 것을. 돌아보면 좋은 게 좋은 것이 아니고 나쁜 게 나쁜 것이 아닌 것을. 삶은 동그란 길을 돌아 나가는 것."이라고 삶의 이치를 통찰한 말을 남겼다.

이점을 알기에 미국시인 로버트 프루스트는 <산골아낙네>에서 우리를 이렇게 위로하고 있다.

> 당신이나 나는
> 너무 걱정이 많은 가 봐요.
> 새들이 집 근처에 와서
> 작별 인사를 할 때도 걱정,
> 또 새들이 무언지 노래하며
> 돌아올 때도 걱정이거든요.
> 따지고 보면 우리는
> 어떤 일은 너무 기뻐하는 반면,
> 어떤 일은 지나치게 슬퍼하거든요.
> 새들은 서로 저희들끼리
> 그들이 지었거나 파놓은 집에서
> 만족한 채 살아갈 뿐이건만

사람은 걱정을 매달고 산다. 매일 근심 걱정하고 있는 일의 대략 95% 정도가 결코 일어나지 않을 일이라고 한다. 로버트 프루스트 역시 새는 만족하고 있건만 사람이 괜히 걱정을 매달고 있다고 한탄하고 있다. 인간사 새옹지마임을 생각한다면 너무 기뻐할 것도 너무 슬퍼할 것도 없다. 왜냐하면 모든 사물은 음양으로 이루어져 있어서 기쁨도 영원히 갈 수 없고, 슬픔도 영원히 갈 수 없으니.

'집에 돌아가려는데 함박눈이 펄펄'

뜻대로 되지 않는 현실, 혹은 언제나 바람과는 어긋나는 현실을 비유적으로 잘 묘사한 시가 있다. 병역을 위해 수(戌)자리 살러 나간 병사의 노래인 ≪시경·소아·채미(詩經·小雅·采薇)≫의 제6장을 살펴보자.

| 昔我往矣, | 옛날 내가 수자리 갈 적에는, |

揚柳依依.	수양버들이 한들거렸다.
今我來思,	이제 내가 돌아가려니,
雨雪霏霏.	함박눈이 펄펄 내린다.
行道遲遲,	가는 길은 길고도 멀어,
載渴載飢.	목마르고 허기가 진다.
我心傷悲,	내 마음 서글퍼지는데,
莫知我哀.	내 슬픔 알아주는 이 없다.

이 시는 변방으로 부역을 나간 사람이 수자리를 끝낸 뒤, 이윽고 고향으로 돌아가려 할 때의 수고로움을 노래한 것이다. 당시에는 수자리를 살러 나가면 보통 두 해를 살다 오는데, 늦봄에 떠났다가 다음해 겨울 초기에 고향으로 돌아갈 수 있었다고 한다. 머나먼 길을 떠나야 하는 슬픔이 앞을 가로막을 때 하필이면 수양버들이 한들거리는 화창한 봄날이 펼쳐져 있다. 그런데 이제 비록 오랜 시간이 흘러갔지만 집으로 돌아갈 수 있다는 부푼 꿈에 젖어 있을 때는 하필이면 함박눈이 펄펄 내리며 갈 길을 막아서는 혹독한 추운 겨울이 앞에 펼쳐져 있다.

'고통은 우리 삶의 근원적인 조건이다'

살아간다는 것은 고통, 상처, 결핍과의 만남이다. 고단한 삶과의 조우이다. 산다는 것은 조변석개하여 요망하기가 한여름 날씨와도 같아 좀처럼 종잡을 수가 없다. 그래서 누군가는 말했다. "우리가 살아가는 일 또한 가늘고 휘어진 가지 위에서 쉬지 않고 아슬아슬 노래를 불러내는 일일거야." 그렇다면 우리는 이처럼 힘들고 고통스러운 삶을 포기해야 하는가? 아니다.

'어긋남의 반복이 삶이었구나'

삶은 어긋남의 연속이다. 조선시대 석주(石洲) 권필(權韠)의 <술(酒)>이란 시는 그런 인생의 어긋남을 비유적으로 잘 표현하였다. "벗을 만나 술을 찾으면 술은 얻기 어렵고, 술을 대하고 벗을 그리면 벗은 오지 않네. 한평생 이 몸의 일이 매양 이와 같아서, 크게 한바탕 웃어버리고 홀로 술 서너 잔을 연거푸 기울이네.(逢人覓酒酒難致, 對酒懷人人不來. 百年身事每如此, 大笑獨傾三四杯.)" 우리나라 현대시인 신광철은 <걸으면서 눈치 챈 것>에서 보다 더 적극적으로 어긋남의 반복이 삶이라고 정의한다. "걷는다는 것은 산다는 것과/ 동의어일지도 모른다// 한 팔이 앞으로 가면/ 다른 팔은 뒤로/ 한 발을 앞으로 내밀면/ 다른 발은 뒤에 남는다// 두 팔의 어긋남과/ 두 발의 어긋남의 연속이/ 걷는 모습이다// 그래/ 어긋남의 반복이 삶이었구나// 흔들리면서/ 한 방향으로 가는 것이었구나."

'살아간다는 것은 살아내는 것'

바람이 분다고 베어버릴 것인가? 나무들이 앞길을 가로막는다고 다 불태워버릴 것인가? 강이 범람한다고 물을 다 퍼내버릴 것인가? 산이 앞길을 막는다고 파서 옮겨버릴 것인가? ≪시지프스의 신화≫에 나오는 시지프를 보아라. 돌이 산아래로 계속 떨어지더라도 다시 돌을 산위로 굴려 올려야 하는 임무를 숙명처럼 간직하며 살아가고 있지 않은가! 우리의 삶도 시지프와 다르다고 할 수 있겠는가? 그저 받아들여야 한다. 견디고 이겨내야 한다. 때문에 살아간다는 것은 어쩌면 살아내는 것일 수도 있겠다는 생각이 든다. 우리나라 현대시인 문정희가 <내가 한 일>에서 노래한 것도 결국 삶이 살아내는 것임을 고백한 것이라 볼 수 있다. "태어나서 그저 늙어가는 일, 나의 전 재산은 그것입니다. …… 바람을 견디며 그저 두 발로 앞을 향해 걸어간 일, 내가 한 일 중에, 그것을 좀 쳐준다면 모를까마는."

2.2. 외로움과 고독을 견디는 것

외로움과 고독을 견뎌야 하는 것은 그 어느 고통에도 뒤지지 않는다. 한국의 신경림 시인은 <갈대>에서 "산다는 것은 속으로 이렇게 조용히 울고 있는 것이란 것을 그는 몰랐다."고 하면서 '산다는 것'과 근원적 고독 속에서의 '울음' 두 가지를 함께 노래하였다. 산다는 것은 어쩌면 외로움과 고독을 견디는 일과 다름이 없을지도 모른다. 우리가 바다에 빛을 비춰주는 등대를 좋아하는 이유는 그들이 보내는 빛으로 인해 뱃길을 식별할 수 있기 때문에 고마워서 좋아하는 것도 있지만 또한 홀로 지독한 외로움을 견뎌내야만 누군가에게 빛이 되고 힘이 되어주는 존재들이기 때문일지도 모른다. 우리가 누군가를 위해서 뜨거워지는 것 이상으로 누군가를 위해서 외로움을 견디는 것은 더욱 힘들지만 가치 있는 일이 아닐까?

'살아간다는 것은 외로움을 견디는 일'

중국 근대의 문학이론가인 왕국유 역시 대학문과 대사업을 성취하려는 자가 꼭 거쳐야 하는 세 가지 경계 중 두 번째 단계로 "의대점관종불회(衣帶漸寬終不悔), 위이소득인초췌(爲伊消得人憔悴)", 즉 "허리띠는 점점 느슨해지나 끝내 후회하지 않으니, 그대로 인해 사람이 초췌해짐을 참고 있어서이네."라고 하여 기다림과 외로움으로 인한 고통을 들고 있다. 어쩌면 이런 기다림, 그리고 이로 인한 외로움과 그리움은 우리가 무언가를 성취하기 위해서는 반드시 거쳐야 하고 감내해야만 하는 필수불가결한 길이라는 뜻일지도 모르겠다.

외로움은 꼭 이성과의 관계에서만 비롯되는 것은 아니다. 우리 모두는 지금보다도 더 많은 인정과 성공, 정서적 친밀감에 매달린다. 그러다가 그것들이 채워지지 않으면 공허함과 외로움에 힘들어하게 된다. 자신의 행위에 대한 남의 찬사와 인정에서 행복을 찾고, 그것이 이루어지지 못할 때 느끼게 되는 상실감, 또한 찬사를 얻지 못할까 노심초사하면서 긴장하게 되는 불안감, 한순간 찬사와 박수갈채를 받다가 홀로 방으로 돌아왔을 때 몰려오는 외로움과 공허감에 시달리게 된다. 그러나 우리가 삶의 길을 걸으면서 몸과 마음으로 체득하게 되는 진리는 바로 행복이란 성공이라는 이름의 사다리를 오르는 길에 있지 않고 모든 것을 내려놓고 내려오는 길에 있다는 사실이다.

지금도 그렇기는 하지만 예전에 전제군주사회에서 종군의 고통은 이루 말할 나위 없이 컸다. 한 번 가면 언제 돌아올지 기약이 없었기 때문이다. 여기 열다섯에 종군을 시작하여 여든 살에서야 돌아온 한 사람의 고통스러운 삶을 노래하는 <열다섯에 종군하러 먼 길을 가다(十五從軍征)>시를 살펴보자.

燎火燒野田,	요원의 불길이 들판을 사르니
野鴨飛上天.	들오리가 놀라 하늘로 날아오르네.
童男娶寡婦,	어린 소년이 과부를 아내로 맞고
壯女笑殺人.	젊은 여인은 남에게 웃음을 파네.
高高山頭樹,	높고 높았던 산 위의 나무들
風吹葉落去.	바람 불자 잎이 떨어져간다.
一去數千里,	한 번 떠나니 수천 리 먼 길이라
何當還故處.	어찌 고향에 돌아갈 수 있으랴?
十五從軍征,	열다섯에 종군하러 먼길을 갔다가
八十始得歸.	여든이 되어서야 비로소 돌아올 수 있었다.
道逢鄕里人,	길에서 고향 마을사람을 만나 물었다.
家中有阿誰.	"우리 집에 누가 아직 있나요?"
遙看是君家,	"멀리 보이는 게 바로 당신 집인데
松栢冢纍纍.	소나무 측백나무 아래 몇 개의 무덤 있는 곳이라오."
兎從狗竇入,	토끼가 개구멍으로 들락거리고
雉從樑上飛.	꿩들이 들보 위를 날아다닌다.
中庭生旅穀,	마당엔 들곡식이 자라고
井上生旅葵.	우물가엔 들아욱이 자란다.
舂穀特作飯,	들곡식 찧어 밥을 짓고
採葵特作羹.	들아욱을 뜯어 국을 끓인다.
羹飯一時熟,	국과 밥이 금방 다 되었지만
不知飴阿誰.	누구에게 같이 먹자고 해야 할지 모르겠다.
出門東向看,	문밖으로 나가 동쪽을 바라보니
淚落沾我衣.	흐르는 눈물이 내 옷깃을 적신다.

위 시는 어려서 전쟁터로 떠났다가 늘어서야 구사일생으로 고향에 돌아온 어느 병

졸의 처참한 상황을 여실하게 보여주고 있다. 이 병졸에게 생은 그래도 살 만한 것이라고 어디 감히 입이나 뗄 수 있겠는가? 그저 부둥켜안고 같이 울면서 등을 토닥일 수밖에 없지 않겠는가!

2.3. 저물어 간다는 것

'살아간다는 것은 죽어가는 것이다(Being living is being dying.)'

삶은 기본적으로 고통인데 그 고통은 궁극적으로 유한한 인생에서 온다. 인생을 영속할 수 없다는 것, 언젠가는 사라지고 잊혀진다는 것, 그것처럼 우리에게 크나큰 고통이 또 있을까? 최근 개봉한 한국영화 <히말라야>에서 죽어가는 동료를 위해 불러주던 노래가 산울림의 <창문 넘어 어렴풋이 옛 생각이 나겠지요>란 노래였다. 왜 그랬을까? 아마도 가사 중에 "그런 슬픈 눈으로 나를 보지 말아요, 가버린 날들이지만, 잊혀지진 않을 거예요."란 가사가 있어 죽어가는 자의 가슴을 진정시키고 위무해주었기 때문이 아닐까 생각된다. 우리 모두는 설령 죽을지언정 잊혀진 존재가 되기를 누구도 원하지 않으니까 죽어가는 이에게 그대는 내 가슴 속에서 '잊혀지진 않을 거예요'라는 사실처럼 큰 위안이 또 어디 있겠는가! 살아간다는 것은 사라지는 것이라고 고백하는 이외수의 <살아간다는 것은>의 목소리는 그래서 더더욱 울림이 크다.

　　살아간다는 것은
　　저물어 간다는 것이다.

　　슬프게도
　　사랑은 자주 흔들린다.

　　어떤 인연은 노래가 되고
　　어떤 인연은 상처가 된다.

하루에 한 번씩 바다는 저물고
노래도 상처도
무채색으로 흐리게 지워진다.

나는 시린 무릎을 감싸 안으며
나즈막히 그대 이름 부른다.

살아간다는 것은
오늘도
내가 혼자임을 아는 것이다.

　우리는 조만간에 생을 마감하고 쉽게 사라져갈 존재임에도 불구하고 이 사실을 망각하고 온갖 근심을 다 안고 살아가는 경우가 참으로 허다하다. 한대(漢代)의 고시십구수(古詩十九首) 가운데 하나인 <생년불만백(生年不滿百)>에서도 이 점이 잘 묘사되어 있다.

生年不滿百,	사는 해가 백 년을 채우지 못 하거늘
常懷千歲憂。	언제나 천년의 근심을 안고 살아간다.
晝短苦夜長,	낮이 짧고 괴롭게도 밤은 기니
何不秉燭游!	어찌 촛불 들고 밤새 놀지 않으리오!
爲樂當及時,	즐기는 일은 응당 제때에 해야 하니
何能待來茲?	어찌 내년이 있다고 기다릴 수 있을까 보더냐?
愚者愛惜費,	어리석은 자들은 돈 쓰는 걸 아끼다가
但爲後世嗤。	다만 후세 사람들에게 비웃음만 받는다.
仙人王子喬,	왕자교는 신선이 되었는데
難可與等期。	그 사람과 똑같아지길 바라기는 어렵다네.

　왕자교는 고대 전설 속의 신선으로 유명한데 일반 사람들이 그처럼 신선이 되어 영원히 살 수 있기를 기대하는 것은 불가능하다. 우리에게는 내년조차도 기약할 수 없는데 내년을 위해 돈도 안 쓰고 저축하면서 노심초사하며 지낼 필요가 있겠는가? 응당 때에 맞추어 촌음을 아끼며 즐길 일이다. 그렇지만 이처럼 즐거움을 권유하는 목

소리 이면에는 찰나와 같은 인생, 머지않아 잊혀질 자신의 존재에 대한 지극한 슬픔이 배어나오는 것은 어쩔 수 없는 일이다.

'생애(生涯)' 또는 '일생(一生)'이란 말은 참으로 무겁다. 우리나라 정현종 시인이 <방문객>에서 "사람이 온다는 건 / 실로 어마어마한 일이다. / 그는 / 그의 과거와 / 현재와 / 그리고 / 그의 미래와 함께 오기 때문이다. 한사람의 일생이 오기 때문이다." 고 한 말을 생각해보면 지금 앞에 만나는 사람 한 사람 한 사람이 다 심상하지 않고 소중해지며 그를 존경의 염을 가지고 성심을 다하여 보게 된다. 그런데 특히 이 말을 누군가 소멸되기 직전에, 사라지기 직전에, 잊혀지기 직전에 인생을 술회하는 말로 사용한다면 얼마나 더 숙연해지겠는가?

'한 생애가 거울 속에 있네'

당대의 서예가이면서 학을 잘 그렸다던 설직(薛稷)의 <가을 아침 거울을 보다(秋朝覽鏡)>시를 감상해보자.

客心驚落木,	나그네 마음은 낙엽에 놀라서
夜坐聽秋風.	밤에 앉아 가을 바람소리를 들었네.
朝日看容鬢,	아침 햇빛에 얼굴과 귀밑머리를 비추어보니
生涯在鏡中.	생애가 거울 속에 담겨 있구나.

무정한 세월이 저만치 떠나가는 게 놀랍고 근심스럽다. 특히 집 떠난 나그네가 느끼는 시간의 흐름은 더욱 수심을 일으키게 한다. 그러니 낙엽 지며 한 해가 저물어가는 것을 본다면 놀랍고 근심스러운 마음을 금할 길 없을 것이다. 진정되지 않는 마음에 잠을 이룰 길 없어 그저 앉아서 가을바람 휘잉 불어대는 소리를 들을 수밖에 없다. 또 한 해가 이렇게 흘러가는구나 한탄하면서 말이다. 그러니 아침이 되자마자 거울에 얼굴 모습과 머리칼을 비추어 보았다. 한 생애동안 갖은 신산고초를 겪은, 또한 객지에서 또 한 해를 보내며 나이가 먹어가는 한 사람의 모습이 뚜렷이 거울 속에 찍혀 있구나. 주름지고 서리까지 내려앉았으니 바로 그 한 생애가 찍힌 모습은 자못 엄숙하고 숙연하게 한다.

거울 속에서 한 생애를 비추어보는 정경은 다른 시인들의 시에서도 자주 보인다. 이백은 <추포가(秋浦歌)>에서 "모르겠네, 밝은 거울 속의 그 모습, 어디서 가을의 서리를 맞았는지!(不知明鏡裏, 何處得秋霜.)"라고 하였고, 백거이는 <거울 보며 늙어 감을 기뻐하다(覽鏡喜老)>에서 "오늘 아침 밝은 거울 바라보니, 수염과 귀밑머리는 모두 실처럼 하얗게 되었구나.(今朝覽明鏡, 鬚鬢盡成絲.)"라고 하였다. 주름진 얼굴과 서리가 내려앉은 하얀 머리칼, 더 이상 청춘의 생기는 존재하지 않고 갖은 신산고초의 흔적들만 깊게 패여 있다. 이제는 모두 머지않아 사라질, 잊혀질 존재들이다. 그러나 그것이 곧 한 생애이기에 숙연하고 존경스러우면서도 한편으로 서글프고 서럽다.

2.4. 살다보면 살아진다

삶이란 우리 모두가 각자 살아내야만 할 신비이지 극복해야 할 문제가 아니다. 삶이란 우리에게 주어진 그대로 끝까지 노력을 경주하여 살아내야 할 그 무엇이지, 힘들다고 해서, 어렵다고 해서 포기해버리거나 남들과 같지 않음을 원망하기만 할 수는 없는 것이란 얘기다. 그저 살다보면 살아진다.

이제 우리의 삶의 실상을 단계적으로 정리해보자.

인생, 곧 '사는 것'이란 '하루하루 날들을 보낸다(過日子)'는 뜻이다. 즉 삶이란 하루하루를 산다는 것이다. 그리고 하루하루를 '산다는 것'은 또한 계속 목숨을 지키며 '살아간다는 것(活着)'이다. 그런데 우리가 목숨을 지키며 '살아간다는 것'은 굴러 떨어진 돌을 다시 올리는 시지프처럼, 휘어진 가지 위에서 아슬아슬 노래 부르는 새처럼 '살아낸다는 것(耐活)'이요 '끝까지 견디고 버텨내는 것(堅持到底)'이다. 진정 승리한 삶을 사는 자의 태도는 결국 살아내야 하는 인생을 숙명처럼 받아들이되 웃으면서, 그리고 적극적으로 서로 사랑하면서 끝까지 견디고 버텨내는 모습이 아닐까 생각된다.

'살아가는 것은 곧 해탈이다'

우리나라 성철 스님이 법정 스님과의 대화집인 ≪설전(舌戰)≫에서 이렇게 말한 이유도 바로 삶을 끝까지 견디고 버텨내는 것으로 보았기 때문이라고 생각된다. 우리나라 현대시인 이수익의 <밥보다 더 큰 슬픔>은 끝까지 견뎌내고 살아내야 하는 우리 인생의 진정한 의미를 적절하게 일깨워주고 있다. "크낙하게 슬픈 일을 당하고서도 굶지 못 하고 때가 되면 밥을 먹어야 하는 일이, 슬픔일랑 잠시 밀쳐두고 밥을 삼켜야 하는 일이, 그래도 살아야겠다고 밥을 씹어야 하는 저 생의 본능이, 상주에게도, 중환자에게도, 또는 그 가족들에게도 밥덩이보다 더 큰 슬픔이 우리에게 어디 있느냐고."

쓰러질 수도 있는 것이 인생이요, 흔들릴 수도 있는 것이 인생이다. 그러나 쓰러졌어도 일어날 줄을 모른다면, 또는 일어나는 법을 모른다면 그는 인생을 모르는 사람이다. 그리고 우리에게 주어지는 고통은 우리를 일부러 쓰러트리기 위한 것만은 아니다. 지금은 고인이 되신 서강대 장영희 교수가 그랬듯이 신은 우리에게 일어서는 법을 배우게 하기 위해서 우리를 쓰러트리는 것인지도, 고통을 주는 것인지도 모른다.

'나를 죽이지 않는 역경은 나를 키운다'

바로 니체가 한 말이다. 중국어 식으로 표현하면 "역경마련인(逆境磨鍊人; 역경이 사람을 단련시킨다.)", "인총시재역경중성장(人總是在逆境中成長; 사람은 언제나 역경 속에서 성장한다)"

흔히 생각하듯이 안락하게 지내고 행운이 늘 따라주며 크게 성공하는 것이 인생에서 꼭 좋은 것만은 아닐 수도 있다. 상처 입고 고통 받지 않았다면 결코 변화와 성장을 기대할 수 없는 때가 많기 때문이다. 왜 그런 것인가? 사람들은 힘든 일을 겪고 난 뒤에야 비로소 진짜 중요한 것과 중요하지 않은 것, 자기가 할 수 있는 것과 할 수 없는 것, 또 시급히 해야 할 것과 천천히 해도 될 것들을 구별할 수 있는 마음의 눈, 지혜의 눈을 뜨게 되며, 내면에 깊이 침잠하여 자기 자신과 대면하고 씨름하면서, 평소라면 발휘하지 못할 힘과 능력을 이끌어내는 것이다. 그래서 대개 어려움을 겪고 나면 이

전의 자신보다 한 차원 높아지게 되는 것이다. 때문에 고통과 고난은 우리에게 좀 더 성장하라고, 더 풍성한 삶을 살라고 부르는 하늘의 손길일 수도 있다.

'그러니 그대 사라지지 말아라'

우리나라 현대시인 정호승은 <우리가 어느 별에서>에서 "고통은 신이 인간을 사랑하는 방법이다. 만일 고통이라는 밥과 상처라는 국을 먹지 못한다면 가을날 서리 맞은 들풀처럼 시들어 버리고 말 것이다."고 고통을 적극적으로 예찬하고 있다. 매화는 추운 고통을 겪은 다음에 향기를 발한다. 딱지가 벗겨져야 새살이 돋는다. 조개는 살 속에 모래알이 박힌 고통을 이겨내고 아름다운 진주를 만들어낸다. 생선이 소금에 절임을 당하고 얼음에 냉장을 당하는 고통이 없다면 썩는 길밖에 없다. 아픈 만큼 성장한다. 고통 속에서도 환한 웃음을 지을 줄 아는 사람이 진정 용기 있는 사람이다. 나에게 주어진 길을 참고 견디면서, 넘어져도 다시 일어나서, 즐겁고 기쁘게, 그리고 남과 더불어 사랑하며, 끝까지 완주해야만 하는 것이 바로 인생의 길이다. 우리는 신작로, 지름길, 평탄한 길, 경관이 좋은 멋있는 길들을 선호하지만 그러나 우리에게 주어진 길은 대부분은 이런 길이 아니다. 그렇지만 우리는 참고 견디면서 완주해야 한다. 다시 말해서 삶이 지속되는 한 살아내야 하는 것이다. 우리나라 현대시인 박노해 시인은 그럼에도 불구하고 끝까지 길을 걸을 것을 강조하면서 <그러니 그대 사라지지 말아라>를 노래하고 있다.

안데스 산맥의 만년설산
가장 높고 깊은 곳에 사는
께로족 마을을 찾아가는 길에

희박한 공기는 열 걸음만 걸어도 숨이 차고
발길에 떨어지는 돌들이 아찔한 벼랑을 구르며
태초의 정적을 깨트리는 칠흑 같은 밤의 고원

어둠이 이토록 무겁고 두텁고 무서운 것이었던가

추위와 탈진으로 주저앉아 죽음의 공포가 엄습할 때

신기루인가
멀리 만년설 봉우리 사이로
희미한 불빛 하나

산 것이다
……
삶은 기적이다
인간은 신비이다
희망은 불멸이다

그대, 희미한 불빛만 살아 있다면
그러니 그대 사라지지 말아라

　이제 우리 삶에 고통이 찾아오는 것이 당연하게 주어진 이치이고, 그런 고통스러운 삶에도 불구하고 우리가 생을 포기하지 않고 고통을 견디면서 끝까지 살아내야 하는 것이 우리의 숙명임을 깨달았다면 시가 우리에게 주는 참 의미도 새삼스럽게 다시 새겨볼 일이다.

　시는 결핍과 상처, 고통에 대한 찬찬한 응시이다. 예민한 촉수와 따뜻한 눈을 지닌 시인들이 사람들의 고통스런 삶을 어떻게 외면할 수 있겠는가? 때문에 어쩌면 시인은 울면서 시를 쓰는 사람일지도 모르겠다. 우리나라 현대시인 고은은 "소가 움메 움메 우는데 어찌 시인이 울지 않고 노래하지 않을 수 있습니까?" 반문하면서 "시인이란 울기 위해서 태어났고 울부짖고 괴로워하기 위해서 태어난 죄의 꽃이며 고난의 꽃이다. 그래서 황혼이나 낙조, 달밤에도 새나 짐승처럼 늘 울고 있어야 한다. 울지 않으면 못 견딘다."고 정의하면서 "자신의 시와 문학은 모두 울음의 성과"라고 자평한 바 있다. 미국의 시인 로버트 프루스트 역시 "시는 슬픔의 결정체"라고 하였으니 모두 같은 맥락에서 나온 말이다. 그런데 역설적으로 시인이 울면서 쓰지 않은 시는 남들도 울면서 읽어주지 않는다는 것을 알아야 한다. 시인이 울면서 시를 쓴 만큼, 그래서 시가 아픈 만큼 독자들은 충분히 위로를 받게 되는 것이다. 시는 결핍에 대한 응시이기에 시인은 울면서 시를 쓰게 되고 그래서 시는 슬픔의 결정체가 되는 것이며, 이러한 시에 독자는 함께 따라 울면서 진한 감동과 위로를 받게 되는 것이라 생각된다.

****

우리가 쉽사리 외면하고 있는 불편한 진실들이 참 많이 있다. 우리는 살아가면서 자가당착에 빠지고 자기모순에 빠져서 이런 진실들을 외면하고 있다. 너무 이기적이고 한 푼도 손해 보지 않으면서 온전히 자기 입장에서 만사를 규정하기 때문에 진실들을 간과하게 된다. 이제 우리의 나약한 실상들을 여실하게 반추하고 반성해보면서 나에게 과연 '산다는 것은', '살아간다는 것'은 어떠한 의미일지 다시 한 번 생각해보자.

'내 이럴 줄 알았다'

첫째, 우리는 내일 당장 어떻게 될지 모르는데 항상 내일만을 꿈꾸며 살아간다. 지금은 없이 오직 내일을 위해 포기하고 사는 오늘, 우리는 얼마나 많은 것들을 놓치고 있는가? 내일을 위해 현재 유예하고 있는 것들, 대학에 진학만하면, 취업만 하면, 결혼만 하면, 이사 자리에만 오르면, 50평 아파트만 살 수 있으면, 아이가 대학만 진학하면, 외제차만 살 수 있으면, 노년 은퇴자금을 모아 놓기만 하면, 이러면서 지금 유예하고 있는 것들이 우리에겐 너무 많다. 지금은 없이 더 나은 내일을 바라고 있는 것이다. 우리의 시계는 이렇게 항상 미래를 향해 있다. 좀 더 높은 성취를 이루지 못하고 있는 내 자신에 대한 불만도 항상 있다. 내 뜻대로 이뤄지지 않는 여러 문제들에 대한 고민들은 내 머릿속 일정 부분을 차지하며 내 행복을 갈취하고 있다. 미국시인 에밀리 디킨슨의 시처럼 인간이라는 동물은 항상 "지금 없는 것을 그리워하며 살고, 그러다가 내 이럴 줄 알았다."고 후회하면서 마지막 길을 떠나곤 한다.

모든 것에는 그 나름의 때가 있다. "나무는 가만히 있으려 하지만 바람이 그치질 않고 불어오고(樹欲靜而風不止), 아들은 모시고 싶어 하지만 어버이는 이미 이 세상 사람이 아니다.(子欲養而親不待.)" 이 다음에 좀 더 잘 살게 되면 부모님을 잘 모셔야지 다짐하지만 이미 늦었다. 그 때가 되면 대부분 부모님은 벌써 돌아가시고 세상에 계시지 않는다. 그리하여 세상에 살아계실 적에 좀 더 잘 모실 걸 후회하게 된다. 우리는 지겹도록 천천히 지나가는 어린 시절이 어서 빨리 지나가기를 바란다. 그러나 쏜살같이 흐르는 세월에 어느덧 반백의 노인이 되어서야 어린 시절을 그리워하게 된다. 평상시에 우리는 자기 몸의 건강을 믿고 함부로 무리를 한다. 그러나 건강을 잃고 나면 건강의 소중함을 그제서야 알게 된다.

'모든 풍경은 일생에 단 한 번 뿐', '오늘은 내가 가장 젊은 날'

우리가 오늘을 살아야만 하는 이유는 무엇인가? 내일에는 무슨 일이 일어날지 아무도 모르기 때문이다. 또한 살아가는 오늘의 과정 그 자체를 즐기는 것이 승리하는 것이기 때문이다. 유다 법전에서는 "승자는 과정을 위해서 살고, 패자는 결과를 위해서 산다. 승자는 달리는 도중에 이미 행복하나 패자는 경주가 끝나야만 행복이 결정된다."고 하였다. 내일 일이 어떻게 전개될지는 아무도 모른다. 때문에 오늘 하루를, 그리고 일이 진행되는 과정을 즐기는 것이 곧 승리하는 길이다. 모든 풍경은 일생에 단 한 번뿐이다. 오늘이야말로 내가 가장 젊은 날이다.

'사실 모두가 불쌍한 사람'

둘째, 우리는 살아가면서 남들의 처지는 조금도 나쁘지 않은데 왜 오직 나의 처지만 불쌍할까 라고 생각한다.

남들은 나에 비해 모두 능력이 뛰어나고 잘 살고 멋진 존재들처럼 보인다. 그러나 생각해보라. 남들 역시 모두 상처투성이인 불쌍한 존재들이란 것을 명심해야 한다. 그들 역시 모두 힘든 삶을 살며 위로받고 싶어 하는 존재들인 것이다. 그러니 어떻게 해야 하겠는가? 그들에게 역시 친절을 베풀어야 하는 것이다. 그간에는 나보다 잘난 사람이 너무 많고 나보다 잘 사는 사람이 너무 많아서 나만 불행한 것으로 생각했고 그래서 남에게 친절을 베푸는 것이 사치요 호사요 불가능한 것으로 생각했었는데 이 모든 게 착각이었다. 남들은 나보다 더 행복하고 더 고생 없이 편하게 살 거라는 생각이 모두 다 착각이었던 것이다. 기실 모든 사람이 다 나처럼 불쌍한 사람들이었고 동정이 필요한 사람들이었던 것이다.

셋째, 사랑한다고 하면서 상처는 받지 않으려 한다.

사랑에는 기쁨과 행복도 있지만 반드시 고통이 따르기 마련이다. 사랑함으로 인하여 외로움과 그리움, 기다림이 반드시 뒤따라오며 때로는 헤어짐의 고통도 뒤따른다. 그런데도 이른바 쿨한 사랑만을 찾는다. 즉 헤어져도 아무런 아픔을 느끼지 않고 산뜻하게 갈라서는 그런 사랑을 찾는데 그것을 과연 사랑이라고 할 수 있겠는가?

넷째, 예쁜 여자 또는 잘 생긴 남자를 원하면서 또 그녀가 현모양처 또는 능력 있는 남편이 되기를 바란다.

모든 일에는 반대급부가 뒤따르고 대가가 있기 마련이다. 불교적인 의미로 말하면 '업(業)'을 져야 한다. 우리가 인생을 살면서 반드시 생각해야 할 원칙이다. 배우자를 고를 때를 한 번 생각해보자. 잘 생긴 남자, 돈 많은 남자, 오지랖이 넓은 남자, 수다스러운 남자 가운데 이 중 한 남자를 배우자로 선택했다고 치자. 그러면 그들 각자 나름대로의 반대급부가 뒤따른다. 잘 생긴 남자를 선택했다고 한다면 그에게는 바람피울 가능성이 반대급부로 뒤따른다. 돈 많은 남자를 선택했다면 그는 돈이 권력인 자본주의 사회에서 목에 힘을 주고 아내 위에 군림하려 드는 반대급부가 뒤따른다. 남자가 오지랖이 넓다면 그것은 남들에게나 좋은 일이지, 그가 자기 아내에게 맹목적으로 헌신하겠는가? 여자는 흔히 수다스러운 남자를 좋아하지만 그러나 수다스러운 남자는 충직하지 못 한 단점이 있는 경우가 많다. 이처럼 어떤 한 장점을 특별히 중시하여 그를 배우자로 맞이한다면 반드시 그에 따라 지불해야할 대가가 반대급부로 뒤따를 것이기에 이 점을 각오하고 있어야 한다.

'매를 맞아봐야 비로소 눈이 열리네'

다섯째, 인생 수업 받으면서 수업료 한 푼 안내려고 한다.

인생에는 배워야 할 것들이 참 많다. 산 넘어 산이다. 그런데 우리는 그런 것들을 쉽게 머릿속으로 얻을 수 있을 거라 단정지을 때가 많다. 그러나 어떤 것들은 머릿속으로는 이해되지만 막상 마음으로 이해되기까지는, 그래서 행동으로 이어지기까지는 오랜 세월이 필요할 때가 많다. 이윽고 실연을 했다든지, 부모님이 돌아가셨다든지, 건강을 잃었다든지, 부도를 맞아 쫄딱 망했다든지 할 때 비로소 예전에 그냥 흘려듣던 얘기들이 다시 생각나면서 진정한 체험을 하게 되고 산지식이 되어 돌아온다. 흔히 하는 말로 매를 맞아봐야 비로소 세상을 보는 새로운 눈이 열리는 것이다. 세상에 공짜는 없는 법이다.

여섯째, 우리는 외롭지 않으려고 자꾸 소유에 집착한다.

우리나라의 현대시인 정호승은 <수선화>에서 "울지 마라, 외로우니까 사람이다."고 하였다. 외롭지 않은 사람이 없다. 그래서 사람이라는 것이다. 그런데 외로움을 잊어보려고 이성 친구를 찾는 데 골몰하며 사랑을 소유로 착각하며 산다. 또는 외로움을 잊기 위해 재물을 탐하는 우를 범하기도 쉽다. 우리는 외로운 존재임을 허심탄회하게 고백하고 인정해야 한다. 그래야 더불어 살 수 있다.

일곱째, 죽는다는 사실을 망각하고 오직 영원토록 살 것처럼 착각하며 산다.

죽음 없는 삶은 없는 법이다. 그런데도 사람들은 너나없이 죽음을 잊고, 죽음을 외면하면서 마치 영속할 수 있는 것처럼 살려고 한다. 그러나 죽음이 없다면 진정한 삶도 없다. 죽음이 없다면 그렇지 않아도 이기적이고 교만한 인간은 얼마나 또 교만해질까? 이 세상은 걷잡을 수 없는 혼란에 휩싸이게 될 것이다. 그래서 우리나라의 법정 스님은 "살아 있는 것은 다 행복하다."고 하였는데 그 이유 역시 우리에게 항상 죽음이 뒤따르기 때문이었다. 죽음이 있기에 인간은 비로소 겸손해지면서 삶을 충실히 살려고, 또 남을 위해 살려고 생각을 해보게 되는 것이다.

여덟째, 좋은 부모가 되면 부부관계 역시 좋아지리라 생각한다.

특히 우리나라 가정은 부부 두 사람만의 사랑과 행복보다는 많은 시간과 에너지를 자녀들에게 쏟는다. 자녀 중심의 헌신적인 생활 때문에 부부가 함께 저녁 외식조차 하지 못 한다. 그래서 부부 둘만의 생활을 위해 할애할 수 있는 시간은 점점 줄어든다. 그러면서 착각한다. 아이들을 잘 키웠기 때문에 부부의 사이도 원만하게 유지되었을 거라고. 천만의 말씀이다. 부부 사이에 휑한 바람만 일어날 뿐이다. 부부 사이는 자식과는 별개의 문제인 것이다. 부부 사이 역시 별도로 시간과 관심을 투자해서 키워야할 또 다른 대상인데 우리나라 부부들은 이를 흔히 간과하고 있다.

'천석꾼에겐 천가지 근심'

아홉째, 천 가지 근심 없이 천석꾼이 되고 싶어 한다.

천석꾼에겐 천 가지 근심이, 만석꾼에겐 만 가지 근심이 따르는 법이다. 그런데 우리는 천석꾼, 만석꾼 같은 부자가 되면 근심은 하나도 없을 거라고 생각한다. 도리어천 가지, 만 가지 즐거움만 있을 거라고 착각한다. 천석의 재산을 지키려면 어떻게 해야 하겠는가? 당연히 천 가지로 근심 걱정해야 하지 않겠는가? 그리고 돈 있는 사람이더 구두쇠요 자린고비다. 왜 그런가? 생각해보라, 구백 억이 있는 재산가라면 당연히천억을 원할 텐데 그러면 백억을 위해서 어떻게 해야 하겠는가? 자린고비처럼 안 쓰고 더 모아야 하지 않겠는가? 그런데 수중에 돈 몇 푼 없는 사람이야 얼마를 더 번들저축할 수 있는 금액은 뻔하니 그냥 그 자리서 쓰고 마는 것이다.

열 번째, 자기는 자부애부(慈父愛夫)도 아니면서 아내는 현모양처(賢母良妻)이길바란다.

우리가 그만큼 이기적이라는 사실을 입증하는 말이다. 내 아내는 누구보다 나에게잘 하고 또 아들을 잘 키우는 여자였으면 좋겠다. 그런데 나는 누구보다 아내에게 좋은 남편이 되어줄 수 있고 아이들에게는 자상한 아빠가 되어줄 수 있는가? 나는 못 하면서 아내에게는 바란다. 모두가 도둑놈 심보이다. 그런데 따지고 보면 어느 누구도여기에서 한 치를 벗어나지 못 한다. 참으로 안타깝지만 부정하기 어려운 현실이다.

'거울은 스스로 웃지 않는다'

열한 번째, 나는 웃지 않으면서 거울이 웃어주기를 기대한다.

우리나라 사람들은 항상 심각하다. 얼굴에 긴장하는 표정이 역력하고 잘 웃지 않는다. 자주 웃으면 실없는 사람으로 낙인찍힌다. 외국을 다니다가 화난 표정으로 눈에 힘주고 다니는 사람을 만나게 되면 그들은 대부분 한국 사람일 가능성이 높다. 그만큼 우리는 유머를 용납하지 않는 그런 엄숙하면서도 경직된 사회에 살고 있는 것이다. 웃음을 회복할 필요가 있다. 게다가 우리는 남에 의한 판단에 의존하는 증세가 심하다. 무슨 말이냐면 너무 남의 평가와 인정에 매달리고 있다는 것이다. 그것은 마치 거울에다가 자기에 대한 판단을 맡기는 수동적인 태도와도 같다. 생각해보라. 거울을 향해 웃지 않는데 어떻게 거울에 웃는 모습이 나타나겠는가? 자기가 주체적으로 웃어야 하는 것이다. 웃음을 스스로 회복해야 하는 것이다. 내가 웃지 않는데 거울에게 웃어주길 바라는 것은 어불성설이다. 나에게 웃어줄 수 있는 것은 오직 나밖에 없다.

'남들은 정작 나에게 관심이 없다'

열두 번째, 남들은 나에게 관심이 많고 항상 나를 주목하고 있는 줄 안다.

열 사람 중에 일곱은 나에게 관심조차 없고, 둘은 도리어 나를 비난하는데 열중하며, 오직 남은 하나가 나를 좋아해줄까 말까 하는 정도이다. 남들은 자기 자신의 고민을 해결하는데 골몰해 있고 자기 일 처리에 바쁘지 나에게까지 신경 쓸 겨를이 없다. 관심을 표명한다고 해도 그것은 잠시 약간의 의례상 해보는 말일 때가 많은 것이다. 저들은 저마다 자기만의 고통과 아픔에 겨워하고 있고 그들의 탐욕과 아집 속에 갇혀서 자기의 이익만을 돌보고 있기에 정작 타인인 나에게는 관심이 없다. 이 얼마나 충격적인 사실인가? 그토록 잘 보이려고 애썼던 대상은 정작 나에게 관심이 없다니! 그런데도 우리는 그 남에게 인정받으려고, 그의 눈에 들려고 애를 쓰고 몸부림치고 있으니 참으로 가여운 중생이라 하겠다.

열세 번째, 먼저 남을 칭찬하려 하지 않고 내가 먼저 칭찬 받으려 한다.

내가 먼저 그들을 칭찬하고 인정해주지 않으면 그들도 나를 칭찬하고 인정해주지 않는다. 내가 먼저 그들의 양동이에 칭찬과 인정의 물을 부어주고 나서야 비로소 그들도 나의 양동이에 물을 부어주는 것이다. 마치 놀이터에서 타는 시소의 원리와도 같다. 내가 남을 칭찬해주어 그를 무겁게 함으로써 밑으로 내려가게 만들면 자연스레 나의 시소는 올라가게 되는 것이다.

그렇다면 우리는 왜 이렇게 실상을 여실하게 바로 보지 못 하고 진실을 외면해왔는가?

첫째, 나만을 위주로, 나의 입장에서만 이기적으로 봐왔던 것이 가장 큰 이유라고 할 수 있다. 우리의 관점이 타인에 대한 사랑에 기반 하지 않았기 때문에 전체를 조망할 수 없었던 것이 아닌가 생각된다. 사랑해야 보인다. 사랑의 눈으로 보아야 비로소 이웃의 아픔이 눈에 띄고 제대로 알아볼 수 있게 되고 진정으로 이해할 수 있게 되는 것이다. 그렇게 사랑의 눈으로 보았을 때 보이는 것이 진정 아름다운 것일 게다. 앞에서 살펴보았듯이 시 역시 결핍과 고통에 대한 응시이기 때문에 결국 독자들의 마음에 다가갈 수 있고 그들을 따뜻하게 위로할 수 있지 않았던가! 그 이치 역시 바로 여기에 있었던 것이다. 타인을 사랑하고 배려하고 공감하는 것, 바로 그것이다.

'Ubuntu(우분투; 당신이 있기에 내가 있습니다)'

남아프리카 반투어에서 유래된 말로서 자비의 실천을 강조하는 아프리카의 전통 평화운동의 사상적 뿌리라고 한다. 이 말 역시 타인에 대한 배려와 사랑을 기본 정신으로 하고 있다고 볼 수 있다.

둘째, 우리의 관점과 세계관이 너무 협소하기 때문이다. 흔히 '아는 만큼 보인다.'고 하듯이 우리는 자신이 아는 만큼의 지평과 세계관 안에서 사고하고 이해하기 마련이다. 좀 더 많은 지식을 섭렵하는 것은 당연하고 그리고 다양하고 풍부한 경험을 해보아야 한다. 물질을 소유하는 것보다 배움과 경험에 돈을 투자하는 일이 가장 행복하다고 한다. 어려운 일도 몸소 겪어보고 심지어 매도 직접 한 번 맞아보아야만 타인의 고통을 이해하는 마음의 눈, 즉 심안이 열려서 전에는 눈에 보여도 인식하지 못 했던 것을 새롭게 보고 이해하게 되는 것이다. 두 눈을 뜨고 있어도 보지 못 하고, 두 귀를 쫑긋 세워도 듣지 못 했던 것을 그제서야 비로소 보고 들을 수 있게 되는 것이다. 배워서 아는 만큼 보이게 되고, 경험하고 겪은 만큼 깨닫게 되고, 깨달은 만큼 성숙하게 되는 것이다. 그리하여 "올라가면서 보지 못 한 꽃, 내려오며 보이네."라고 비로소 고백할 수 있게 되는 것이며, 30년 동안 복숭아꽃 찾아다니다가 집에 돌아와 보니 바로 자기 집안에 복숭아꽃이 있었음을 비로소 발견하게 되는 것이다.

제3장

시인의 운명적인 삶

살다보면 슬픔과 기쁨, 이별과 만남이 다 있어!

(人有悲歡離合)

내가 두고 떠나온 글 속에 나는 살아 있어!

3.1. 시인의 운명적 고통

'국가불행시가행(國家不幸詩家幸)'

청(淸)대 시인이자 이론가 조익(趙翼)이 <원호문의 시에 쓰다(題遺山詩)>에서 한 말이다. 나라가 전쟁 등으로 불행해지면 시인에게는 행복이 찾아온다는 얘기다. 나라의 불행으로 시를 쓸 수 있는 정서와 분위기, 주제 및 소재가 도리어 충만해지기 때문이리라. 그러나 한걸음 더 나아가 생각해보면 시인이 가난, 이별, 질병, 유배 등 개인적으로 겪는 불행도 역시나 시인의 가슴을 울게 함으로써 좋은 시가 탄생할 충분한 조건을 마련해준다고 볼 수 있다. 그러니 '시가불행시가행(詩家不幸詩歌幸)', 즉 시인의 개인적인 불행이 시의 축복이라고 할 수 있지 않을까!

주(周)대 공자(孔子)는 벼슬을 위해 천하를 주유(周遊)했으나 뜻을 얻지 못하고 결국 물러나 제자들을 교육하였기에 훗날 ≪논어(論語)≫와 같은 위대한 사상서를 남길 수 있었고, 초(楚)나라 굴원(屈原)은 충직하게 간언을 하다가 간신배들의 모함으로 왕에게 쫓겨났기에 ≪이소(離騷)≫와 같은 뛰어난 문학작품을 남길 수가 있었으며, 한(漢)대 사마천(司馬遷)은 궁형(宮刑)의 치욕을 겪었기에 ≪사기(史記)≫라는 훌륭한 역사서를 저술할 수 있었다.

사마천은 뜻을 얻지 못 한 이들의 고통이 그들을 더욱 분발하게 하여 뛰어난 저술을 남기도록 하였다는 이른바 '발분저서(發憤著書)'설을 <보임안서(報任安書)>에서 펼쳤다.

주나라 문왕(文王)은 유리(羑里)에서 구금당하여 ≪주역(周易)≫을 부연하여 지었고, 공자는 진(陳)나라와 채(蔡)나라의 사이에서 고생하면서 ≪춘추(春秋)≫를 지었고, 굴원은 내쫓기자 곧 ≪이소(離騷)≫를 지었고, 좌구명(左丘明)은 실명하였기에 그에게 ≪국어(國語)≫라는 저술이 있게 되었고, 손자(孫子)는 다리를 잘리는 형벌을 받고서 ≪병법(兵法)≫을 지었고, 여불위(呂不韋)가 촉나라로 옮겨가고 나서 세상에 ≪여람(呂覽)≫이 전해졌고, 한비자(韓非子)가 진나라에 잡혀 갇히고서 ≪세난(說難)≫과 ≪고분(孤憤)≫편을 지었고, ≪시경(詩經)≫ 삼백편(三百篇)은 대체로 성현들이 발분하여 지은 작품들이다. 이 사람들은 모두 그 뜻이 막히고 맺힌 것이 있었으나 그들의 도가 통할 수 없었던 까닭에 지난 일을 서술하여 저술로 남김으로써 앞으로 올 후인을 생각하였던 것이다.
(蓋文王拘而演≪周易≫; 仲尼厄而作≪春秋≫ ; 屈原放逐 乃賦≪離騷≫; 左丘失明 厥有≪國語≫; 孫子臏脚 ≪兵法≫修列; 不韋遷蜀 世傳≪呂覽≫; 韓非囚秦 ≪說難≫≪孤憤≫; ≪詩≫三百篇, 大底聖賢發憤之所爲作也, 此人皆意有所鬱結, 不得通其道, 故述往事, 思來者.)

당(唐)대 한유(韓愈)는 사마천의 발분저서설과 비슷한 맥락에서 <송맹동야서(送孟東野序)>에서 '불평즉명(不平則鳴)'론을 주장한다. 물체가 평형을 얻지 못하면 소리를 낸다는 논리이다.

대체로 사물이 그 평형을 잃게 되면 소리를 낸다. 풀과 나무는 본래 소리가 없으나 바람이 이를 요동시켜서 소리를 내며, 물은 본래 소리가 없으나 바람이 이를 진탕시켜서 소리를 내는 것이다. …… 사람의 말에서도 또한 그러하다. 부득이한 일이 있은 후에야 말을 하기에 그의 노래에는 그리움이 담기고 그의 울음소리에는 슬픈 정이 담기는 것이다. 무릇 입에서 나와 소리가 되는 것들은 모두 평형을 잃음이 있는 것들이다.
(大凡物不得其平則鳴. 草木之無聲, 風撓之鳴. 水之無聲, 風蕩之鳴. …… 人之于言也亦然. 有不得已者而後言, 其歌也有思, 其哭也有懷. 凡出乎口而爲聲者, 其皆有弗平者乎！)

사마천이 말한 사람을 발분하게 하는 상태나 한유가 말한 평형을 잃은 상태란 모두 정상적이거나 일반적 상태가 아니라 뜻과 같이 이루어지지 않는 상태, 지극히 어려운 지경에 빠진 상태를 가리키는 것으로서 간단하게 요약하자면 고통에 처한 상태를 가리킨다.

'시궁이후공(詩窮而後工)'

송(宋)대 구양수(歐陽修)는 역대 훌륭한 시인 중에 영달(榮達)을 이룬 사람이 적은 사실을 직시하고 여기서 한 걸음 더 나아가 시인은 고통이 크면 클수록 더욱 훌륭한 시를 쓸 수 있다는 이른바 '시궁이후공(詩窮而後工)'설을 <매성유시집서(梅聖兪詩集序)>에서 주장한다.

> 시인은 영달한 자가 적고 곤궁한 자가 많다고 세상 사람들이 말하는 것을 나는 들었는데, 어째서 그러할까? 세상에 전해지고 있는 시들은 대부분 옛날 곤궁했던 사람들에게서 나온 말이었다. …… 대체로 곤궁하면 할수록 더욱 그 시가 훌륭해지는 것이다. 그러므로 시가 그 사람을 곤궁하게 만들 수 있는 것이 아니라 거의 곤궁하게 된 뒤에야 그 시가 훌륭해지는 것이다.
> (予聞世謂詩人少達而多窮, 夫豈然哉? 蓋世所傳詩者, 多出于古窮人之辭也. …… 蓋愈窮則愈工. 然則非詩之能窮人, 殆窮者而後工也.)

중국은 고대부터 이처럼 훌륭한 시를 남기기 위한 필요충분조건은 바로 시인의 고통이라고 보는 관점들이 매우 보편화되어 있음을 잘 알 수 있다.

기실 구양수 본인 역시 가난의 고통을 피해갈 수 없었다. 그가 4세 되던 해에 아버지가 세상을 뜨면서 집은 매우 가난한 생활을 영위하게 되었다. 그렇지만 그의 어머니는 가난에도 아들에 대한 교육을 포기하지 않았기에 궁리 끝에 주변에 널려 있는 갈대를 끊어다가 땅에 글자를 쓰면서 아들을 가르치게 되었다. 이후로 '화적교자(畫荻教子)', 갈대를 땅에 그어가면서 글씨를 써서 아들을 가르친다는 뜻의 이 말은 훗날 어떤 상황에도 굴하지 않고 아들을 교육시키는 방법을 마련하는 강인한 어머니를 찬미하는 데 쓰이게 된다. 한편으로 위대한 문학가로서 구양수 역시 가난과 신산스러운 세월을 피해가지 못했음을 우리는 잘 알 수 있다.

송대 소식(蘇軾) 역시 고통스러운 삶을 살다 갔는데 그의 문학이 그렇게 뛰어날 수 있었던 것은 하늘이 운명적으로 그에게 고통스러운 삶을 안배하였기 때문이었을까? 소식은 <과거 합격 동기생 조단언이 9월 9일에 보내준 시에 화답하여(和晁同年九日見寄)>시에서 항주 양절제점형옥(兩浙提點刑獄)으로 있다가 파직된 조단언(晁端彦)을 위로하며 "그대에게 곤궁과 시름을 주는 것은 하늘의 뜻이라, 오중의 산수는 그대에게 맑은 시를 원한다네.(遣子窮愁天有意, 吳中山水要淸詩)"라고 하였다. 곤궁과 시름이 시인에게 찾아오는 이유는 아름다운 산수를 접하고서 훌륭한 시를 짓게 하고자 하는 하늘의 운명적인 안배 때문이라고 본 것이다.

소식은 빼어난 시를 짓기 위해 일부러 적극적으로 곤궁한 상황을 만들기도 하였음을 자신의 시 <병중인지라 며칠 동안 큰 눈이 내려도 일어나서 구경한 적이 없었는데, 괵현 현령 조천이 시를 지어 건네주며 내게도 짓기를 요구하므로 장난삼아 그의 운을 써서 화답하다(病中大雪數日未嘗起觀虢令趙薦以詩相屬戲用其韻答之.)>에서 다음과 같이 노래하였다.

有客讀苦吟,	홀로 괴롭게 읊조리는 나그네 있나니
淸夜默自課.	맑은 밤에 묵묵히 스스로 글을 짓네.
詩人例窮蹇,	시인은 으레 곤궁하고 군색하고
秀句出寒餓.	빼어난 시구는 추위와 배고픔에서 나오지.
何當暴雪霜,	어찌하면 모진 눈서리를 맞아서
庶以躡郊賀.	맹교와 이하의 빼어난 시를 능가할 수 있을까?

뛰어난 시인은 으레 빈궁하고 수심이 많은 것인가! 당대의 시인 맹교(孟郊)와 이하(李賀)는 고음(苦吟)시인으로 유명한데 모두 일생 동안 곤궁하고 영락하여 수심이 많았기에 그들의 시풍 역시 '맹교는 차갑고 가도는 말랐다(郊寒島瘦)'로 평가되었다.

'얼마나 더 많은 시련을 겪어야 단단해질 수 있을까?'

소식은 맹교와 이하 두 시인의 성취를 능가할 수 있는 빼어난 시구를 짓기 위해 자신이 처한 운명적인 고통스러운 삶도 부족해서인지 도리어 추위와 배고픔을 스스로 찾아 맛보고자 하였다. 모진 눈서리를 맞아야 비로소 두 시인의 시적 경지를 능가할 수 있다고 여기고 있으니 스스로 두 시인보다 더 큰 고통을 찾아 나서겠다는 적극적인 의지의 표명이라고 볼 수도 있겠다.

중국의 시인들이 맞이한 고통으로서의 '궁(窮)'은 주로 정치적 좌절, 경제적 궁핍, 가족 및 친지와의 이별, 그리고 본인에게 찾아오는 질병과 죽음 등을 꼽을 수 있을 것이다. 이처럼 중국 시인들이 맞이한 고통들은 다시 청소년 시절의 결핍(缺乏), 중장년 시절의 상실(喪失), 노년 시절의 망각(忘却)이라는 세 가지 키워드로 분류하고 정리해 볼 수 있지 않을까 생각된다.

청소년 시절에는 원래 갖고 싶은 강렬한 욕망을 불태우지만 쉽게 채우지 못하여 번민하고 방황하는 결핍의 아픔이 고통의 주류를 이룬다. 중국 시인들이 청소년 시절에 겪는 결핍의 고통 역시 대부분 가난 속에서 성장하거나 오랫동안 과거에 합격하지 못함으로써 오는 아쉬움과 안타까움이었다.

중장년 시절에는 많은 것들을 이미 얻고 누리고 있지만 조만간에 건강을 잃는다든지, 관직을 내려놓아야 한다든지, 가족과 이별해야 한다든지 하는 상실의 아픔이 찾아오기 마련이다. 중국 시인들이 중장년 시절에 겪는 상실의 고통 역시 대부분 지방으로 좌천을 당하게 된다든지, 아니면 아예 벼슬자리에서 쫓겨나게 된다든지, 그리고 주변의 가족·친구들과 이별이나 사별을 경험하게 된다든지, 나아가 본인 스스로 몸이 점차 쇠퇴해져서 잦은 병마에 시달리는 데서 오는 절망과 원망이었다.

노년 시절의 가장 큰 아픔은 결국 인간이 죽어야 할 운명을 지니고 태어났다는 사실에서 온다. 죽음은 숙명으로 받아들이기에 어쩔 수 없다 하더라도 사람들은 자신이 이 세상을 떠난 뒤에 남아 있는 자들의 기억 속에 살아 있고 싶지만 그조차도 사라져서 나의 존재가 영원히 소멸될까봐 두려워하게 된다. 바로 망각(忘却)될지도 모른다는 데서 오는 고통을 겪게 되는 것이다. 중국의 시인들 역시 망각의 두려움이란 고통을 겪었다. 그렇기에 어떻게 하면 남아 있는 자들의 기억 속에 좀 더 오래 살아있을 수 있을까를 고민하며 여러 가지를 모색한다. 그들은 시를 포함한 글을 남겨서 사람들의 인정을 받고 그 속에서 영원히 남아 있고 싶어 했고, 또 정신적으로는 죽음을 극복할 수 있는 정신적 초월 내지는 자연 순응의 신념을 갖게 된다.

본 장에서는 중국 시인들의 고통을 결핍, 상실, 망각이라는 세 가지 키워드로 분류하여 탐색해보고자 한다. 본 장에서 얘기하는 소식의 삶과 시에 관한 내용은 ≪소동파평전≫(왕수조 저, 조규백 역, 돌베개, 2015년)를 주로 참고하여 정리하였음을 밝혀둔다.

3.2. 결핍

중국의 시인들이 청소년 시절에 겪은 결핍형 고통으로는 주로 벼슬과 관련한 것들이 대부분이다. 오랜 시간 여러 차례 과거를 낙방하여 실의에 찬 생활을 하였거나 혹은 낮은 관직을 전전함으로써 가난을 면하지 못했다는 얘기들이 대다수이다.

그런데 결핍형 고통 중에서도 벼슬과는 무관하게 재미난 또 다른 사례를 중국의 전원시인 도연명(陶淵明)에게서 발견한다.

> '맹렬한 뜻은 굳세게 항상 지니고 있었다.(猛志固常在)'
> '아득히 한가로이 남산이 바라다보이네.(悠然見南山)'

일견 모순되는 듯한 위의 두 시구처럼, 한때는 나라를 위해 헌신하겠다는 생각을 지녔다가 나중에는 모든 세속의 욕망을 내려놓고 유유자적 물아일체의 탈속한 사상을 함께 추구하였던 도연명에게 자식들은 여느 평범한 부모들과 마찬가지로 그를 골치 아프게 만드는 존재였다.

본래 도연명에게 어린 자식들을 키우면서 지켜보는 즐거움은 지극하였다. <술을 끊다(止酒)>시에서 "큰 즐거움은 어린 자식에 그친다.(大歡止稚子)"고 하였는데 여기서 '그친다'는 뜻의 '지(止)'자는 더 이상 그 위가 없는 경지를 가리키니, 이 시구는 곧 어린 자식에게서 느끼는 즐거움보다 더 큰 즐거움은 없었음을 가리킨다. 그는 또한 <곽주부에 화답하다(和郭主簿)> 제1수에서 "어린 자식 내 곁에서 놀며, 말을 배우는데 발음을 아직 제대로 하지 못한다. 이런 일들이 진정으로 또한 즐거우니, 그저 이것으로 화려한 벼슬 잊는다.(弱子戲我側, 學語未成音. 此事眞復樂, 聊用忘華簪.)"라고 하여 어린 자식의 재롱과 말 배우는 모습을 지켜보는 것이 가장 큰 즐거움이라고 토로하고 있다. 대시인 도연명의 가정적인 모습을 엿볼 수 있다.

부모는 자식들이 건강해주기를 바라는 게 가장 큰 바람이지만 그러나 욕심은 끝이 없어서 기왕이면 자식들이 다른 집 아이들보다 더 잘 났기를 바라는 게 인지상정이다. 갓 태어난 아들들이 말 배우는 것을 보면서 지극한 즐거움을 느꼈던 도연명이지만 이제 다섯이나 되는 아들들이 성장하면서 모두 조금씩 모자람을 보이자 그로 인해서 속상한 마음을 갖지 않을 수 없었으니 이런 심정을 <자식들을 꾸짖다(責子)>라는 시를 통해 표현하고 있다.

白髮被兩鬢,	백발이 두 귀밑머리를 덮고
肌膚不復實.	살과 피부는 더 이상 튼실하지 않네.
雖有五男兒,	비록 아들 다섯이 있으나
總不好紙筆.	모두 종이와 붓을 좋아하지 않네.
阿舒已二八,	아서는 이미 열여섯이지만
懶惰故無匹.	본래 게으르기 짝이 없네.
阿宣行志學,	아선은 이제 곧 배움에 뜻을 두는 열다섯이지만
而不愛文藝.	글 짓는 법 배우기를 좋아하지 않네.
雍端年十三,	옹과 단은 나이가 열셋인데
不識六與七.	6과 7을 인식하지 못하네.
通子垂九齡,	막내 통이란 녀석은 곧 아홉 살이 되는데
但覓梨與栗.	다만 배와 밤만 찾는다네.
天運苟如此	하늘이 정한 운명이 진실로 이와 같을진대
且進杯中物.	잠시 잊고 술이나 마시는 수밖에.

'자식처럼 내 마음대로 되지 않는 것이 또 있을까!'

자식들을 꾸짖는다고 하였지만 정작 꾸지람으로 들리지 않고 왠지 도연명 자신의 신세에 대한 한탄을 담백하면서도 유머러스하게 표현하고 있는 것으로 보인다. 도연명 본인은 조금씩 늙어 가는데 아직 어린 아들 다섯이 하나같이 배우기를 좋아하지 않고 게다가 용렬하기까지 하니 그들의 장래가 불투명하다는 것은 명약관화한 사실이라 아버지로서 매우 속상하지 않을 수 없다. 그렇지만 하늘이 나에게 내려준 운명이 바로 이러할진대, 나에게 자식 복을 주지 않고 결핍의 고통을 안겨주었을진대 어찌하겠는가? 그저 운명에 순응하고 잠시라도 잊어버린 채 술이나 마시면서 위로할 수밖에.

당대 백거이(白居易)는 <여원구서(與元九書)>에서 당대의 출중한 시인 대부분이 어려운 생애를 보냈음을 실증적으로 예시하였다. 진자앙(陳子昻)과 두보(杜甫)가 평생 습유(拾遺)의 벼슬밖에 하지 못했고, 이백(李白)과 맹호연(孟浩然) 등은 평생 궁색하게 살았으며, 맹교(孟郊)는 나이 60세에 간신히 협률(協律) 시험에 합격했고, 장적(張籍)은 나이 50세가 되도록 태축(太祝)이라는 낮은 벼슬을 벗어나지 못했다고 지적하였다. 이 예시들은 대부분 오랫동안 과거에 낙방하여 관직 진출이 늦었다든지, 그리하여 매우 낮은 관직을 전전할 수밖에 없었다는 결핍의 고통들과 관련이 있다고 할 수 있겠다.

명대 서위(徐渭) 역시 누구 못지않게 참으로 기구하고 불우한 삶을 살았다. 아주 어려서 고아가 되었는데 몹시 총명해 9세에 벌써 혼자서 문장을 지을 줄 알았다. 하지만 또한 천성적으로 분방하고 어디에 얽매이는 성격이 아니어서 시속에 영합하지 않았기 때문에 몹시 오만하고 괴상하다는 평을 받기도 하였다. 그는 관직에 나가는 길도 순탄하지 못하여 향시에 여덟 번이나 낙방을 하였고 중년이 되어서야 겨우 절민총독부(浙閩總督府) 호종헌(胡宗憲)의 막료가 되었다. 그러나 또 호종헌이 어떤 사건으로 투옥되는 바람에 그도 연루되어 박해를 받았다. 그리하여 한때는 미쳐서 자기 머리를 도끼로 찍기도 하고 귀에 못을 박는 등 아홉 번이나 자살을 시도하기도 하였다. 또 미친 상태에서 아내를 죽여 7년 동안 감옥살이를 하였다. 감옥에서 나온 후에는 금릉(金陵)을 유랑하며 시·서·화로 생계를 근근이 유지하였다. 만년에는 상황이 더욱 비참해져서 10년 동안 곡기를 끊고 개하고만 지냈다고 전해지기도 한다.

　서위의 불우한 인생역정이나 비참한 신세, 정신적 고통은 역사에서도 보기 드문 경우라고 할 수 있을 것이다. 이처럼 고통스러운 삶 속에서 문학예술의 창작이야말로 그에게 최대의 정신적 안식처가 되어주었다. 문학예술작품을 통해서만이 내면의 고통과 불만을 반항적으로 토로할 수 있었는가 보다. 그는 마침내 시·서·화·희곡을 막론하고 뛰어난 경지에 이른다. 니체가 고통이 인생의 가치를 증폭시키는 흥분제라고 했듯이 현실의 고통이 그를 아름다운 상상의 예술적인 세계로 고양시켜주었다고 할 수 있다. 그리고 그 아름다운 상상의 세계에서 그는 따뜻한 위로를 받았을지도 모른다.

3.3. 상실(喪失)

　소식의 관직생활은 참으로 기구하고 고통에 찬 생활이었다. 지방관과 유배생활을 전전하였으니 그의 삶은 대표적인 상실형 고통에 속하기에 본 절에서는 본격적으로 소식의 삶과 문학을 얘기해보고자 한다.

　소식은 위에서 말한 결핍형 고통을 겪지 않은 많지 않은 시인 중의 하나일 것이다. 즉 관직에 오르는 길이 비교적 순탄하였다는 것이다. 그는 문학적 분위기가 농후한 봉건 지식 계층의 가정에서 태었다. 부친은 소순(蘇洵)으로 저명한 고문 작가였다. 유년기의 소식은 중후한 전통 문화의 훈도를 받았을 뿐만 아니라 정통 유가의 경세제민(經世濟民)의 정치적 이상에 대해서도 교육을 받았다. 소식은 21세(1056년, 인종 가우 원년) 되던 해 8월에 개봉부(開封府) 진사시(進士試)에 합격했다. 26세(1061년, 인종 가우 6년) 되던 해 8월에 그는 다시 현량방정능언극간과(賢良方正能言極諫科)에 제3등으로 합격하는데 이는 전체 북송시대를 통틀어도 4명에 불과할 정도로 매우 명예로운 일이었다. 그리하여 소식은 대리평사(大理評事), 봉상부(鳳翔府, 지금의 산서 봉상) 첨판(簽判)의 관직을 제수 받고 봉상에 부임하게 되니 최초의 실제 관직 부임이었다.

　가족·지인과의 이별을 상실형 고통 중의 하나라고 간주한다면 봉상의 관직으로 부임해 갈 때 소식은 아우 소철과의 이별이라는 상실의 고통을 마주하게 된다. 그래서 <신축년 11월 19일, 정주 서문 밖에서 자유와 헤어진 뒤, 말 위에서 시 한 편을 지어 그에게 부친다.(辛丑十月十九日旣與子由別鄭州西門之外, 馬上賦詩一篇寄之)>를 지어 아쉬움을 달랜다.

路人行歌居人樂,	노상의 행인들은 노래하고 집에 머무는 이들은 즐거운데,
僮僕怪我苦凄惻.	하인은 슬퍼하는 나를 의아해하네.
亦知人生要有別,	인생행로에 결국 이별이 있음을 또한 알지만
但恐歲月去飄忽.	다만 세월이 훌쩍 떠나버려 오래 이별할까 두려울 뿐이라네.
寒燈相對記疇昔,	차가운 등불 아래 서로 마주하던 때를 아우는 기억하시는가?
夜雨何時聽蕭瑟.	언제나 내리던 밤비의 그 쓸쓸한 소리를 다시 들을 수 있을까?
君知此意不可忘,	그대는 우리의 옛 언약을 잊지 않았겠지?
愼勿苦愛高官職.	높은 관직에 마음 흔들리지 말자고 한 것을!

'언제나 쓸쓸한 밤비 소리 다시 들으랴?'

위 시에서 소식은 형제와의 첫 이별에서 오는 서글픈 감정을 노래했다. 서로 마주 앉아 차가운 등불 아래 쓸쓸히 내리는 밤비 소리 듣던 그 때가 매우 그립고 그 때가 다시 올 수 있을까 하는 물음 속에서 이별의 진한 아쉬움을 느낄 수 있다. 인생행로에는 결국 이별이 있음을, 만나면 반드시 이별하게 된다는 회자정리(會者定離)라는 인생의 필연적 이치와 아픔을 깨닫기 시작했음을 알 수 있다. 높은 관직이나 많은 봉록은 구할 가치가 없으니, 언젠가 은퇴하면 함께 산수 속을 노닐자고 한 동생과의 약속을 회상하고 있다.

41세(1076년, 신종 희녕 9년) 되던 해 중추절에 소식은 휘영청 밝은 보름달을 보면서 이별한 지 7년이나 되는 아우 소철을 그리워하며 <수조가두(水調歌頭)·명월기시유(明月幾時有)>라는 사 작품을 남기니 훗날 천고의 명작이 되어 인구에 회자된다.

병진년 중추절에 다음날 아침이 되기까지 술을 마시느라 크게 취해 이 사를 짓는 한 편으로 동생 자유를 그리워하노라.(丙辰中秋, 歡飲達旦, 大醉, 作此篇, 兼懷子由.)

明月幾時有?	밝은 달은 언제부터 있었는가?
把酒問靑天.	술잔 들어 푸른 하늘에 묻노라.
不知天上宮闕,	모르겠네, 천상 궁궐에서는
今夕是何年.	오늘 밤이 어느 해일지.
我欲乘風歸去,	나는 바람을 타고 천상으로 돌아가고 싶지만
又恐瓊樓玉宇,	또한 아름다운 옥으로 쌓은 누각,
高處不勝寒.	높은 곳에서는 추위 견디지 못할까 두렵구나.
起舞弄淸影,	저절로 일어나 춤추다 맑은 그림자와 장난치나니
何似在人間?	달세상이라고 어찌 인간 세상에서 즐겁게 지내는 것만 하겠는가?
轉朱閣,	달은 붉은 누각을 돌아서
低綺戶,	비단 창문에 낮게 걸려서는
照無眠.	잠기운 사라진 나를 비추어주네.
不應有恨,	원한을 가진 것은 응당 아니련만
何事長向別時圓?	무슨 일로 항상 이별할 때에만 둥글단 말인가?
人有悲歡離合,	사람에겐 슬픔과 기쁨 그리고 이별과 만남이 있고
月有陰晴圓缺,	달에겐 흐림과 맑음, 그리고 둥글어짐과 이지러짐이 있나니
此事古難全.	이 일은 예로부터 온전하게 좋은 쪽으로만 지속시키기는 어려웠지.
但願人長久,	다만 바라나니, 사람이 오래도록 건강하게 살아서
千里共嬋娟.	천 리 멀리서라도 아름다운 달을 함께 즐길 수 있기를!

'예로부터 인생의 비환이합(悲歡離合)은 번갈아 찾아오더라!'

하늘과 달에게 묻는 형식으로 인생의 철리를 탐색하고 있다. 원래 인생의 만남과 헤어짐, 그리고 슬픔과 기쁨, 즉 비환이합(悲歡離合)이 반복되는 것은 마치 밝은 달이 차고 기우는 것처럼 결코 변할 수 없는 진리이다. 내가 좋다고 해서 항상 머물게 할 수도 없고, 내가 싫다고 해서 찾아오지 못하게 할 수 있는 성질의 것들도 아니다. 그러니 비환이합이란 본래 내 마음에 충족되게, 내 뜻대로 온전하게 채울 수 있는 것들이 아니라 항상 부족하고 아쉬운 느낌을 주기 마련이다. 그럼에도 불구하고 소식은 각자 오래오래 살아서 천 리 먼 곳에서라도 함께 밝은 달을 감상할 수 있도록 하자면서 의기소침으로 일관하지 않고 낙관적이면서 메인 데 없이 활달한 생각을 드러내고 있다.

오대시안(烏臺詩案)이라는 필화(筆禍) 사건으로 촉발된 두 차례의 유배생활은 소식이 겪은 가장 대표적인 상실형 고통의 삶이라고 할 수 있을 것이다.

송대는 과거의 어떤 왕조보다 중앙집권에 치중한 시대로서 군사·정치·재정의 권한을 황제에게 최대한 집중시켰다. 무인들이 발호하지 못하도록 하기 위해서 군대를 문신이 통솔하게 했고, 관리를 우대하여 백성에게서 지나치게 세금을 거두어들였고 지방의 장관을 중앙의 관리가 겸직하도록 하여서 지방에 대한 감시를 강화했다. 이러한 정책은 후대로 갈수록 관료기구를 지나치게 방대하게 했고 또한 부패와 무능을 초래하였다. 그리하여 중국 역사상 외부 침략에 대한 방어 능력이 가장 부족한 유약한 왕조가 되었고, 상층의 통치 집단은 지나친 사치와 향락을 누리지만 국고는 고갈되는 심각한 사회적 위기가 나타났다.

소식이 33세이던 1068년에 신종(神宗)은 왕안석을 참지정사(參知政事)로 기용하여 변법운동을 일으키기 시작한다. 왕안석이 시행하려고 하였던 신법은 구체적으로 재정과 군사 두 방면이었다. 재정 확충은 부국(富國)을 위한 것이고 군대 정비는 강병(强兵)을 위한 것으로 최종 목적은 계층간의 갈등과 모순을 완화시키고 사회적 위기에 대처함으로써 송 왕조의 봉건적 지배구조를 강화하고자 한 데 있었다. 때문에 신법은 호족, 귀족, 대상인 등 기득권 계층의 이익에 어느 정도 손해를 끼칠 수밖에 없었으며 이로 인해 기득권 계층의 격렬한 반대에 봉착하게 되었다.

변법이 시행되자마자 구양수(歐陽修), 한기(韓琦) 등 평소 개혁을 주장했던 인물들이 개혁반대파의 중심이 되었고 여기에 보수파 사대부들까지 가세함으로써 사마광(司馬光)을 우두머리로 하는 변법반대파가 형성되었다. 평소 개혁적인 주장을 하였던 소식 역시 정치적 태도에 변화를 보이면서 급진적인 개혁을 반대하고 점진적인 개혁을 지지한다는 측면에서 왕안석의 신법을 반대하기 시작하였다. 그는 "너무 급한 정치적 처리, 너무 치우친 관리 등용, 너무 광범위한 언론 청취(求治太速, 進人太銳, 聽言太廣)" 등을 하지 말라고 주문하였다. 그는 과거제도에 대해서도 과거 시부(詩賦)로 인재를 선발하던 제도를 경의논책(經義論策)으로 바꾼 왕안석의 과거시험제도 개혁 방안에 대해서도 반대를 표명하였다.

소식은 지방관으로 재직하던 시절에 신법 시행 과정상의 폐해를 수없이 목도한 바 있었다. 그는 점진적인 개혁의 필요성은 인식하고 있었지만 급속한 혁신에서 오는 민중의 고통과 시행착오를 목도하게 된 것이다. 신법이 부패한 봉건 관료 기구에 의해 추진되었기 때문으로 소식이 신법을 반대하는 주요 요인이 되었다. 그리하여 소식은 상서(上書)를 올려 신법을 비판할 수밖에 없었고 신법을 풍자하는 일련의 시문을 쓸 수밖에 없었다. <오중의 농부 아낙네의 탄식(吳中田婦歎)>을 보면 "땀 흘리며 어깨가 벌게지도록 짐 지고 시장으로 가면, 값은 너무 싸서 애걸해도 겨우 겨 싸라기 값만 받는다. 소를 팔아 세금 내고 집 헐어 불을 때니, 생각 얕아 내년에 굶을 것 미처 생각할 겨를이 없다.(汗流肩輕戴入市, 價賤乞與如糠粊. 賣牛納稅拆屋炊, 慮淺不及明年飢.)"고 하였으니 그 폐해의 실상을 잘 엿볼 수 있다. 그의 이런 현실비판정신은 평소 "≪시경(詩經)≫ 시인들의 뜻에 따라 일에 기탁해 풍자하는 시를 씀으로써 나라에 도움이 되기를 바라는(緣詩人之義, 托事以諷, 庶幾有補於國.)"(<동파선생 묘지명(東坡先生墓誌銘)>) 본인의 확고한 신념에 따른 것이기도 하였다.

이 때문에 소식은 하정신(何正臣)·서단(舒亶) 등의 관리들에 의해 전후 네 차례 탄핵을 당한다. 그들은 소식의 일부 시문이 '문자로 현실을 풍자했고(譏諷文字)', '조정을 우롱했으며(愚弄朝廷)', '황제를 비난했고(指斥乘輿)', '황제를 존중하는 뜻이 없이 충절을 잃었다(無尊君之義, 虧大忠之節)'고 모함하며 탄핵을 한 것이다. 이에 신종은 즉시 어사대에서 탄핵을 심리하라는 어명을 내렸다. 이것이 바로 저 유명한 '오대시안(烏臺詩案)'이니 오대란 곧 어사대를 가리킨다. 오대시안은 결국 신법당과 구법당 간의 정치권력 투쟁의 산물로서 소식 개인의 일생에 커다란 암운을 드리운 필화(筆禍)사건이 되었다.

이 사건으로 소식이 죽음에 이르기 직전에 장방평·사마광·범진·장돈 등이 그를 위해 구명운동을 벌였고 아우 소철이 관직으로 형의 죄를 대속하고자 탄원을 올렸으며, 인종태후(仁宗太后)가 유언을 남기고 신종 역시 소식을 아낌으로 인해 살 수 있는 길이 조금씩 보이기 시작하였다. 게다가 이미 퇴직해 있던 왕안석까지 그를 배려해서 "어찌 성세에 재사를 죽이는 일이 있으리오?"라고 변호해주니 이로 인하여 130일 간의 투옥 생활 끝에 마침내 석방되어 황주단련부사(黃州團練副使)로 유배를 가게 된다. 소식은 <12월

28일, 황제의 은혜를 입고 검교수부원외랑 황주단련부사를 제수 받아 다시 앞 시의 운을 쓰다 2수, 제2수(十二月二十八日, 蒙恩責授檢校水部員外郎黃州團練副使, 復用前韻二首, 其二)>시에서 "평생토록 문자가 나의 누가 되었다.(平生文字爲吾累)"라고 술회하기도 하였다. 그렇지만 그는 어떤 역경에도 굴하지 않는 지조와 신념을 지니고 있었기에 그 후에도 변함없이 시대의 폐단을 지적하는 현실 비판시들을 계속 쓰게 된다.

소식은 45세(1080년, 신종 원풍 3년) 되던 해 2월, 최초의 유배지인 황주에 도착한다. 황주에서 소식은 경제적으로 매우 곤궁한 생활을 하였다. 매월 초하루에 4,500전을 구해다가 30등분하여 대들보 위에 걸어 놓고 한 덩어리씩 끄집어내었다고 하는데, 이는 곧 하루의 지출을 150전 이하로 제한하기 위한 고육지책이었다. 황주의 서생인 마정경(馬正卿)이 소식의 이러한 상황을 안타깝게 여겨 관청에다 수십 무(畝)의 황무지를 요청해주어 소식은 이 땅을 얻고 손수 경작할 수 있었다. 황무지는 옛 군영지의 동쪽에 있었기 때문에 동쪽 언덕을 뜻하는 '동파(東坡)'로 불렸다. 소식은 이로 인해 자신의 호 역시 '동파거사(東坡居士)'라고 하였다.

'나의 삶은 천지 사이에 잠깐 붙어 있는 것일 뿐!(吾生如寄耳)'

황주 거주시기에 소식은 사상에 중대한 변화를 일으킨다. 정치적 역경에 처해 있던 그는 청정무위(淸淨無爲)와 초연물외(超然物外)를 주요 취지로 삼는 불로(佛老)사상을 중심 사상으로 갖게 되는 것이다. 그는 스스로 "불로를 배우는 것은 본래 고요[靜, 정]와 달관[達, 달]을 기대해서이다.(學佛老者, 本期於靜而達.)"(<필중거에게 답하여 2수, 제1수(答畢仲擧二首, 其一)>)라고 하였다. 그는 불로사상을 사상적 무기로 삼음으로써 실의에 빠진 상황에서도 신경 쓰지 않고 생사(生死)·시비(是非)·귀천(貴賤) 등에 조금도 구해되지 않을 수 있었지만 한편으로 현실을 도피하는 소극적 경향을 띠게 되었다고도 볼 수 있다. "죽장에 짚신 신고 걷는 게 말 타기보다 훨씬 가벼운데 누가 두려워하리오! 이슬비에 도롱이 쓰고 한평생을 살아가리라.(竹杖芒鞋輕勝馬, 誰怕, 一蓑煙雨任平生.)"(<풍파가 가라앉다(定風波)>) 하면서 빈궁에 굴하지 않는 초탈한 삶의 태도를 지향하고 있다. 또한 "어디를 간들 즐겁지 않겠는가!(安往而不樂)", "하늘 끝 어디라도 아름다운 풀이 없으리오!(天涯何處無芳草)"라고 하면서 멀리 유배를 가는 고통을 담담하게 맞이하였다.

그런데 불로사상이라고 하더라도 소식은 인생에 달관한 태도를 유지하는 데 필요한 정신적 자양분만 취했을 뿐 심오한 교의에는 빠지지 않았으며, 나아가 경세제민(經世濟民)의 유가사상을 결코 버리지는 않았으니 이 역시 일반 유가 지식인들의 태도와 유사한 양상을 보였다고 할 수 있다. 더욱 주목해 볼 만 한 점은 소식은 빈곤한 생활 속에서도 직접 노동을 체험하며 하층 백성들과 가깝게 어울리고 그들에게 더욱 깊은 관심을 갖게 된다는 사실이다.

그런데 한편으로 생각해보면, 아무리 인생달관의 사상을 지니게 되었다 하더라도 자신의 신세에 대한 감개에서 오는 고통을 돌이켜보면 현실과 운명이 원망스럽지 않을 수 있겠는가?

소식은 본래 재능이 뛰어나고 또한 현실 정치에 공로를 세우고자 하였지만 본래 성격이 대쪽 같은 지조와 고상한 품격을 지니고서 세상의 영화를 따라 부침하지 않으면서 현실의 잘못되고 비합리적인 것들을 비판하며 바로잡으려 노력하다가 결국 실패하고 좌절을 만난 것이기 때문에 이러한 자신을 알아주는 이 없는 현실이 원망스러울 수밖에 없었다. 그는 <복산자황주 정혜원에 거주하면서 짓다(卜算子·黃州定惠院寓居作)> 사에서 외로운 기러기에 자신을 기탁하여 이런 심경을 다음과 같이 표현하고 있다. "감짝 놀라 일어나 돌아보지만, 내 신세 알아주는 이 없음이 한스럽구나. 차가운 가지들을 다 골라 보고는 깃들이려 하지 않으니, 적막한 모래톱은 차갑기만 하구나.(驚起却回頭, 有恨無人省. 揀盡寒枝不肯棲, 寂寞沙洲冷)" 이 사는 자신의 신세가 곤궁한 상황에 처해 있음에도 언제나 달관하고 초탈한 자세로 유유자적하고자 했던 소식이 미약하나마 솔직하게 자신의 신세에 대해 한탄하고 자신의 운명을 우회적으로 원망하고 있다는 점에서 주목해볼 만 한 작품이라고 생각된다.

소식이 50세(1085년) 되던 해 사마광이 재상으로 기용되면서 수구파 인물들이 다시 등장하게 되고 정국은 역전되기 시작하였다. 소식 역시 예부낭중(禮部郎中)에 임명되어 조정으로 불려 올라가게 되었다. 그러나 그의 대쪽 같은 올곧은 성격은 상하 관계를 잘 풀어가야 하는 조직 생활에 어울리지 않았는지도 모른다. 그는 다시 조정의 관료들과 어울리지 못하고 대립하기 시작하였기에 스스로 위기감을 인지하고 지방관으로 전출시켜줄 것을 요구하기에 이른다. 그래서 54세(1089년) 되던 해 7월부터 59세(1094년) 되던 해 4월까지 약 5년 동안 소식은 제2차 지방관 재직의 시기를 보낸다.

　그런데 소식이 지방관으로 재직 중 58세 되던 1093년에, 당시 19세이던 철종이 친히 정사를 주재하면서 신당의 인물들이 다시 등장하기 시작한다. 그들은 요직에 기용되면서 구당파 사람들을 공격하는 것을 주요 목표로 삼았다. 그리하여 당시 조정의 고위 관리 30명 이상이 모두 영남(嶺南) 등의 변방으로 유배되었다. 소식 역시 그들의 공격 목표가 되어 탄핵을 받았고 당시 재직 중이었던 정주지주의 관직에서 해임되고 관직이 세 번이나 연이어 강등되면서 혜주(惠州, 지금의 광동성 혜양 동쪽)로 안치(安置)되었다. 그만큼 정적들이 소식을 집요하게 증오하고 악랄하게 배척하였음을 엿볼 수 있다.

　그리하여 소식은 제2차 유배생활을 떠나게 되는데, 가족을 양선(陽羨, 지금의 강소성 의흥)으로 보내고 막내아들 소과(蘇過)만을 데리고 남쪽으로 혜주를 향해 내려갈 수밖에 없었다. 59세 되던 해인 1094년 10월 초에 혜주에 당도하여 이곳에서 대략 2년 남짓 동안의 제2차 유배 생활을 시작하게 된다.

　그러다가 다시 창화군(昌化軍, 지금의 해남도)으로 안치되는 유배를 가게 되니 62세 되던 해인 1097년(소성 4년) 4월에 아들 소과와 단 둘이서 해남도로 건너갈 수밖에 없었다. 7월에는 담주(儋州)로 다시 옮기게 된다. 그리하여 '하늘가와 바다 끝(海角天涯)'이라 불리던 해남도에서 3년의 세월을 보내게 된다.

　소식은 65세(1100년) 되던 해 5월에 휘종(徽宗)에 의해 사면을 받음으로써 59세부터 시작된 무려 7년 여 동안의 제2차 유배생활에 종지부를 찍게 된다. 그러나 북상하던 중, 66세(1101) 되던 해 7월에 상주(常州)에서 병으로 세상을 하직한다.

'나라를 위한 마음은 여전히 품고 있건만'

　유배생활은 소식에게 하층 백성과 접촉할 기회를 많이 마련해 주었다. 하층 사회의 생활을 체험한 소식은 백성을 동정하고 그들의 고통에 관심을 가지니 백성의 고통에 대한 연민 의식은 그의 일관된 지향 의식이자 문학적 주제가 되었다. 한편 그는 국사(國事)에도 여전히 관심을 갖는다. "나라를 위해 몸 바치려는 마음은 아직도 있건만, 시대를 바로잡을 계책은 이미 텅 비어 버렸구나.(許國心猶在, 康時術已虛.)"(<남강의 망호정(南康望湖亭)>)라는 술회처럼 적극적으로 세상을 위해 일하려는 마음 시종 일관 없어지지 않았음을 알 수 있다. "나의 삶은 천지 사이에 잠깐 붙어 있는 것일 뿐!(吾生如寄耳)"라고 하면서 모든 번뇌를 해탈한 듯하면서도 동시에 "북쪽으로 중원을 바라보아도 돌아갈 날 없네.(中原北望無歸日)"라고 하면서 조정에로의 복귀를 갈망하고 있는 것이다.

종합하면 소식은 당시 다른 지식인들과 마찬가지로 일생 동안 유가사상과 불로 사상을 함께 지니고 있었다고 할 수 있다. 전자를 바탕으로 나라를 위해 적극적으로 일하고 공로를 세우려 하였고, 후자에 기본하여 세상의 영화와 곤궁의 분별심을 내려놓고 번뇌를 벗어나고자 하였다. 이 두 가지 사상은 일견 모순되는 것처럼 보이지만 소식을 비롯한 봉건시대 지식인들에게는 '외유내도(外儒內道; 외면적으로는 유가, 내면적으로는 도가)'의 형식으로 상호 융합 통일되어 있었다. 조정에 나가 정치적 이상을 실천하고 공로를 세우고자 할 때도 속세를 벗어나 은거하겠다는 생각이 없는 것이 아니며, 유배되어 재야에 묻혀 있거나 심지어 은거해 있을 때조차도 모든 욕망을 내려놓고 유유자적하고자 하면서도 또한 때가 되면 나라에 공로를 쌓겠다는 생각을 결코 버린 것이 아니었다. ≪맹자(孟子)·진심(盡心)≫에서 "곤궁해지면 홀로 그 몸을 잘 보살피고, 영달하면 천하를 아울러 잘 보살핀다.(窮則獨善其身, 達則兼善天下.)"라고 한 사상관점을 잘 실천한 것이라 할 수 있다.

'동파는 병든 외로운 늙은이'

인생을 살면서 건강을 잃고 병마가 찾아오는 것은 중장년에 맞이하는 가장 큰 상실형 고통이라 아니할 수 없다.

소식은 혜주와 담주의 유배 시절에 늙고 병들어 이미 건강을 많이 잃은 것으로 보인다. <붓 가는 대로 쓰다, 3수 중 제1수(縱筆三首 其一)>에서 "적적하게 지내는 동파는 이제 병든 늙은이, 허연 수염엔 부스스 서릿바람 날린다.(寂寂東坡一病翁, 白髮蕭散滿霜

風.)"이라고 스스로 술회하면서 자신을 '일병옹(一病翁)'이라고 부르고 있는 데서 늙고 병들어 무기력해진 그의 모습을 떠올려 볼 수 있다. 담주에서 쓴 또 다른 <붓 가는 대로 쓰다(縱筆)>시에서도 '어떤 환경에 처하더라도 편안함을 지키는(隨遇而安)' 유유자적한 태도를 읽는 한편으로 늙고 병든 소식을 엿볼 수 있다.

白頭蕭散滿霜風,	헝클어진 흰머리엔 서릿바람이 가득한데
小閣藤床寄病容.	작은 누각 위 등나무 침상에 병든 몸을 의지하였네.
報道先生春睡美,	동파 선생이 봄 단잠에 빠졌다는 얘기 듣고
道人輕打五更鐘.	도인은 날 깨울까봐 새벽종을 살짝살짝 치네.

3.4. 망각(忘却)

'이제는 속절없이 사라진 꽃의 영광이여!'

영국의 낭만파 시인 윌리엄 워즈워스는 <초원의 빛>에서 노래했다. "초원의 빛이여! 그 빛이 빛날 때/ 그대 영광 빛을 얻으리라.// 한 때는 그리도 찬란한 빛이었건만/ 이제는 속절없이 사라진/ 다시는 돌아올 수 없는 초원의 빛이여/ 꽃의 영광이여!" 가 뭇없다, 속절없다, 덧없다. 모두 사라지고 없어질 예정임을 전제한 말이다. 그리고 내가 주체가 아닌 피동적인 존재임을 가리킨다. 그래서 더욱 슬프다. 초원의 빛, 꽃의 영광 그 어떤 것도 다시 되돌릴 수 없다. 한때는 그처럼 찬란했던 광채가 이제 눈앞에서 영원히 사라지려 한다.

영원히 살고 싶지 않은 사람은 없을 것이다. 그러나 인간의 목숨은 유한하니 슬픔이 생기지 않을 수 없다. 어떻게 하면 유한한 목숨에도 불구하고 영원히 살 수 있을까? 사람들은 예로부터 이에 골몰하며 지혜를 모으지 않을 수 없었다.

'입덕(立德), 입공(立功), 입언(立言)'

중국에서는 영원히 소멸되지 않고 지속되게 할 수 있는 일들을 세 가지로 개괄하였으니 이를 삼불후(三不朽)라 한다. 하나는 입덕(立德)으로 남에게 덕을 쌓고 베푸는 일이다. 하나는 입공(立功)으로 나라에 공적을 세우는 일이다. 마지막 하나는 입언(立言)으로 자기 생각을 글로 남기는 일이다. 글을 남겨서 그 글 속에 내가 영원히 살 수 있도록 하고자 했던 것은 이처럼 연원이 오래된 것으로, 중국의 시인들 역시 삶의 끝자락에 이르면 항상 품게 되었던 강렬한 염원들이 되기도 하였다. 그렇게 망각의 고통에 저항하였다.

'내가 두고 온 글 속에 나는 살아 있어!'

우리가 삶의 진정한 가치를 배우고 느끼는 것은 역설적으로 그 삶이 가장 밑바닥, 막바지에 이르렀을 때다. 죽음처럼 밑바닥이 또 있을까? 죽음을 통찰하면 삶의 진정한 가치와 의미를 알게 되고 그리고 그것들을 글로 옮기지 않을 수 없게 된다. 글 속에 나를 담음으로써 이 세상 떠난 먼 훗날 내가 두고 온 글 속에 내가 살아 있음을 후인들로 하여금 느끼도록 할 수 있기 때문이다.

'관 뚜껑 닫히기 전에는 아직 알 수 없어(蓋棺事始定)'

두보가 실의에 잠긴 친구의 아들 소혜(蘇徯)에게 준 편지의 시 <그대는 보지 못했는가, 소혜에게 편지를 보내며(君不見, 簡蘇徯)>에서 한 말이다. 어떤 사람에 대한 최종적인 판단은 결국 죽은 뒤에나 가능하다는 얘기다. 그렇다면 죽기 전까지는 어떤 시비(是非) 공과(功過)에 대한 타인의 평가와 판단도 연연하거나 뒤돌아보지 말고 꿋꿋이 끊임없이 노력하며 자기의 신념을 실천하라는 교훈으로 읽힌다. 마무리를 잘 해야 인생 전체가 잘 완성이 된다. 잘 살아야 잘 죽을 수 있다. well-dying은 well-being이 있어야 가능한 것이다. 그렇다면 또한 잘 죽는다는 것은 무엇을 의미할까? 좋은 평가를 받고 후인들의 기억 속에 오래 남을 수 있다는 말이 아닐까? 결국 이 말도 다시 풀어보면 죽을 때까지 열심히 살아서 그야말로 타인을 사랑하며 덕을 베풀고 국가사회를 위하여 공적을 쌓고 자신의 생각과 이론을 담은 글을 남기면 후인들에게 오래 기억되면서 결국에서 영원히 살 수 있다는 것을 의미하는 것이 아닐까?

'다른사람의 마음속에 살아 있다면'

'우리가 만약 다른 사람의 마음속에 살아있지 않다면 그거야말로 진짜 죽은 것이다.(一個人如果不活在別人心裏, 那他就眞的死了!)'(<방황(彷徨)>)

중국의 현대 소설가 노신(魯迅)의 얘기다. 즉 우리가 세상을 떠났을 때 살아 있는 자들의 마음속에 기억되지 않는다면 그거야말로 진짜 죽은 거라 할 수 있다는 얘기다. 다시 이 얘기를 되새겨보면 결국 남아 있는 자의 가슴에 추억될 수 있다면 죽어도 죽은 것이 아니요 영원히 살 수 있음을 알려주는 경구(警句)라 하지 않을 수 없다.

소식이 26세(1061년, 인종 기우 6년) 되던 해 겨울에 처음 봉상에 부임했을 때 공자 사당에 가서 공자를 배알하고 거기서 석고(石鼓)를 본 뒤 <석고가(石鼓歌)>를 노래한 적이 있다.

興亡百變物自閒,	나라는 흥망을 거듭해도 이 석고는 스스로 한가롭고,
富貴一朝名不朽.	부귀는 하루아침이지만 이름은 영원히 썩지 않으리.
細思物理坐歎息,	만물의 이치 궁구하며 앉아서 탄식하노니,
人生安得如汝壽.	사람의 삶이 어찌 하면 너처럼 영원할 수 있는가?

역사는 흥망성쇠를 반복하고 부귀는 하루아침에 다 사라지는 법인데 석고만은 의연히 불변한 채로 남아 있음이 그를 감개무량하게 만든 것이다. 그런데 이런 세상의 이치를 궁구한 다음 사람의 삶을 생각해보니 유한하고 덧없는지라, 어떻게 하면 석고처럼 영원불변할 수 있을까 곰곰 궁리해보았다. 결국 사람의 명성만은 영원히 불후할 수 있다는 것을 깨닫게 되었다는 것이니 이는 다시 말하면 영원불변에 대한 바람을 명성을 세워 후대에 계속 전승되도록 해야겠다는 목표 의식으로 채우게 되었다는 것을 보여준다.

이와 동일하게 명성을 쌓아 영원히 이름을 전하겠다는 바람을 <굴원탑(屈原塔)>

시에서도 은연중 드러내고 있다.

古人誰不死,	옛사람 중 죽지 않은 이 누구였던가?
何必較考折.	어찌 목숨의 길고 짧음을 비교할 필요 있으랴!
名聲實無窮,	명성은 실로 끝없이 전해지지만,
富貴亦暫熱	부귀는 또한 잠시 뜨거워질 뿐이라.
大夫知此理,	굴원은 이 이치를 알았으니,
所以持死節.	죽음으로써 절개를 지킨 까닭이다.

부귀는 스쳐가는 구름 같은 것으로 인간에게 귀한 것은 명예와 절개를 지키는 데 있으니, 죽음으로써 절개를 지킨 굴원의 헌신적인 정신을 칭송하고 있다. 죽어도 끝나지 않는 명예는 곧 죽어서도 끝나지 않는 영원한 삶에 대한 욕망을 반영한 것이 아니겠는가? 몸은 죽지만 명성만은 무궁할 수 있다는 생각, 그것은 바로 중국 봉건시대 유가 지식인들의 보편적인 생각이자 바람이고 추구하는 목표였다.

'삶이란 한바탕 꿈과 같아라!'

소식은 45세(1080년, 신종 원풍 3년) 되던 해 유배 갔던 황주 거주 시절에 자주 적벽에 놀러 가서 누각에 올라 장강을 조망하거나 혹은 강 위에 배를 띄우기도 했다. 그런데 이때 지은 천고의 명작 <염노교(念奴嬌)·적벽회고(赤壁懷古)>에서 '인간 세상에서의 삶이란 한바탕 꿈과 같은 것(人間如夢)'이라는 삶에 대한 기본 태도를 드러내 보인 적이 있다.

한바탕 꿈처럼 짧은 인생이기에 기본적으로 인간은 슬퍼할 수밖에 없다. 소식은 <적벽부(赤壁賦)>에서 손님이란 배역을 등장시킨 뒤 그의 입을 빌려 "하루살이 짧은 인생 천지간에 부쳐두고 끝없는 대해의 한 알 좁쌀인즉 내 삶이 한순간임을 슬퍼하고 장강 끝없이 흘러감을 부러워한다오.(寄蜉蝣于天地, 渺滄海之一粟. 哀吾生之須臾, 羨長江之無窮.)"라고 먼저 비애를 피력하게 하고 있다. 이어서 인생은 유한하기에 슬프다는 손님의 관점을 수정해주기 위해 소식은 스스로의 입으로 말한다.

"변한다는 각도에서 보면 천지도 일순간을 멈추어 있지 못하지만, 불변한다는 각도에서 보면 만물과 내가 모두 무궁하다네. 그런데 또 무엇을 부러워하겠는가?(蓋將自其變者而觀之, 則天地曾不能以一瞬. 自其不變者而觀之, 則物與我皆無盡也, 而又何羨乎!)

소식은 인생은 유한하다는 비애 의식에서 결코 멈추지 않고 나름대로 영원무궁해질 수 있는 논리와 철학을 찾게 된 것이다.

사물도 나도 모두 변화하는 측면과 변화하지 않는 측면을 겸비하고 있다. 따라서 불변한다는 각도에서 보자면 만물도 사람도 모두 계속 반복적으로 순환하면서 영원무궁할 수 있는 존재이니 굳이 장강이나 명월 같은 자연 사물을 부러워할 필요가 없는 것이다. '만물과 내가 모두 불변하고 무궁하다'라는 사상을 바탕으로 소식은 유한한 인생에 대한 비애, 망각될지도 모른다는 고통을 극복하고 활달하고도 낙관적이며 자유로운 태도를 유지할 수 있었던 것이다. 망각의 운명을 마음으로 받아들이되 정신적으로는 극복하고 초월한 것이라 할 수 있겠다.

****

'삶의 본질은 고통이다'

고통은 우리 인생의 실제요 일부다. 고통을 껴안고 용기 있게 대면해서 거기서 고통이 주는 교훈을 깨닫고 동시에 사랑과 지혜를 배우고 터득해야 한다.

'이 또한 지나가리라!'

대부분의 사람들은 언제나 고통으로부터 영원히 해방되기를 바란다. 고통의 시간이 하루빨리 지나가기를 바란다. "이 또한 지나가리라."라고 하면서. 고통이 찾아오면 망연자실하면서 불행하다고 느끼는 사람이 많다. 급기야 자포자기 심정으로 술과 도박 등을 탐닉하거나 또는 속세를 등지는 은둔의 생활로 나가기도 한다. 한편으로 많은 사람들은 아직 다가오지 않은 고통이 자기에게는 닥쳐오지 않기를 바라면서 고통을 미리 피할 생각에 근심과 불안에 휩싸여 산다. 미래 어느 시점에 혹시 가난해지지나 않을까 걱정하고, 또 살면서 질병이 오지 않을까 미리 걱정하고, 노후를 미리 걱정하면서 불안하고 우울한 삶을 사는 미련한 짓을 하기도 한다.

'감수(甘受)하면 자유롭다'

고통도 내 삶의 일부분이라고 생각한다면, 미리 앞서서 불안해하고 근심할 필요가 없다. 고통이 찾아오면 그때 가서 용기 있게 그 고통을 대면하며 극복해가면 되는 것이다. 그랬을 때 비로소 고통에서도 자유로워질 수 있다.

영국의 어떤 시골뜨기 청년이 미국에 가서 성공을 꿈꾸며 그간 모았던 돈을 모두 투자하여 미국으로 가는 배표를 구입했다. 더 이상 돈이 없었기에 배안에서 거의 굶주리며 생활해야 했다. 그런데 나중에 알고 보니 배표 값에는 이미 식사비가 포함되어 있었다고 한다. 우리에게 찾아오는 고통을 용기 있게 대면할 때 배표에 본래 식사비가 숨겨져 있었던 것처럼 뜻밖에도 그 고통이 우리에게 유익과 행복을 가져다줄 수도 있는데 우리는 자꾸만 회피하고 불평하려고만 한다는 것을 일깨워주는 교훈이다. 어떤 고통이든지 보듬고 살아가야지 생각하면 갑자기 돌파구가 열리는 정신적 해방감을 맞이한다. 그리고 영혼이 자유로워진다.

'살아보니 무슨 일이든 일어나더라'

누구에게나 기쁜 일만 찾아오는 게 아니고 슬픈 일도 찾아온다. 모든 일이 내 뜻대로 이루어지지는 않으니 세상이 다 무정하고 세월이 참 야속한 것이다. 그러니 송대 소식(蘇軾)은 "슬픔과 기쁨, 헤어짐과 이별을 내 뜻 그대로 온전하게 이루기란 참으로 어렵구나(悲歡離合難其全)"(<수조가두(水調歌頭)>)라고 했고, 송말(宋末) 원초(元初) 장첩(蔣捷) 역시 "슬픔과 기쁨, 헤어짐과 이별은 언제나 내 뜻과는 무관하게 무정하게 이루어졌다(悲歡離合總無情)"(<우미인·빗소리를 듣다(虞美人·聽雨)>)라고 했다. 그러니 나에게 찾아온 고통을 단순히 불행이라 생각하지 말고 그 고통을 발판과 징검다리 삼아서 다시 일어설 때 뜻밖의 축복과 행운이 찾아와줄지도 모른다.

"하늘의 새들을 눈여겨보시오. 그것들은 씨를 뿌리지도 않고 추수하지도 않을뿐더러 곳간에 모아들이지도 않습니다. 그러나 여러분의 하늘 아버지께서는 그것들을 먹여주십니다. 들판의 백합꽃이 어떻게 자라는지 관찰해 보시오. 그것들은 수고하지도 않고 물레질하지도 않습니다. 오늘 있다가 내일이면 아궁이에 던져질 들풀도 하느님께서 이렇게 입히시거든 여러분이야 더욱더 잘 입히시지 않겠습니까? 그러므로 내일을 걱정하지 마시오. 사실 내일은 그 나름대로 걱정하게 될 것입니다. 하루하루 그날의 괴로움으로 족합니다."

≪성경·마태오복음≫ 6장에 나와 있는 구절을 간단하게 요약하였다. 사실 ≪성경≫ 말씀 가운데 이 말씀만큼 우리를 감동시키고 안도감을 주는 구절 또한 없다고 생각된다. 그러나 비판적인 안목으로 이 성경 말씀을 해석하면 사정이 금방 달라진다. 이 말씀은 자연 생태계의 냉혹한 생존경쟁과 적자생존의 원리를 모르고 하신 말씀이다. 모든 새들이 먹이 걱정을 하지 않고 마음껏 하늘을 날아다니고 노래 부르고 있는가? 모든 새들이 다들 토실토실 살쪄 있는가? 모든 꽃들이 활짝 피어 그 아름다움을 뽐내고 있는가? 참새와 같은 작은 새들은 독수리나 매와 같은 천적이나 큰 새들을 피해 도망 다녀야 한다. 가뭄이 심하면 꽃들은 말라 버린다. 혹독한 추위가 닥치면 새들과 꽃들은 모두 얼어 죽을 것이며 가뭄이 심하게 들면 새들은 굶어 죽고 꽃들은 말라 버릴 것이다. 요즘 같은 시대에 어떻게 내일 일을 걱정하지 않을 수 있단 말인가?

그런데 이 말씀을 인간의 논리로 재단하기는 조금 섣부른 점이 없지 않아 있다. 한치 앞도 모르면서 내일 일까지 사서 걱정하고 있는 인간들이 하느님 보시기에 얼마나 가소로웠을까? 그럼에도 불구하고 내일 일일랑 걱정하지 말고 오늘을 살게 하는 힘을 주시는 하느님을 의탁하고 오직 오늘을 살라면서 미약한 인간들을 다독여 주고 있는 말씀이 아닐까 생각된다.

'어찌하여 저를 버리시나이까?'

하느님은 인간들을 그토록 사랑하셔서 당신을 닮은 모습으로 인간을 창조하여 세상에 살게 하였고 또 그들에게 자유 의지를 베풀어 맘껏 살게 하였다. 그런데 우리는 우리를 구원하러 이 땅에 오신 하느님의 아들을 십자가에 못 박으라고 외쳤다. 그들의 이기적 욕망을 채워주지 않고 사랑을 계속 선포하고 다녔기 때문이다. 이어서 하느님의 아들인 예수는 "하느님, 저의 하느님, 어찌하여 저를 버리셨나이까?"라고 하느님께 탄식하는데 그 목소리에서 너무나 인간적인 예수의 모습을 느낄 수 있으며, "아버지, 이 잔이 비켜 갈 수 없는 것이라서 제가 마셔야 한다면 아버지의 뜻이 이루어지게 하소서." 라는 순명의 기도 속에서 인류의 죄를 대속하고 구원하고자 하는 원대한 계획을 읽게 된다.

'하느님은 인간을 사랑하신다면서 왜 또 고통을 주셨는가?'

우리 인간들은 흔히 하느님에게 고개를 쳐들고 이렇게 묻곤 한다. 하느님은 그토록 인간을 사랑하신다면서 왜 인간에게 또 커다란 고통을 부여하셨는가? 왜 그렇게 하느님은 인간들이 겪어야 하는 고통에 무심하단 말인가? 그러나 한 번 생각해 보자. 인간들에게 자유롭게 행동하고 맘껏 사랑할 수 있는 자유의지를 베풀어 주었건만 인간들은 이 세상에서 자기의 이기적 욕망에 빠져서 타인과 분쟁하고 불화를 일으키며 온갖 죄악을 서슴없이 저지르며 살아가고 있지 않은가? 하느님이 인간을 이 세상에 창조하신 목적은 자기의 모습을 닮아서 서로 사랑하며 이웃과 평화롭게 살아가라는 것이었다. 그런데 과연 피조물 인간들은 창조주인 하느님의 말씀에 순종하며 살아가고 있는가? 이기적인 욕망을 채우는 것에 만족하지 못 하고 도리어 예수를 십자가에 못 박으라고 외쳤지 않은가? 그러니 관점을 바꿔 한 번 생각해 보자. 사실, 하느님이 이처럼 인간들의 죄악에 무심하시지 않고 일일이 따졌더라면 과연 이 세상에 온전히 살아남을 인간이 있었겠는가?

하느님은 무심함을 넘어 선 곳, 우리 인간의 언어와 관점을 초월한 곳에 있는 것이다. 우리 인간의 도덕률로, 유한한 관점으로 하느님을 판단할 수 없는 까닭이 여기에 있다. 우리 인간의 눈으로 보자면 곡선과 직선의 구분이 뚜렷하지만 그러나 하느님은 곡선으로 직선을 긋는 분이시다.

제4장

참나를 찾아서

결국 나의 천적은 나였던 거다.

(人生最大的敵人是我自己.)

나의 호적수는 바로 나 자신!

4.1. 참나를 찾아가는 과정 3단계

시는 아름다움에 대한 찬미이자 깨달음에 대한 은유의 노래이다. 깨달음이란 결국 인간의 본성, 참나, 참된 삶의 길, 진리에 대한 참된 자각일 것이다.

'고개 돌리니 등불 깜박거리는 곳에 보이네'

왕국유는 ≪인간사화(人間詞話)≫에서 이를 은유적으로 노래하였다. "고개 돌리니 등불 깜박이는 곳에 문득 그 사람 보이네!(回頭驀見, 那人正在, 燈火闌珊處.)"

왕국유는 대학문과 대사업을 성취하려는 자가 꼭 거쳐야 하는 세 가지 경계를 제시했는데 이 말은 그 중 마지막 세 번째 단계에 대한 은유이다. 여기서 우리가 주목해야 할 점은 바로 고개를 돌려서 되돌아보는 과정, 그리고 늘 평소에 존재하였던 등불 깜박거리는 일상의 자리라는 두 가지 점이다. 이것이 바로 참나, 진리를 찾는 핵심 방법이자 소재지이기도 하기 때문이다.

나는 누구인가? 인간의 본성(本性)이란 마치 생물의 '씨'와 같아서 그것은 무엇이든 해낼 수 있는 원천이 된다. 부처는 우리가 본성을 찾는 것이 삶에서 가장 중요하다고 가르쳤다. 본성을 찾기 위한 가장 좋은 방법으로 불교에서는 참선(參禪) 수행을 강조하는데 '나는 누구인가?'라고 묻는 것이 참선 수행의 시작이자 끝이라고 할 수 있다.

우리의 본성, 즉 본래 모습이란 바로 생각이 일어나기 이전의 마음 상태를 말하는데, 이런 상태라야만 우리는 우리 자신을 찾을 수 있다. '나는 누구인가?'라는 질문을 깊이 함으로써 생각이 일어나기 이전의 마음 상태를 깨닫는 순간이 바로 우리의 본성, 즉 참나[진아(眞我), True Self]를 얻는 순간이라고 할 수 있다.

참나를 찾아가는 과정은 매우 지난한 과정이겠지만 대략 세 단계로 진행될 것이라 생각된다.

첫 번째는 나를 생각하고 성찰하는 힘과 지식을 부단히 기르고 가꾸는 단계이다. 두 번째는 가만히 나의 내면을 응시하여 나의 본질적인 한계를 자각하고 반성하는 단계이다. 마지막 세 번째는 결국 참나가 존재하는 곳을 파악하고 그곳으로 돌아가는 단계이다. 이제 이 참나를 찾아가는 세 가지 단계를 차근차근 순서대로 풀어 보자.

4.2. 성실한 배움과 실천

먼저 첫 번째 단계인 나를 생각하고 성찰하는 힘과 지식을 부단히 기르고 가꾸는 단계에 대해서 얘기해 보자.

'늘 깨끗이 털고 닦아서 먼지가 앉지 않도록 해야지'

불교 선종의 돈오점수(頓悟漸修)설 중 신수(神秀)의 점수설이 바로 끊임없이 갈고 닦을 것을 강조한 설법이라 할 수 있다. 중국 선종의 5조 홍인(弘忍)은 제자들에게, 마음의 지혜가 밝아 자신의 참 본성을 잃지 않는 것이 곧 마음을 닦는 일인데 자신의 본성을 꿰뚫지 못하고는 구원이 없으니, 자신의 참 본성을 보아 내고 이를 확인하는 게송을 짓게 한다. 다음은 신수의 게송(偈頌)이다.

身是菩提樹,　　　　몸은 깨달음의 나무
心如明鏡臺.　　　　마음은 밝은 거울의 받침대.

| 時時勤拂拭, | 늘 깨끗이 털고 닦아서 |
| 莫使惹塵埃. | 먼지가 달라붙지 않도록 해야지. |

마음은 명경과 같아서 본래 스스로 청정한 것인데 다만 마음에 먼지가 달라붙은 결과 맑지 않기 때문에 선악의 차별이 있게 되었다. 그러니 털고 닦아서 때가 끼지 않도록 해야 한다. 이것이 곧 장기간의 수련 끝에 불법의 이치를 깨닫고 성불할 수 있다는 점수론이다. 신수는 북종선(北宗禪)의 창시자가 된다. 하지만 홍인은 신수가 아직 그의 본성의 실제를 꿰뚫고 깨달음에 이르렀다는 것을 인정해주지 않았다. 하여간 신수의 점수론에서 중요한 것은 끊임없이 나를 갈고 닦아야 한다는 것일 게다.

'정신적으로 성장하지 않는 것이 곧 늙어가는 것'

사람은 평생 배워야 한다. 육체적으로 나이 먹어 가는 것이 늙어가는 것이 아니라 정신적으로 성장하지 않는 것이 곧 늙어가는 것이다. 배움에 대한 열정이 있어야 하고 반드시 배워야만 성장한다. 이 세상은 스승으로 가득 차 있다. 배울 준비만 되어 있다면. 그런데 우리에게는 시간을 바라보는 두 가지 다소 냉소적인 관점이 존재한다.

하나는 이른바 "노세 노세 젊어서 놀아."라는 생각이다. 이것은 뿌리가 깊은 관념으로서 중국에서도 "때에 맞춰 즐겨야 한다."는 '급시행락(及時行樂)' 관점은 꽤 폭넓게 퍼져 있었다. 그래서 수시로 "사람은 살면서 뜻을 얻었을 때 모름지기 즐거움을 만끽해야 한다.(人生得意須盡歡)"고 말들 하였다.

또 다른 관점은 "모든 것이 다 헛되고 헛되다."는 관점이다. 왜냐하면 인생이 다 아침이슬 같고 낙화 같다고 보기 때문인데 조조(曹操)도 <단가행(短歌行)>에서 "인생은 얼마나 되나? 비유하자면 아침이슬과도 같다.(人生幾何? 譬如朝露.)"고 말했다. 모든 것이 순식간에 다 지나가니 내가 가진 것들이 모두 부질없다. 공(空)할 뿐이다. 사실 이 두 관점은 서로 연결되어 있는 관점이기도 한데 젊어서 놀자는 생각은 곧 인생이 너무 짧고 허무한 것이기 때문에 한 살이라도 젊었을 때 놀아야 한다는 생각에서 나온 것이다. 이와 같은 시간에 대한 소극적인 생각들은 좀 냉소적인 관점이라서 우리가 참고할 수는 있을지언정 인생의 태도로 받아들이기는 곤란하다.

'현자란 모든 것에서 배우는 사람'

배움이 얼마나 중요한 것인가? ≪한서(漢書)·예문지(藝文志)≫에서는 "어릴 때부터 한 가지 방면의 기예를 닦는다 하여도 백발이 되고 난 후에야 그 기예에 대해 말할 수 있다.(幼童而守一藝, 白首而後能言)"고 하여 기예에 대한 학습의 필요성과 지난한 과정에 대해서 언급하였다. 우리나라 가톨릭의 고(故) 김수환 추기경 역시 ≪명상록≫ 중에서 "현자란 모든 것에서 배우는 사람이요, 부자란 자기 운명에 만족하는 사람이요, 강자란 자기를 이기는 사람이다."고 하여 배움의 중요성을 언급한 적이 있다.

송대 소식은 <해의 비유(日喩)>라는 산문에서 도(道)를 구하는 방법으로 '배움으로써 도에 이르는(學以致其道)' 방법을 제시한다. 도를 구하기 위해서는 반드시 어려운 고통을 수반하는 학습과 반복적인 실천을 통해야만 한다는 얘기이다.

자아, 참나를 완성하게 하는 수단은 배움, 즉 학문이라는 데 이의가 있을 수 없다. 지식 없는 상상은 얼마나 근거 없이 위험하겠는가? 선진 지식을 흡수하지 않고 어떻게 창의력을 발휘할 것이며, 어떻게 자아를 완성하겠는가? 그럼 이제 학문하는 기본 자세와 태도에 대해서 언급해보자.

'정성을 다하고 경건한 자세로'

첫째, 성실과 정성을 다해야 할 것이다. 선현들은 그러한 삶의 태도로서 '성(誠)'과 '경(敬)' 두 가지를 제시하였다. 즉 성실과 정성이다. '성'이란 '고요하게 움직임이 없는 것(寂然不動者)'으로 '하늘의 길(天之道)'이고, '경'이란 '오로지 하나만을 위주로 하며 다른 곳으로 가지 않고(主一無適), 몸가짐을 가지런히 하고 엄숙하게 하는 것(整齊嚴肅)'으로 '사람의 길(人之道)'이라 했다. 또 '성실함이란 하늘의 길이고, 성실하게 하는 것은 사람의 길이다.(誠者天之道, 誠之者人之道也.)'라고도 했다. 무슨 일이든지 성실과 정성을 다해서 해야 하며 자신이 지금 하고 있는 일이 마치 살아서 최후로 하는 중대한 일인 것으로 여기는 것을 '성'과 '경'의 태도라 하겠다. 또한 '성'과 '경'의 태도는 자신의 존재에 대해서 뿐만 아니라 남과 더불어 사는 관계 맺음 속에서도 지녀야 할 태도임은 자명하다.

'회의 없는 확신처럼 무서운 게 또 있을까!'

둘째, 역설적이게도 학문을 하는 데는 회의(懷疑)하는 자세가 반드시 필요하다. 단순한 사실로 여겨지는 것들, 기존의 진리라고 받아들여지는 것들, 그리고 이름 하여 편견·선입견들에 대해서 일단은 "과연 그럴까?", "왜 그렇지?"라고 하며 '왜'라는 질문을 할 수 있어야 한다. 프랑스 사회학자 에드가 모렝은 "회의 없는 확신이란 게 얼마나 무서운 것인가?"라고 하였다. 그동안 맹신되어 온 기성의 테제에 대해서, 명제에 대해서 회의하면서 관점이 하나만 있지 않음을, 모든 문제에 해답만 있지 정답은 없다는 사실을 꾸준히 되뇌어야 한다.

우리는 콜럼부스의 아메리카 대륙 발견을 '지리상의 발견'이라 하는데, 그것은 유럽인들에게는 타당한 이야기일지 모르지만 이전부터 그곳에서 살아온 인디언들에게는 전혀 말이 안 되는 얘기다. 사우디아라비아는 우리나라의 서쪽에 있는데도 '중동(中東)'지역에 있다고 하며, 우리나라가 속한 아시아를 서양인들은 동아시아라고 부른다. 그것은 유럽인들이 자신들을 중심으로 근동(近東, neareast), 중동(中東, middle east), 극동(極東, far east)이라 구분한 것을 우리 역시 무턱대고 따라 쓴 결과이다. 만약에 북극이 위에 있고 남극이 아래에 있는 지구의를 거꾸로 세워 놓는다면 북반구에 사는 우리나라 사람들은 당연하게 불안하게 느낄 것이다. 그러나 북극이 위에 있어야 할 이유가 있나? 이는 북반구 사람들이 자기 중심적으로 만들어 놓은 것에 불과하다. 오른쪽으로 도는 시계 또한 마찬가지여서 해가 동쪽에서 떠 서쪽으로 지는 북반구 문명의 소산이다. 오스트레일리아는 대륙이라고 불러도 될 만큼 세계에서 가장 큰 섬이다. 그러면 이 섬이 발견되기 이전에 가장 큰 섬은 무슨 섬이었을까? 마찬가지로 오스트레일리아이다. 사람들에게 발견되고 안 되고는 상관없이 그것은 거기에 존재하고 있었을 뿐이다. 이처럼 우리는 기본 상식과 편견에도 회의하는 자세를 견지하여 정확

한 지식을 구비할 수 있어야 한다.

'최잔고목, 위법망구'

셋째, '최잔고목(摧殘枯木)'과 '위법망구(爲法忘軀)'의 공부 자세를 지녀야 할 것이다. '최잔고목'이란 부러지고 쇠잔해진 늙은 나무는 아무도 봐주지 않는 것처럼 나도 타인의 시선에서 완전히 벗어나 온전히 공부에 몰입할 수 있어야 함을 뜻하는 말이다. 남들로부터 인정받으려는 생각을, 스포트라이트 받으려는 생각을 버려야 한다. 즉 썩어 문드러져서 아무도 돌아보지 않는 그런 고목이 되어야 한다.

또 '위법망구'란 진리를 위해서라면 공부하다 죽겠다는 각오로 온갖 욕망을 다 잊고 일로매진(一路邁進)해야 한다는 말이다. '불광불급(不狂不及)'이라고 했다. 어떤 일이든지 미쳐야만 비로소 일가를 이룰 수 있다는 얘기다. 미쳐야만 그 일의 궁극을 볼 수 있고 자유인이 될 수 있는 것이다. 그렇기 때문에 '백척간두(百尺竿頭)'에 서서 다시 '진일보(進一步)'하는 각오로 지금까지의 모든 습관·사고·행동 등에서 나를 놓아 버려야 하고, 그간 내가 기대었던 여러 가지 가치, 소중한 것, 신봉한 우상에서 손을 놓아 버려야 한다. 그곳이 절벽 아래라고 할지라도.

'물길을 거슬러 배를 저어가듯'

학문의 중요성을 강조하는 명구들이 많다. 공자(孔子)의 대화록인 ≪논어(論語)≫ 역시 배움을 강조하였는데 '옛 것을 익히고 연역하여 새로운 사실을 발견한다.'는 '온고지신(溫故知新)', '학문을 깊고 넓게 쌓으며 가르치기를 게을리 하지 않는다.'는 '학문연박(學問淵博)', '교회불권(敎誨不倦)'을 얘기했고, 사마천(司馬遷)은 ≪사기(史記)·보임안서(報任安書)≫에서 "하늘과 인간의 사이를 궁구하고, 고금의 변화를 통달하여 일가의 관점을 이룬다.(究天人之際, 通古今之變, 成一家之言.)"는 말을 하였다. 또 현대 중국의 격언에서도 "배움은 마치 물길을 거슬러 배를 저어가는 것과 아주 흡사하여 앞으로 나가지 않으면 즉시 뒤로 떠내려가게 된다.(學習好比逆水行舟, 不進則

退.)"고 하여 쉬지 않고 배워야 하는 배움의 연속성을 강조하였다.

그밖에 배움을 일깨우는 권학시(勸學詩)들도 많다. 당대 안진경(顔眞卿)이 쓴 <권학시>를 보자.

三更燈火五更鷄,	한밤중 등불 새벽녘의 닭울음
正是男兒讀書時.	바로 남자가 책을 읽을 때로다.
黑髮不知勤學早,	까만 머리였을 때 일찍부터 부지런히 배울 줄 모르면
白首方悔讀書遲.	흰머리 되어 비로소 책읽기가 늦었다고 후회하리라.

이 권학시의 기본 생각은 대부분의 배움을 권유하는 시들이 그렇듯이 "젊어서 노력하지 않으면 늙어서 가슴 아프고 비통해질 뿐.(少壯不努力, 老大徒傷悲.)"이라는 것이다.

3경은 한밤중인 11시에서 1시 사이를, 5경은 새벽 3시에서 5시까지를 가리킨다. 대낮에는 일터에 나가야 하니 책을 읽을 수 없을 터고 결국 밤을 새워 공부를 하는데 한밤중은 물론이요 새벽녘에 이르기까지 공부를 해야 하는 것이다. 그런데 상식적으로 잠도 안 자고 새벽녘까지 책만 읽느냐는 반문이 있을 수도 있다. 그래서 이 구절은 또한 한밤중까지의 시간, 그리고 다시 닭이 우는 새벽 3시 이후부터의 시간이 공부하기에 좋은 시간이라고 나누어 생각할 수도 있겠다.

'소년이로학난성'

송대 주희(朱熹)의 <권학시(勸學詩)>야말로 인구에 회자되는 시다.

少年易老學難成,	젊은이는 늙기 쉬우나 배움은 이루기 어려우니,
一寸光陰不可輕.	조금의 시간도 가벼이 여겨서는 안 된다.
未覺池塘春草夢,	연못가의 봄풀 즐기는 꿈에서 아직 깨어나지도 않았는데,
階前梧葉已秋聲.	섬돌 앞 오동나무 잎엔 이미 가을바람 소리로구나.

특히 위의 제1, 2구는 배움을 권면할 때면 으레 등장하는 명구이기도 하다. 촌음의 시간도 가벼이 여기지 말고 아껴서 공부를 해야 한다는 것이다. 시간과 공부에 대한 준엄한 요구이다.

이에 비해 송대 진종(眞宗) 조항(趙恒)의 <여학편(勵學篇)>은 공부를 통해서 복록을 얻을 것이라는 아주 현실적인 이유를 달고 있기는 하지만 배움의 중요성을 강조한 것은 매 한가지이다.

富家不用買良田,	집안을 부유하게 하려고 좋은 전답을 살 필요 없으니,
書中自有千鍾粟.	책속에 절로 천 종의 곡식이 들어있어서이다.
安居不用架高堂,	거처를 편안하게 하려고 고대광실을 지을 필요 없으니,
書中自有黃金屋.	책속에 절로 황금집이 들어있어서이다.
出門莫恨無人隨,	집문을 나서면서 따르는 사람이 없다고 한탄하지 말지니,
書中車馬多如簇.	책속에 많은 거마가 무더기로 들어있어서이다.
娶妻莫恨無良媒,	아내를 얻는데 좋은 중매인이 없다고 한탄하지 말지니,
書中自有顔如玉.	책속에 절로 옥처럼 아름다운 여인이 들어있어서이다.
男兒若遂平生志,	남자가 평생의 뜻을 이루려고 한다면,
六經勤向窓前讀.	부지런히 창 앞에서 육경을 읽어야 하리라.

책속에 곡식이, 고대광실이, 말과 수레가, 아름다운 여인이 들어 있으니 다른 걱정 일랑 하지 말고 오직 공부에 전념하라는 매우 현실적인 훈계를 하고 있다. 특히 제7, 8구에서 책속에 아름다운 여인이 있다는 얘기는 21세기인 오늘날과 비교해서도 매우 재미난 발상이다. 오늘날에도 우리나라 고등학교 3학년 교실에 '공부해서 명문대학에 들어가면 결혼하는 아내의 미모가 달라진다'는 등의 조금은 천박한 급훈이 있다는 얘기가 많이 전해지곤 하는데, 지금으로부터 벌써 천 년 전인 송나라 때부터 공부 잘하면 아내의 얼굴이 바뀔 수 있다고 보았다는 것에 놀라움을 금할 수 없다. 남자들의 생각은 동서고금을 막론하고 동일한 것인가 보다.

4.3. 욕망과 내면의 성찰

자, 그럼 이제 부지런히 공부해서 자신의 인격을 성숙시키고 난 다음에 우리가 해야 할 것은 무엇인가?

앞에서 이미 살핀 첫 번째 단계가 공부해서 자아를 성숙시키는 단계라고 한다면 두번째 단계는 가만히 나의 내면을 응시하여 나의 본질적인 한계를 자각하고 반성하는 단계로 진입하는 것일 게다.

'나의 천적은 나 자신'

나의 내면을 찬찬히 응시할 때 발견할 수 있는 것은 무엇인가? 내가 한 단계 진보하여 참나를 찾아가는데 가장 나를 방해하는 요소는 결국 욕망에 사로잡힌 또 다른 나임을 발견할 수 있다. 한국의 현대시인 조병화가 "결국 나의 천적은 나였던 거다."고 고백하고 있고 중국 격언에서는 "사람이 살면서 가장 큰 적은 바로 자기 자신이다.(人生最大的敵人是我自己.)"라는 말도 결국 같은 맥락이라고 할 수 있다.

'탐, 진, 치'

생명을 지닌 인간을 인간으로 존재하게 하면서도 궁극적으로 참나의 발견을 방해하는 아이러니한 요소들이 있다. 불교에서는 이를 삼독(三毒), 즉 탐(貪), 진(瞋), 치(痴)라고 부르고 있다. 탐욕, 분노, 어리석음을 가리킨다. 기실 이것들은 인간이 삶을 영위하는데 매우 필요악적인 존재들이다. 문제는 이런 욕망들이 기본적으로 절제를 모르고 끝없이 확대하고 팽창하려는 속성을 지니고 있다는 것이다. 탐욕을 놓고 보자. 끊임없이 솟아오르는 오욕칠정, 명예·권력·부에 대한 소유욕과 상대적인 비교 우위 욕구 등등 수도 없이 많다. 또 분노를 놓고 보자. 나의 이기적인 조건이 충족되지 않으면 사소한 일에도 쉽게 분노하고 세상과 주변의 평화를 파괴하게 된다. 분노는 결국 자신에 대한 실망으로 인한 것이라고도 말할 수 있다. 마지막으로 어리석음을 놓고 보자.

우리 인간 역시 자신을 해치는 일인 줄 알면서 마치 불나방이 불에 뛰어드는 것처럼 우매한 일을 반복하니 이 모든 것이 인간이 지닌 어리석음에 기인한 것이다.

'마음의 맷집을 단련시켜야'

이런 삼독을 제어하는 방법은 무엇인가? 결국 치심(治心), 즉 마음 다스리기가 중요함을 알 수 있다. 마음을 다스리려면 어떻게 해야 하는가? 근육을 단련하여 맷집을 키우듯이 마음의 근육도 단련시켜서 키워야 한다. 다시 말해서 마음공부가 절실하게 필요하다. 마음의 주인이 되려면 마음을 부릴 수 있어야 하고, 마음을 부릴 수 있으려면 마음의 작용 방식을 구체적으로 알아서 마음이 작용한 결과로서 일어나는 생각들을 취사 선택할 수 있어야 한다. 생각을 취사 선택하는 것은 끊임없는 훈련이 필요하다. 이것이 이른바 마음 다스리기요, 마음의 맷집 훈련이다.

마음의 작용의 결과로서 일어나는 생각들을 선택해서 마음의 주인이 되려면 첫째, 선입견과 편견의 작용을 막아서 다양한 각도에서 보고 객관적이고 열린 시각을 지니는 게 필요하고, 둘째, 긍정적인 쪽으로 생각을 선택해야 하는 게 필요하다.

물질의 소유(have)에 대한 욕망은 마치 망망대해에서 바닷물을 마시는 것과 같다. 아무리 마셔도 목마르다. 참나를 찾지 못하고 존재(being) 자체가 결핍되어 있기에 물질 욕망이 끝없이 전개되는 것이다. 존재의 결핍을 해결해줘야 한다.

'현대인은 타인의 욕망을 욕망한다'

프랑스 현대 철학자 라캉의 말이다. 자기 자신만의 행복을 정의 내리기도 전에 행복이라고 타인에 의해 제시된 길을 걸으며 고통을 감내한다. 부모의 바람, 대학 커트라인을 따라 우수한 성적을 추구한다. 사회의 통념에 따라 돈을 벌며 명품 의류와 외제차를 소망한다. 만족의 기준이 외부에 있기 때문에 타인이 욕망하면서 세운 기준을 욕망한 결과는 일시적인 안도를 주지만 다시 끝없는 공허감이 반복되게 할 뿐이다. 외부에 기준에 맞추어 설정된 가치는 항상 상대적인 비교를 하기에 온전한 만족이 찾아오기는 어렵기 때문이다. 일테면 모든 한국인이 욕망하는 삼성전자 이건희 회장보다 빌 게이츠가 더 부자이니 어느 결에 만족이 찾아올 수 있겠는가?

우리 마음속에는 기본적으로 생각이 너무 많다. 욕망으로 가득하다. 그런데 그 생각이, 그 욕망이 우리를 구속하는 올가미가 되고 덫이 되고 있다. 우리 마음에 절연체를 두를 필요가 있다. 그런데 나를 먼저 정확히 알아야 절연체를 둘러도 두를 수 있을 것이다. 나는 누구인가? 지피지기(知彼知己)면 백전불태(百戰不殆)라 했다.

태양열이 유리벽을 한 번 뚫고 들어오면 다시 나가지 않고 덫에 걸린다는 사실에 착안하여 온실이 발명됐다. 한겨울에도 비닐하우스 온실이 따뜻한 이유는 무엇이겠는가? 태양열이 들어오면 나가지 못하도록 비닐이 막는 역할을 하고 있기 때문이다. 지구의 이산화탄소도 같은 역할을 한다고 한다. 이산화탄소가 많아질수록 지구로 내려온 태양열들이 다시 빠져나가지 못해서 점점 지구의 기온이 상승하게 되고 그리하여 지구온난화를 일으키고 엘리뇨 현상 같은 기상이변을 야기하는 것이다.

이처럼 태양열이 빠져나가지 못 하도록 만드는 유리벽이나 비닐하우스 같은 절연체, 이것은 다른 각도에서 보자면 태양열을 옴짝달싹 못 하게 만드는 올가미이자 덫으로 작용하고 있다고 할 수 있다. 우리를 외부와 차단해주는 절연체의 역할도 하지만 동시에 우리의 내면을 옭아매는 올가미의 역할을 하는 것은 무엇일까?

옛날에 건성으로 들어서 정확하지는 않지만 지금도 기억나는 얘기가 있다. 곰을 잡으려면 어떻게 하면 되는가? 밧줄에 돌멩이를 묶어 나뭇가지에 곰의 이마에 닿을 정도의 높이로 매달아 놓으면 된다. 그러면 곰은 호기심에 돌멩이를 쳐보는데 그 돌멩이가 앞으로 나갔다가 다시 돌아오면서 곰의 머리를 치게 된다. 그러면 곰은 화가 나서 다시 돌멩이를 치고 돌멩이는 돌아오면서 곰의 머리를 치는 과정이 되풀이되면서 곰은 쓰러지게 되고 마침내 곰을 잡을 수 있다는 얘기였다. 곰에게는 일차적으로 돌멩이를 쳐보는 호기심이 그에게 덧씌워진 올가미였던 셈이다. 또 원숭이를 잡으려면 어떻게 하면 되는가? 좁은 구멍에 바나나를 넣어놓으면 된다고 한다. 원숭이가 구멍 속에 손을 집어넣어 바나나를 움켜쥐는데 주먹을 쥔 손으로는 구멍을 빠져나올 수 없지만 원숭이는 바나나에 대한 욕심으로 주먹을 펴지 않고 결국 사람에게 잡힌다는 것이다. 바나나를 움켜쥐고 포기하지 못 하게 하는 탐욕과 어리석음이 원숭이에게는 올가미였던 셈이다.

우리에게 아주 착한 이미지를 전해주는 양은 또 어떤가? 기독교 성경에 자주 나오는 양은 사실 인간을 매우 적절하게 비유한 것이다. 양들은 자기가 가던 길로만 가려고 하고, 넘어지면 사람이 일으켜주기 전에는 절대 일어날 수 없다고 한다. 한 번은 깻묵을 보관하던 창고에 불이 났는데 양 떼들이 깻묵 타는 고소한 냄새를 맡고 달려와 불타고 있는 깻묵더미 속으로 자꾸만 뛰어드는 일도 있었다고 한다. 이런 양들의 완고함과 우둔함이 그들에게는 올가미일 텐데 이것은 우리 인간에게서도 흔히 발견되는 모습이기에 성경에서 그토록 자주 양을 비유로 활용하여 인간들을 일깨우고 있는 것인지도 모른다.

아프리카에 스프링 벅이라는 산양이 산다. 보통 작은 무리를 지어 살지만 개체수를 보존하기 위해서 큰 집단을 이루기도 한다. 거대한 스프링 벅 무리는 먹이를 찾아 이동을 할 때도 있는데, 그 때 앞서 이동하는 스프링 벅들이 먼저 풀을 다 먹어버리면 뒤의 무리들은 먹을 것이 없기에 앞 무리를 밀치면서 전진을 한다고 한다. 그러면 앞의 무리들은 뛰기 시작하고 뒤의 무리들도 역시 놀라 함께 뛰면서 광란의 질주가 시작되고 급기야는 해안의 절벽에 이를 때까지도 계속된다. 앞선 스프링 벅들은 살기 위해 멈추고 싶지만 앞에 절벽이 있다는 걸 모르는 뒤의 무리들이 계속 밀어내기 때문에 결국은 하나둘 절벽으로 떨어져 무수히 많은 스프링 벅들이 죽음에 이른다고 한다. 참으로 어리석기 짝이 없다. 그러나 한 치 앞도 모르고 무작정 앞만 보고 달리는 스프링 벅과 비교해 오직 성공만을 위해서 그칠 줄 모르고 앞만 보고 달려가는 사람들이 과연 나을 게 있을까?

참새 등이 비닐하우스나 집안으로 한 번 들어오면 출구를 못 찾아서 미친 듯 날뛴다. 왜 그런가? 처음 들어올 수 있었던 비어 있는 곳을 기억하지 못 하고 오직 밝은 빛이 쏟아지는 쪽으로만 나가려고 하기 때문이다. 그런데 참새와는 다르게 까치는 비닐을 살짝 들어 올리고 들어와서 과일을 한입씩 다 쪼아 먹고는 들어온 곳으로 나간다고 한다. 까치의 경우는 참새보다는 영리해서 비닐하우스가 올가미 노릇을 할 수 없다고 해야겠다.

또 어렸을 때 파리를 잡던 매우 재미난 기억이 있다. 파리를 유인하기 위해 그릇에 밥 알갱이와 파리약을 동시에 놓고 파리가 들어올 정도의 틈만 남겨 놓고 덮개를 덮어놓기만 하면 된다. 파리들이 들어오는 것은 가능한데 나가지를 못 한다. 파리는 위로 날려는 속성만 있지 기어서 밑으로 나가는 법은 모르기 때문이다. 위로만 날려는 속성, 그것이 파리에게는 덫이고 올가미였다.

'밝은 창문만 뚫으려는 저 어리석음이여!'

고령탁 선사(古靈卓禪師)는 벌의 우둔함을 빌려 다음과 같이 인간의 우둔함을 묘사한 적이 있다.

空門不肯出,	텅 빈 문으로 나가려 하지 않고,
投窓也大癡.	창문을 뚫으려는 저 큰 어리석음이여!
百年鑽故紙,	백 년 동안 묵은 종이 뚫는다 해도,
何日出頭時.	언제 나갈 날 있으랴!

어떤 사람은 제1구를 "공문에는 도망칠 곳이 없다."고 번역한 경우도 있는데 이것은 오역으로 보인다. 아마도 '대도무문(大道無門, 깨달음에 이르는 문은 정해져 있지 않다.)'을 '대도에는 문이 없다.'고 번역할 때와 동일한 방식으로 번역해서 빚어진 오역으로 보인다.

분명히 나갈 수 있는 곳이 있는데도 창문이 밝다고 해서 그곳만을 고집하는 우매하고 완고한 모습, 그것이 바로 우리의 자화상이자 민낯이 아니겠는가? 인간은 항상 탐욕과 분노, 어리석음, 곧 삼독(三毒) 속에서 생활한다. 때문에 탐욕을 내려놓아야 한다. 마음의 작용으로 말미암아 일어나는 분주한 생각들을 쉬게 해야 한다.

'생각을 무디게 갖지 말라'

마음을 쉬게 하는 것이 곧 생각을 무디게 가지라는 얘기는 결코 아니다. 오히려 마음의 작용인 생각을 명민하게 가져서 항상 성찰을 게을리 해서는 안 된다. 성찰의 대상은 무엇이 되어야 하는가? 어제의 나보다 오늘의 나는 과연 좀 더 나아졌는가? 고통받는 사람들과 아픔을 공유하려 노력하였는가? 주변에 존재하는 아름다운 사람들과 풍경들에 좀 더 눈길을 주었는가? 인간다움의 의미와 가치를 항상 간직하며 살고 있는가? 등등.

우리의 생각이 무뎌지는 것은 무엇 때문일까? 첫째, 익숙해져서 설렘과 두근거림이 없기에 그렇다. 두 사람이 이제는 서로 익숙한 사이가 돼서 그렇게 무뎌질 수도 있다. 아니면 또 다른 경험과 새로운 도전으로 인해서 낯선 것에 다시 직면해야 한다는 불안감과 초조, 긴장, 고통이 두려워서 오히려 무뎌질 수도 있다. 둘째, 당연한 것으로 여겨서 감사가 없기에 생각은 무뎌진다. 감사가 사라진 순간 감동도 없는 것이다. 감사를 모르고 당연하게 여길 때, 사랑으로 베풀 줄을 모를 때 마음은 무뎌지기 쉽다.

'인생 뭐 별거 있어?'

생각을 예민하게 갖고 시시각각 성찰을 해서 사회의 부정에 분개하고 고통 받고 소외된 자들에 대해 관심과 배려를 쏟으며, 내 주변에서 나를 위해 일어나고 있는 모든 일, 나와 관련된 모든 사람들에게 감사하며, "그냥 이제는 편하게 엔조이 하며 살자." 라든지, "인생 뭐, 별거 있어?"라고 대충 쉽게 살려는 생각이 들 때마다 경계하고 또 경계해야 한다.

생각을 무디게 갖지 않고 예민하게 가짐으로 인해서 그 땐 보이지 않던 것들이, 그 땐 몰랐던 것들이 새롭게 보일 때가 많다.

어머니의 뒤를 이어 오빠와 함께 무당이 된 어느 여인의 애틋한 사연이 TV에 방영된 적이 있다. 그녀의 아버지는 절대 딸까지 무당으로 뺏길 수는 없는 일이라며 강한 반대를 하였고 무병을 앓는 딸은 무당이 되지 않으면 안 되는 상황이었다. 대립과 갈

등 속에서 두 부녀가 베트남 여행을 통해 화해하는 프로그램이었는데, 그 딸이 절벽 위에서 쏟아지는 폭포를 보면서 "어째 내 눈에는 저 폭포가 다 눈물로만 보일까?"라고 고백하던 말을 듣고 울컥한 적이 있다. 얼마나 마음이 심란하고 예민해져 있으면 폭포를 눈물로 볼까, 기구한 그녀의 사연을 생각할수록 가슴이 미어졌다.

무당이 된 딸처럼 생각을 무디게 갖지 않았을 때 비로소 풍경도 나에게 새롭게 다가온다. 고등학교 때 자취하면서 주말이면 쌀과 김치를 가지고 오기 위해 집으로 가는 길에 보았던 김제평야 너른 지평선 위로 떨어지는 노을은 얼마나 아름다웠던가? 또한 수학여행 때 처음으로 간 제주도 용머리해안에 서서 파란 태평양을 바라보며 키우던 기상은 또 얼마나 호연하였던가! 어느 여름날 장맛비가 그친 뒤 강원도 정선으로 가는 길에 보았던 평창강에 피어오르던 물안개는 또한 얼마나 신비롭고 장엄하였던가?

나는 맥문동이 음지식물이라서 꽃을 피우지 않는 줄 착각하고 있었다. 그러나 어느 해 여름날 몸이 갑자기 쇠약해져 한여름 뙤약볕에도 몸을 추스르기 위해 햇빛을 피하며 아파트 옆 나무그늘을 끼고 걸어야 했던 적이 있었다. 그런데 8월 초순으로 기억된다. 보통 아파트 화단에 많이 심어져 있는 맥문동이 일제히 하늘을 향해 예쁜 꽃들을 피우고 있는 모습이 갑자기 눈에 들어왔다. 음지식물이기에 큰 나무들에 가려서 빛이 들어오지 않는 아파트 화단에 심겨진 것으로만 생각했지 그것들이 설마 그렇게 아름다운 꽃을 피우리라곤 상상도 못 했다. 그런데 당시 병으로 예민해진 마음에 이런 맥문동의 실상이 포착되었던 것이니 그 때의 충격과 감동을 이루 말할 수 없었다. 계속 관심을 갖고 살펴본 결과 맥문동은 가을에 또한 빨간 열매를 탐스럽게 맺는다는 사실을 알아내기도 하였으니 이것 역시 망외의 수확이었다.

4.4. 마음의 주인이 되는 길

그렇다면 참나가 아닌 욕망 덩어리로서의 또 다른 나를 발견하였다면 이제 이것을 어떻게 극복할 것인가?

결국 우리가 마지막으로 도달해야 할 세 번째 단계는 결국 참나의 소재지를 파악하고 그곳으로 돌아가는 단계라고 생각된다.

'불성은 항상 청정해'

불교 선종에서 돈오(頓悟)론을 주장한 혜능(慧能)은 스승 홍인의 인가를 받아 선종의 6조가 되었고 남종선(南宗禪)의 창시자가 되었다. 그는 다음과 같이 깨달음의 게송을 노래한다.

菩提本無樹,　　　　깨달음은 본시 나무가 아니고
明鏡亦非臺.　　　　밝은 거울에는 받침대가 없다.
佛性常淸淨,　　　　불성은 항상 청정하니
何處惹塵埃.　　　　어디에 먼지가 앉을 것이랴!

제3구는 '본래무일물(本來無一物)'로 된 판본도 있는데 '본래 아무것도 없는데'라는 뜻이다. 하여간 돈오론에서는 때때로 먼지 털고 날마다 좌선하는 것은 실로 번거롭고 불필요한 일로서 성불(成佛)이란 일념의 깨달음 속에 있으니 찰나지간에 자성(自性), 즉 참본성, 혹은 참나를 돈오할 수 있다면 곧 부처가 될 수 있다고 주장한다. 중생들 모두 불성(佛性)을 지녔다면 부처는 스스로의 본성 속에 있는 것인데 밖에서 법을 구할 필요가 없다고 보고 있다. 그렇기에 돈오론에서는 전통 불교에서 주장하던 독경(讀經)·명률(明律)·염불(念佛)·좌선(坐禪) 등의 수행 공부는 중요한 의의가 없다고 간주하고 있다.

'상처 받기 쉬운 내면의 어린아이'

참나, 참자기의 모습은 어떠한가? 가녀린 어린아이처럼, 사춘기 소녀처럼 상처받기 쉽다. 이런 참나를 지키고 키우기 위해서는 일단 내 마음에 절연체를 두를 필요가 있다. 절연체란 무엇인가? 절연체로 둘러싸인 보온병이 온도를 오래도록 유지할 수 있는 것처럼 우리도 마음에 절연체를 둘러서 외부로부터 가해지는 온갖 유혹으로부터 가녀린 소녀 같은 참나를 보호해야 한다.

그렇다면 내 마음에 어떤 절연체를 둘러서 참나를 보호하고 인정하고 길러줄 수 있을까? 가장 먼저 둘러야 할 절연체가 바로 남의 평가로부터, 남의 시선으로부터 자유로워져야 한다는 것이다. 우리는 나에 대한 남의 평가에 너무 얽매인다. 니체는 심지어 "남의 시선과 평가에 연연할 때 우리는 자신을 노예의 지위로 하락시키고 있는 것이다."고까지 말하며 그 위험성을 언급한 적이 있다. 고대 노예제 사회에서 노예는 자기 자신을 주체적으로 평가하지 못 했기 때문에 항상 남의 평가에 연연할 수밖에 없었을 것이라고 치자. 그러나 지금은 노예제 사회도 아니지 않은가? 본래 우리 인간이 지닌 욕구에는 남으로부터 인정받으려는 욕구가 본능적으로 존재한다고 한다. 때문에 인정 욕구에 기인하여 우리 인간이 남의 평가에 연연할 수밖에 없다고는 하지만 니체의 말처럼 남의 평가에 연연해하는 것은 곧 우리를 노예의 지위로 추락시킨다는 사실을 간과해서는 안 될 것이다.

인정욕구에 휘둘리지 않으면서도 외부로부터 참나를 보호하고 키우려고 한다면 어떻게 해야 하는가?

'어디서든 내 삶의 주인이 되어야'

첫째, 어디서든 내 스스로가 주인이 되어야 한다. 이른바 '수처작주(隨處作主)'이다. 어디서든 내가 주인이 되어 내 삶을 점검하고 성찰하여야 한다.

'나의 호적수도 오직 나밖에 없어'

둘째, 내가 주인인 상황에서 나의 최대의 적은 나 자신뿐이며, 때문에 나를 이길 수 있는 호적수는 나 자신밖에 없다는 사실도 함께 명심하도록 한다. 이것을 중국어 경구로 표현하고 한국독자를 위해 한국어로 같이 표기하자면 "아적최대적적인시아자기(我的最大的敵人是我自己), 이아적대수지유아(而我的對手只有我.)" 곧 "나의 가장 큰 적은 나 자신이며 나의 적수는 오직 나밖에 없다."라고 할 수 있겠다.

'오직 오늘만 존재해'

셋째, 오직 오늘만이 존재하지 내일은 없다는 자세를 견지해야 한다. 이른바 '즉시 현금(卽是現今), 갱무시절(更無時節)'이다. 이것은 다시 말해서 영화 ≪죽은 시인의 사회≫에서 키팅 선생이 학생들에게 자주 외쳤던 '카르페 디엠(carpe diem)'이라고 할 수 있으니, 곧 '현재를 즐기는' 자세를 가지고 오로지 시선을 지금 이곳에 두어야 한다. 오로지 오늘만을 살겠다는 자세로 현재의 공부를 꽉 움켜쥐어야 한다.

'오늘의 나는 어제보다 더 나아졌는가?'

넷째, 내가 주인이고 오늘이 중심이 되기 때문에 나의 비교 대상은 항상 어제의 나일 뿐이다. 어제와 비교해서 오늘의 내가 나아졌는지를 항상 점검해야 한다. 어제보다 오늘 나를 좀 더 길러주었는가? 그래서 좀 더 많이 학습하고 경험하였는가? 또한 나 자신을 더 많이 사랑하였는가? 여러 가지 취미 활동이나 건강을 위한 운동 등을 꾸준히 실행하였는가? 이것을 중국어 경구로 표현하고 한국독자를 위해 한국어로 같이 표기하자면 "불요간별인비아호불호(不要看別人比我好不好), 지간자기일천비일천호기래(只看自己一天比一天好起來)", 곧 "다른 사람이 나보다 나은지 어떤지를 살피려고 하지 말고 오직 자신이 나날이 좋아지고 있는지를 살펴야 한다."라고 할 수 있겠다.

'남을 먼저 칭찬해주어라'

다섯째, 내가 먼저 남과 공감하고 그를 인정해주고 칭찬해주었는가, 남을 위해 배려하고 봉사를 실천하였는가를 반성해보는 것이다. 역설적으로 내가 먼저 남을 칭찬하고 인정해주면 도리어 남의 시선과 평가에서 자유로울 수 있기 때문이다. 이것을 중국어 경구로 표현하고 한국독자를 위해 한국어로 같이 표기하자면 "요득도별인찬미, 취득선찬미별인.(要得到別人讚美, 就得先讚美別人.)", 곧 "다른 사람의 칭찬을 받으려고 한다면 먼저 그 사람을 칭찬해주어야 한다."라고 할 수 있겠다.

'회두시안'

돌아본다는 것 역시 돌아오기 위해 매우 중요하다. 우리의 시선이 고개를 돌리지 못 하는 돼지처럼 오직 앞으로만 향해 있을 뿐이기에 참 진리를 엿볼 수 없게 된다. 회두시안(回頭是岸), 즉 고개만 돌린다면 그곳이 바로 참나가 있고 평화가 있는 곳일 텐데 말이다.

'일체유심조(一切唯心造)'

이 모든 것을 마음이 빚어낸다. 마음만 있으면 천리지척(千里咫尺), 즉 천 리도 지척처럼 가까울 테지만 마음이 멀어지면 지척천리(咫尺千里), 즉 지척처럼 가까운 곳도 천 리 먼 곳이 되어버리는 것이다. 우리 마음이 너그러울 때는 끝없이 너른 바다를 품을 수 있을 듯하다가도 마음이 화로 들끓을 때는 바늘 하나 꽂을 자리가 없게 되는 것이다.

우리나라 조오현 스님의 시조 <마음 하나> 한 수를 보자. "그 옛날 천하장수가/ 천하를 다 들었다 놓아도// 한 티끌 겨자씨보다/ 어쩌면 더 작을// 그 마음 하나는 끝내 / 들지도 놓지도 못했다더라." 제 아무리 천하장사라 하더라도 겨자씨보다 어쩌면 더 작을지도 모를 마음 하나는 끝내 들어올 수 없으니 이 마음을 도대체 어찌하랴!

벨기에 출신 모리스 마테를링크의 <파랑새>는 틸틸과 미틸이라는 두 아이를 주인공으로 하여 아동극 형식으로 쓴 극이다. 크리스마스 전날 밤, 나무꾼의 자식 틸틸과 미틸 남매에게 요술쟁이 할머니가 찾아와서 병을 앓고 있는 자기 딸을 위해서 파랑새를 찾아 달라고 부탁한다. 그들은 파랑새를 찾아 집을 떠나서는 여러 나라에서 신비롭고 불가사의한 체험을 하게 된다. 이윽고 그들은 이 극의 중심이 되는 행복의 궁전으로 들어간 다음 그곳에서 진실한 행복과 비참한 행복의 차이를 구별할 줄 알게 된다. 틸틸과 미틸이 파랑새를 찾는 기나긴 여행을 끝내고 문득 꿈에서 깨어 보니 바로 크리스마스 날이었다. 그리고 자기 집에 있는 새장 속의 비둘기를 보니 비둘기는 이상스럽게 파랗게 보였다. "우리들이 찾고 있던 것이 이것이다. 먼 곳까지 찾으러 갔으나 바로 여기 있었구나." 그들은 비로소 파랑새를 알아차리게 된다. 우리가 삶에서 추구하는 행복에 관한 작가의 성찰이 상징적인 수법으로 표현되어 있는데 결국 행복은 멀리 있는 것이 아니라 우리 주변에, 아주 사소한 일상 속에 있다는 것을 일깨워주는 이야기라고 할 수 있다.

이 이야기에서 우리는 크게 두 가지 사실에 주목해야 한다. 첫째는 틸틸과 미틸 남매가 평온하게 일상을 보내다가 마침내 파랑새를 찾아 집을 떠나기로 결심하였으며 그 과정에서 갖은 고생을 하며 추억의 나라, 모험의 나라 등을 거치는 경험을 하였다는 사실이다. 다시 말해서 진리는 먼저 집을 떠나서 세상을 경험하는 과정을 거쳐야만 비로소 그 모습을 우리에게 보여준다는 사실이다. 두 번째는 진리는 아주 평범한 모습으로, 일상적인 생활 속에 존재하기 때문에 다시 세상 밖에서 집안으로 되돌아와야 한다는 것이다. 다시 말해서 참나라고 하는 진리는 평범하고 소박한 모습으로 우리 내면에 존재하는 것이니 시선을 안으로 되돌려야 하는 돌아오는 과정이 필요한 것이다.

'복숭아꽃 본 뒤로 다시는 의심하지 않네'

오대(五代)의 지근(志勤) 영운 스님의 <꽃을 보고 도를 깨친 게송(見花悟道偈)>을 감상해보자.

三十年來尋劍客,	30년 동안이나 검을 찾던 나그네,
幾回落葉又抽枝.	몇 차례나 낙엽 지고 또 가지가 돋았던가?
自從一見桃花後,	복숭아꽃 한 번 본 뒤로부터는
直至如今更不疑.	지금까지 다시는 의심치 않네.

이 게송은 영운 스님의 도를 깨친 오도송(悟道頌)인데 역시 검을 찾아 나서서 오랜 세월을 헤매어보았고 또 돌아와 집안의 복숭아꽃 핀 모습을 보고 마침내 깨달음을 얻게 된 사실을 노래하고 있다. 찾으러 나서고 헤매고 다시 집으로 돌아오는 전형적인 과정이 있어야 비로소 진리는 자신의 뒷모습을 보이는 것이다.

송대 대익(戴益)의 시로 알려져 있지만 아직도 설이 분분한 <봄을 찾아서(探春)>라는 시를 감상해보자.

盡日尋春不見春,	온 종일 봄을 찾았어도 봄을 보지 못하고
芒鞋踏遍隴頭雲.	짚신 신고 산언덕 끝 구름 낀 곳까지 두루 다녔지.
歸來適過梅花下,	돌아와 마침 매화나무 밑을 지나는데
春在枝頭已十分.	봄기운은 매화가지 끝에 이미 충만해 있었네.

이 시는 봄을 찾는 것으로 인간의 본래 면목(面目), 즉 참나, 본성(本性)을 깨닫는 것을 비유한 선시(禪詩)이다. 그런데 이 시는 전승 과정에서 여러 가지 설로 분분하다. 당대 시인 무진장(無盡藏), 또는 어느 고승(高僧)의 시로 알려져 있기도 하고 또 제목이 <매화향을 맡다(嗅梅)>로 전해지기도 하는데 다만 이때는 제3구가 "돌아와 웃으며 가지 잡고서 매화향을 맡아보니(歸來笑拈梅花嗅)"로 조금 다르게 되어 있다. 이 시의 핵심은 마지막 결구(結句)인 제4구에 있다. 종일 봄을 찾아 짚신이 닳도록 두루 돌아다녀보고 구름이 끼어 있는 산언덕 끝까지 가보았지만 찾을 수 없었다. 그런데 어찌 알았으랴! 하릴 없이 집으로 돌아와 보니 매화가지 끝에 이미 봄기운은 충만하게 어려 있었음을! 참나는 본래 사람마다 다 내면에 이미 갖추고 있는데 이를 굳이 밖으로 나가 찾으려고 하니 찾을 수 있겠는가? 이 시는 진리 참오(參悟)의 노정을 우리에게 은근히 일깨워 주고 있다.

'황혼 무렵 날던 새들은 짝지어 돌아오네'

본래 물아일체를 구현한 것으로 평가되는 대표적인 시가 바로 도연명의 <음주(飮

酒)> 제5수인데 여기서는 돌아옴에 대해서 감상을 해보자.

結廬在人境,	농막을 짓고 사람들 속에 살아도,
而無車馬喧.	거마 오가는 소리 시끄럽지 않네.
問君何能爾,	그대에게 묻노니 어찌 그럴 수 있소?
心遠地自偏.	마음이 멀어지니 사는 곳도 저절로 치우치게 되네.
採菊東籬下,	동쪽 울타리 아래에서 국화 따노라니,
悠然見南山.	한가로이 남산이 바라보이네.
山氣日夕佳,	산기운은 황혼 무렵 아름다운데,
飛鳥相與還.	날던 새들은 짝지어 돌아오네.
此中有眞意,	이 가운데 참뜻이 있으나,
欲辨已忘言.	말하려 해도 벌써 말을 잊었노라.

　산기운이 황혼 무렵에 아름답고, 저녁이 되자 산새들이 자기들의 보금자리로 돌아오는 것은 매우 자연적인 현상이다. 돌아오는 새에 담긴 뜻은 무엇인가? 새는 돌아갈 줄을 아는데 사람은 결국 그걸 알지 못 하고, 안다 하여도 실천하지 못 하고 있다는 말일 것이다. 새가 돌아간다는 말은 "봄에 텅 빈 산에 꽃 피고(空山花開), 뻐꾸기 울고, 또 꽃은 져서 물에 흘러가듯(落花流水)", "하늘에서 소리개 날고, 물속에서 물고기 튀어 오르듯(鳶飛魚躍)" 너무나 자연의 이치와 본성에 맞는 자연스러운 일이다. 그런데 사람만이 자연의 본성과 이치를 거스르고 있다는 말이 될 것이다.

　월산대군(月山大君) 이정(李婷)[호 풍월정(風月亭)]의 절창인 시조 한 수에서 "추강(秋江)에 밤이 드니 물결 차도다. 낚시 드리우나 고기 아니 무는구나. 무심한 달빛만 싣고 빈 배 저어 오노라."라고 노래했다. 텅 빈 배를 저어 돌아오는 그 모습이 마치 참나를 발견하고 무심한 마음으로 돌아올 줄 아는 깨달은 자의 모습처럼 보인다.

　우리나라 현대시인 신대철은 <박꽃>에서 제집으로 돌아온 담비를 노래하고 있다.

　　박꽃이 하얗게 필 동안

밤은 세 걸음 이상
물러나지 않는다

벌떼 같은 사람은 잠 들고
침을 감춘 채
뜬소문도 잠 들고
담비들은 제 집으로
돌아와 있다

박꽃이 핀다
물소리가 물소리로 들린다 (1977년)

　인간의 시간이 깊은 잠에 빠져들고 소란이 뚝 그쳤을 때 자연의 시간은 도래한다. 탐욕과 집착과 분노를 내려놓은 순간, 하얀 박꽃은 피어난다. 물소리는 물소리로 들리고 자연은 자연 그대로 들리는 한밤중, 벌떼 같았던 사람들의 탐욕도 잠들고 시비분별로 얼룩진 뜬소문도 잠들며 담비들도 제집으로 돌아와 있다. 이 때 박꽃이 하얗게 핀다. 돌아옴은 곧 자연의 본성을 뜻하며 그것은 인간의 본성으로서 참나와도 통하는 경지라고 말할 수 있겠다.

'9만리 창공을 나르는 붕새', '자유인'

　참된 삶의 길, 본성, 참나를 깨달아 속세의 구속에서 해방된 사람을 우리들은 흔히 '성인(聖人)', '지인(至人)', '초월자(超越者)', '부처' 등등으로 표현한다. 이런 용어들이 공통으로 지향하는 바를 한마디로 압축하여 표현한다면 바로 '자유인(自由人)'이지 않을까 싶다. 모든 것을 초월하여 자유자재(自由自在)한 인간이 바로 자유인의 모습일 것이다. 자유인은 공자가 말한 바 '종심소욕불유구(從心所欲不踰矩)', 곧 마음이 하고 싶은 대로 따라서 해도 절대 법도를 벗어나지 않는 경지에 도달한 사람일 테고, 또한 9만 리 창공 위로 날아올라 아무런 구속을 받지 않고 거리낌 없이 남녘을 향해 6개월 동안 날아가면서 소요유(逍遙遊)하는, 즉 자유롭게 날며 노니는 붕새일 터이다.

'허정심과 평상심'

참된 삶의 길, 본성, 참나를 깨닫기 위해서 선인들이 추구했던 방법을 살펴보면 우선 일체 나를 좌우하고 구속하는 마음들을 비우고 허정심(虛靜心)을 유지하며 나아가 자연스러움과 평상심을 성취해야만 하였다. 그러나 이것이 어디 말처럼 쉬운 일이겠는가? 단순히 명상에 잠겨서, 혹은 상상 속에서 거둘 수 없는 것임은 자명한 일이다.

장자(莊子)는 여러 우화들을 통해 우리에게 좋은 길을 제시해주었으니, 예를 들면 수레바퀴 잘 깎는 사람, 소의 살을 잘 가르는 사람, 매미 잘 잡는 곱추, 깊은 폭포를 자유자재로 헤엄치는 사람들의 비유가 그 예이다. 이들의 방법은 모두 '연달자연(練達自然)'의 방법이었다. 즉 오랜 시간의 숙련을 통해서 자연스러움에 도달하는 길이었다. 다시 말해서 참된 길을 깨우치고 참나를 찾기 위해선, 또는 '자연스러움'의 경지에 도달하기 위해선 부단한 각고의 연마라는 인위적인 쌓아올림이 전제로 되어야 한다는 것이다.

'상구보리, 하화중생'

자유인이 누릴 수 있는 지고의 경지는 우리 같은 범인이 함부로 논할 수는 없겠지만 그러나 그런 깨달음도 결국은 사랑과 자비를 수반하지 못 한다면 공허한 것이 될 수 있지 않겠는가 하는 의구심이 드는 것도 사실이다. 그래서 불교에서는 깨달음을 추구하는 한편으로 중생을 사랑하며 베푸는 길을 동시에 제시하고 있다. 이른바 '상구보리(上求菩提)', '하화중생(下化衆生)'으로서 보리행이란 진리 추구와 자비행이란 사랑의 실천을 강조한 것이다. 생의 마지막에 남는 것은 배움으로 자신의 몸에 쌓아놓았던 것이요, 사랑으로 남에게 베풀었던 마음과 그 흔적들일 것이기 때문이다.

생의 마지막을 남겨 놓은 사람으로부터 흔히 듣는 후회의 고백이 있다. 하나는 '좀 더 배울 걸!' 또 하나는 '좀 더 사랑할 걸!' 나는 이 두 가지를 줄이고 이니셜만 따서 나이 들어 '사공의 노래 부르지 말자!'고 노래하고 있다.

프랑스 화학자 파스퇴르 역시 똑같이 두 가지를 권한다. "배우고 또 배워라, 언제어디서든지. 사랑하고 또 배려하고 위로하라." 파스퇴르와 내가 동서와 시대를 격하여 마음으로 통한 것일까!

****

졸작 ≪한시의 세계, 거울 속의 꽃 물 속의 달≫이 2012년도에 세상에 나온 이후로재미없는 글임에도 불구하고 뜻밖에 재밌게 읽었다고 하면서 나에게 글쓰기에 대한용기를 불어 넣어 주는 분들이 생겨나기 시작했다. 올 여름에는 그 책을 읽었던 일행다섯 분이 급기야 북한산 골짜기 자락으로 나를 초대해서 막걸리를 앞에 놓고 한시를얘기하기도 하였다. 그분들은 비록 생업이 다른 분야에 종사하는 사람들이었지만 모두 한시에 대한 지식은 나보다 더 해박하였다. 당시 일행 중에 자유기고가이면서 시인이기도 했던 한 분이 먼저 한시 한 수를 선창하면서 나에게도 화창하기를 강권하였다.

北漢山峰相接連,	북한산 봉우리 서로 이어진 곳에
朋來千里駕白雲.	구름 타고 천 리 멀리에서 친구들이 오셨네.
濁酒一杯豪氣發,	막걸리 한 잔으로 호기로움이 솟아나니
山川假我以詩興.	자연산천은 나에게 시흥을 빌려 주네.

나도 명색이 한시 연구자인데 그냥 말 수 없어 어줍지 않지만 이어서 수창(酬唱)을해보았다.

人生到處有上手,	사람이 살다 보면 곳곳에 고수가 있건만
終不相信爲自賢.	난 끝내 믿지 않고 스스로를 지혜롭다 여겼었네.

流觴曲水開宴樂,　　　오늘 계곡물에 술잔 띄우며 즐거운 잔치 펼치고서

高談俊論謫五仙.　　　고담준론 하는 저들이야말로 귀양 온 다섯 신선들이로세.

　　이처럼 한시가 우리 일상생활 속에서 결코 멀리 있지 않다는 것을 새삼 다시 알 수 있었다. 이렇게 숨어 있는 독자들을 위해서, 한시에 갈망하고 있는 열렬한 독자들을 위해서 한시의 아름다움이 어디에 있는지를 찾고 한시의 내용에 담긴 철리를 밝혀내며 한시에 담긴 인생이야기를 글쓰기를 통해 펼쳐 내는 작업을 더욱 게을리 해서는 안 되겠구나 하고 다시 한 번 굳게 다짐을 하는 계기가 되었다.

　　2012년 7월 16일, 난 내 인생에서 가장 아픈 매를 맞았다. 중국어식으로 표현하자면 '아중경애과한한지타(我曾經挨過狠狠地打)'라고 하겠다. 남들은 그 매를 맞아도 나는 아닐 것이라고 생각하였더랬다. 그리고 약 1년 반의 시간 동안 독한 약을 아침저녁으로 복용하여야 했다. 먹는 것도 부실할 뿐만 아니라 소화도 안 되어 매일 설사를 하였고 기력은 날로 쇠잔해져 갔다. 15킬로그램의 몸무게가 한순간에 빠져 나갔다. 그때의 상실감, 좌절감이야 이루 다 말할 수 없다.

　　그러나 넘어진 김에 잠깐 쉬어 간다고, 그간의 삶의 보폭을 조절하고 세상의 욕망을 내려놓으면서 나는 이 기간을 버텨내야 했고 다시 일어서야만 했다. 그때 ≪성경≫의 말씀 중 "일어나 먹어라!"라는 말은 죽비처럼 내 가슴을 치고 지나갔다. 그래, 살아보자. 먹어야 산다. 나는 약해진 근력을 보강하기 위해 매일 경포 호수를 걷고 집 인근의 야산인 정발산을 오르는 일을 게을리 하지 않았으며 조금 걷는 데 자신이 생기자 그동안 등한히 했던 산을 다시 찾아 본격적으로 올라보기로 했다. 그 과정에서 곁에서 약해진 마음에 용기를 북돋아 주고 함께 걸어 주었던 어산회(於山會)의 맴버인 송연 객원교수, 김희재·이수희 어학원 전임강사, 중문과 신왕섭·정정주 조교, 그리고 친구 김화진 등의 도움을 잊을 수 없다. 이 자리를 빌어서 그들에게 감사드린다.

　　강릉 인근에 있는 제왕산과 선자령, 소금강 등을 수시로 오르면서 차츰 산을 오르는 데도 자신감이 붙기 시작했다. 그리하여 설악산과 지리산 및 한라산을 꼭 밟아보기로 내 마음의 버킷 리스트를 정해 놓았다. 이런 다짐의 결과 나는 드디어 설악산의

공룡능선을 올랐고 지리산 천왕봉을 일주하였으며 두타산과 청옥산을 동시에 오르는 산행도 해 보게 되었다. 산 정상에 섰을 때의 감동의 크기와 부피를 어떻게 말로 형용할 수 있으랴!

그런데 한라산 등반은 그동안 꿈만 꾸어왔지 실현을 못했던 터라 2014년 겨울에 큰맘을 먹고 친구와 한라산을 찾았다. 그러나 가는 날이 장날이라고 갑자기 폭설이 내려 진달래고개 대피소 이후 백록담에 이르는 코스는 입산금지령이 내리는 바람에 더 이상 오르지 못하고 하는 수 없이 아쉬운 마음을 품고 하산할 수밖에 없었다. 그리하여 지난 2015년 여름방학 때 다시 제주도를 찾아 이번에는 꼭 한라산 정상을 오르리라 작심을 하고 등산을 시작하였다. 약 8시간의 산행 끝에 드디어 생애 처음으로 한라산 정상에 올라 백록담을 내려다보니 그 감회는 이루 말로 다할 수가 없었다. 한참을 백록담 옆에 앉아서 감상을 하다가 이윽고 약간의 시흥이 피어올라 <백록담에 올라(登白鹿潭)>란 제목으로 몇 자 적어 보았다. 이 역시 일상생활 속에서 한시를 가까이 하며 지내는 모습이 아니겠는가!

花有意笑客,	꽃은 생각 있어 나그네에게 웃건만
雲無心出岫.	구름은 무심하게 산봉우리에서 나온다.
靑山容靈潭,	청산이 신령한 연못 품었으니
白鹿蕩漣漪.	백록에 잔물결 일렁인다.

나는 ≪성경≫ 말씀 중에 좋아하는 글귀들이 몇 가지 있다. 그 중에서도 <시편> 23편에 있는 말씀을 가장 사랑한다.

야훼는 나의 목자 아쉬울 것 없노라. 푸른 풀밭에 누워 놀게 하시고 잔잔한 물가로 이끌어 쉬게 하시니 지쳤던 이 몸에 생기가 넘친다. 그 이름 목자이시니 인도하시는 길 언제나 바른 길이요 나 비록 죽음의 어두운 골짜기를 지날지라도 내 곁에 주님 계시오니 무서울 것 없어라. 막대기와 지팡이로 인도하시니 걱정할 것 없어라. 원수들 보라는 듯 상을 차려주시고 기름 부어 내 머리에 발라 주시니 내 잔이 넘치옵니다. 한평생 은총과 복에 겨워 사는 이 몸 영원히 주님 집에 거하리이다.

The Lord is my shepherd, I shall not be in want. He makes me lie down in green pastures, he leads me beside quiet waters, he restores my soul. He guides me in paths of righteousness for his name's sake. Even though I walk through the valley of the shadow of death (or through the darkest valley), I will fear no evil, for you are with me; your rod and your staff, they comfort me. You prepare a table before me in the presence of my enemies. You anoint my head with oil; my cup overflows. Surely goodness and love will follow me all the days of my life, and I will dwell in the house of the Lord forever.

이 중에서도 가장 가슴에 와 닿는 글귀를 들라치면 '인도하시는 길 언제나 바른 길' 과 '죽음의 어두운 골짜기를 지날지라도 내 곁에 주님 계시오니'이다. 언제나 바른 길 로 살도록 이끌어 주시고 그리고 이 세상과 작별해야 할 그 순간까지도 언제나 내 곁 에 계실 것이라는 믿음과 사랑이 절로 가슴을 파고든다.

《성경》 말씀 외에도 나는 '내게 있는 모든 것을 주님 뜻대로 처리하소서!'라고 나 직이 속삭이는 이냐시오 성인의 봉헌 기도 역시 좋아한다. 이 기도문을 읊조리고 있 으면 마음이 늘 숙연해지곤 한다.

주여, 나를 받으소서. 나의 모든 자유와 나의 기억력과 지력과 모든 의지와 내게 있는 것과 내가 소유한 모든 것을 받아들이소서. 당신이 내게 이 모든 것을 주셨나이다. 주 여, 이 모든 것을 당신께 도로 드리나이다. 모든 것이 다 당신 것이오니 온전히 당신 의향대로 그것들을 처리하소서. 내게는 당신의 사랑과 은총을 주소서. 이것이 내게 족하나이다.

Dedication to Jesus
Lord Jesus Christ, take all my freedom, my memory, my understanding, and my will. All that I have and cherish you have given me. I surrender it all to be guided by

your will. Your grace and your love and wealth are enough for me. Give me these,
Lord Jesus, and I ask for nothing more. Amen.

'주신 이도 그리스도요, 도로 거두어 가실 이도 그리스도시라'

아름다운 소풍이었을지라도 막상 돌아가야 할 때는 불완전하고 미성숙한 인간인
지라 섭섭하고 불안하고 두렵고 슬프지 않을 수 있을까? 불안하고 또 두려우리라. 그
래서 더욱 더 주님이 정하신 그날까지 주님께 순명(順命)하는 마음으로 오늘을 살아
야 할 것이고 오늘 지금 여기에 만족하고 감사를 드려야 할 것이다. 이런 다짐을 나는
다음과 같은 대련 글귀로 정리해 보았다.

> 步步有聲謝主恩, 한 걸음 내딛을 때마다 주님의 은총에 감사의 찬미가를 부르고
> 階階無懼就當今. 두려움 버리고 눈앞의 계단 하나하나에 최선 다하며 오늘을 살리라.

'두려워 말라 힘을 내고 용기를 내어라 네가 어디로 가든지 내가 너와 함께 하리라'
주님의 사랑이 오늘 여기에, 그리고 이제와 영원히 나와 함께 한다는 말씀은 나의
삶의 신념이요 희망이며 엔돌핀이다. 교수, 저술, 가족, 경제, 사랑. 나는 내게 있는 능
력을 최대한도로 활용하여 소소하지만 내가 소망하는 바로 그만큼을 이루었다. 감사
하고 또 감사할 일이다.

'인생지차(人生至此), 부부하구(夫復何求)'

내 삶이 이 정도에 이르렀으니 다시 또 무얼 바라겠는가?
이제는 부여 받은 달란트를 남김없이 다 써서 지(知)·덕(德)·체(體)로 알차게 영글고
풍성하게 수확하여 아름다운 소풍을 떠나야 하리라. 1백 권 읽기와 1천 수 역주 작업
을 통한 한시 미학의 궁극을 엿보고 탐(貪)하리라. 가족에게 헌신하고 이웃을 먼저 칭
찬해주고 배려하리라. 걷기·여행·테니스·골프를 통해 건강한 체력으로 삶의 또 다른

세계를 경험하리라.

내가 너무도 좋아하는 글귀인 살전 5장 16~18절 "항상 기뻐하라, 쉬지 말고 기도하라, 범사에 감사하라."는 말씀을 바탕으로 오랜 숙고 끝에 나는 나의 좌우명을 아래와 같이 구상해 보았다. 여기에는 언제나 의연하게 웃음을 잃지 않고 더불어 사랑하면서 세상을 끝까지 버티며 살아보자. 한시와 인생의 궁극을 엿보고 거기에 마련된 인생의 섭리(攝理)와 아름다움을 찾아 글로 남겨보자, 하느님께 받은 달란트를 남김없이 다 쓰고 알차게 영글어 소명을 완수하자는 다짐을 다시 추가한 것이다. 나는 좌우명이 완성되자 역시 중국의 서예가에게 족자 글씨를 부탁하여 연구실에 걸어 놓고 시시각각 채찍질로 삼고 있다.

凡事感謝喜樂當今不住禱告
相愛到底見意篇籍盡己遂命
主與我在聖經三命申為
東海新月之座右銘誠托
薔薇僊子寫書永懷深情

凡事感謝, 범사에 만족하여 감사하고

喜樂當今,	오늘을 기뻐하고 즐기며 최선 다해 살고
不住禱告.	쉬지 않고 꿈과 희망을 하느님께 기도하여라.
相愛到底,	언제나 끝까지 의연하게 이웃을 사랑하며 배려해 주고
見意篇籍,	한시와 인생의 비의(秘意)에 대한 통찰을 책으로 남기며
盡己遂命.	받은 달란트 남김없이 쓰고 알차게 영글어서 소명(召命)을 완수하라.

어머니가 좋아 하시는 찬송가 가사인데 가사 내용이 좋아서 지금은 우리집의 가족가(家族歌)처럼 된 찬송가가 바로 460장 <지금까지 지내온 것>이다.

지금까지 지내온 것 주의 크신 은혜라. 한이 없는 주의 사랑 어찌 이루 말하랴. 자나 깨나 주의 손이 항상 살펴 주시고, 모든 일을 주안에서 형통하게 하시네.
몸도 맘도 연약하나 새 힘 받아 살았네. 물 붓듯이 부으시는 주의 은혜 족하다. 사랑 없는 거리에나 험한 산길 헤맬 때, 주의 손을 굳게 잡고 찬송하며 가리라.
주님 다시 뵈올 날이 날로 날로 다가와, 무거운 짐 주께 맡겨 벗을 날도 멀잖네. 나를 위해 예비하신 고향집에 돌아가 아버지의 품안에서 영원토록 살리라.

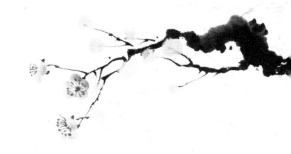

제5장

꿈과 희망

마구간에 엎딘 늙은 준마, 뜻은 천 리를 달리네

(老驥伏櫪 志在千里)

5.1 희망은 언제나 있다

'문학은 인간의 인간다운 삶을 위해 기여해야 한다'

시는 희망이 부족한 이들에게 희망을 채워준다. 미국시인 에밀리 디킨슨은 <내가 만일>에서 "내가 만일 병든 생명 하나 고칠 수 있거나 한 사람의 고통을 진정시킬 수 있거나 할딱거리는 새 한 마리를 도와서 보금자리로 돌아가게 해줄 수 있다면 내 삶은 결코 헛되지 않으리."라고 노래했다. 사람이 혼자 힘으로는 어찌 해볼 도리 없이 외롭거나 가난하거나 슬프거나 답답하거나 할 때 우리는 무엇으로 그들의 슬픔을 덜어줄 수 있을까? 희망을 채워주는 시로써 사람들의 고통을 진정시켜주고 위로해줄 수 있다면 시의 역할과 공로는 자못 크다 하겠고 그런 시인의 삶 역시 헛되지 않으리라.

살아간다는 것은 상처와 고통의 연속이다. 그렇지만 우리는 부여받은 우리의 삶을 살아 내야할 책임과 의무를 지고 있기에 또한 생이 다하는 그날까지 꿈과 희망을 포기하지 말아야 하며, 아무리 힘들어도 웃고 사랑하는 행위를 고수하고 견지해야 된다고 생각한다. 꿈과 희망, 웃음과 사랑은 우리가 이 고통의 바다를 헤엄쳐 나갈 수 있도록 원동력이 되어 줄 것이기 때문이다. 사막 어딘가에 오아시스라는 희망이 없다면 어떻게 사막을 건널 수 있는 용기가 생기겠는가? 오늘보다 더 나아진 나의 모습, 오늘

보다 더 나은 내일, 오늘보다는 더 행복해진 내일을 꿈꾸지 않는다면 우리는 어쩌면 하루도 이 삶을 지탱할 수 없을지도 모른다.

갑자기 불이 꺼지면 아무 것도 보이지 않지만 조금만 기다리면 이윽고 사물들이 희미하게 보이기 시작한다. 가장 깜깜한 새벽녘이 바로 미명의 동이 막 터오기 시작하는 때이기도 하다. 삶이 나에게 제아무리 캄캄한 어둠을 준다 해도 참고 견디며 기다리면 꿈과 희망, 행복 같은 것들이 보이기 시작한다는 것을 많은 사람들이 경험으로 알려준다. 인생은 상상한 것보다 쉽지 않지만 그럼에도 불구하고 희망은 언제나 존재한다는 것을 우리는 경험으로 안다.

'사람들이 다니다보면 그곳이 곧 길이 된다'

희망이 보이지 않는다고 해서 희망은 없다고 단정하고 자포자기할 것인가? 보이지 않는 희망도 우리가 찾으려고 노력하면 우리에게 다가온다는 것을 중국 현대 소설가 노신(魯迅)도 <고향(故鄉)>에서 길에 비유하여 얘기하였다. "희망이란 원래 있다고도 없다고도 할 수 없다. 본래 땅 위엔 길이 없었다. 다니는 사람이 많아지자 거기가 곧 길이 되었다."

우리는 침몰된 세월호에 갇혀서 빠져나오지 못 하고 죽음을 맞이한 많은 어린 생명들이 구출되기를 희망하며 많은 시간을 기다린 적도 있었다. 돌아오지 않는 아이들이 기필코 살아 돌아오리라고 희망해야만 했던 상황, 희망이 과할 경우 그것을 희망 고문이라고 하지만 설령 그것이 희망 고문일지라도 우리는 희망을 포기할 수 없었다. 왜? 그 아이들은 우리의 미래이고 우리의 생명이기 때문이었다. 그리고 이제 더 이상 살아 돌아올 생명이 없다는 것이 확실해진 이후에는 어떠했는가? 죽은 아이들의 영혼이 제발 천국에 가서 고통 없이 평안하게 지내기를, 그리고 남은 가족들의 두 눈에 더 이상 눈물 없기를 바라지 않았던가!

'꿈은 꾸는 자의 것이다'

우리나라 현대 시인이면서 얼마 전에 타계한 고 문병란 시인의 <희망가>는 어쩌면 오늘날 희망이 부재한 우리나라에서, 연애, 결혼, 출산을 포기한 삼포세대로 불리는 젊은이들에게 복음과도 같은 소식이라고 할 수 있다.

> 얼음장 밑에서도
> 고기는 헤엄을 치고
> 눈보라 속에서도
> 매화는 꽃망울을 튼다.
> 절망 속에서도
> 삶의 끈기는 희망을 찾고
> 사막의 고통 속에서도
> 인간은 오아시스의 그늘을 찾는다.
> 눈 덮인 겨울의 밭고랑에서도
> 보리는 뿌리를 뻗고
> 마늘은 빙점에서도
> 그 매운맛 향기를 지닌다.
> 절망은 희망의 어머니
> 고통은 행복의 스승
> 시련 없이 성취는 오지 않고
> 단련 없이 명검은 날이 서지 않는다.

문병란 시인의 희망에 대한 성찰과 예찬이 더욱 현실적으로 우리에게 힘을 북돋아 주는 이유는 역시나 맨 마지막 구절에 있지 않을까 싶다. "시련 없이 성취는 오지 않고 단련 없이 명검은 날이 서지 않는다." 희망을 제대로 예우해 주고 희망을 희망답게 만들어 주기 위해서는 무엇이 필요할까? 그것은 준비와 기다림이라는 매우 소박한 덕목일 것이다. 그러니 시련 속에서도 단련을 거듭해야만 비로소 성취가 오고 명검에 날이 설 수 있게 되는 것이리라. 어느 날 나무 밑둥 그루터기에 부딪쳐 죽은 토끼를 주워 횡재하게 된 농부가 나중에는 씨를 뿌리지도 김을 매지도 않고 오직 그루터기를 지키며 토끼를 기다린다는 수주대토(守株待兎)식의 기다림은 매우 곤란한 일이다. 오늘 철저하게 준비를 하며 내일의 희망을 기다려야 하는 것이다.

문병란 시인이 얼음장 밑과 눈보라 속에서도 봄의 소식은 이미 오고 있다고 했듯이 봄은 우리에게 꿈과 희망의 전령사이다. 따뜻한 봄바람이 산 너머 남촌에서 불어오고, 때 맞춰 봄비가 촉촉이 대지를 적시면 겨우내 얼어붙고 움츠러들었던 만물들은 이윽고 기지개를 펴면서 분주하게 싹을 틔우고 화사하게 꽃을 피우며 다투어 연녹색 물감으로 신록을 물들인다.

'좋은 비 시절을 알아 내린다'

평생 신산스러운 삶을 살아 시에도 침울(沈鬱)하고 비장(悲壯)한 정조와 풍격을 지닌 것으로 유명한 당대 시인 두보(杜甫)에게도 봄비는 기쁨이자 희망이었다. 그의 <춘야희우(春夜喜雨)>란 시를 살펴보자.

好雨知時節,	좋은 비 시절을 아니,
當春乃發生.	봄이 되자 마침내 만물이 소생한다.
隨風潛入夜,	바람을 따라 밤에 조용히 스며들어,
潤物細無聲.	가늘게 소리도 없이 만물을 윤택하게 한다.
野徑雲俱黑,	들길엔 구름이 온통 칠흑 같고,
江船火獨明.	강배의 불빛만이 홀로 밝다.
曉看紅濕處,	새벽녘 붉게 젖은 곳을 보니
花重錦官城.	금관성엔 꽃이 짙어졌으리.

이 시는 시인이 사천(四川)성 성도(成都)의 초당(草堂)에 기거할 적에 지은 것이다. 이렇게 성도 초당에 거주하였던 약 3년 동안의 시간이 두보의 생애 중 가장 평온하고 행복했던 시기로 알려지고 있다.

이 시는 봄과 봄비, 그리고 만물의 소생과 시인의 희망을 한데 잘 엮어 놓았는데 이 중에서도 가장 중요한 시안(詩眼)은 '효간(曉看)'에 있지 않을까 생각된다. 새벽녘에 보았다는 것은 새벽녘까지 기다렸다가 본 것으로 유추 해석이 가능하며, 이렇게 본다면 시인은 봄비에 의해서 만물이 소생하길 밤을 새워가며 새벽녘까지 애타게 기다린 것으로 간주할 수 있기 때문에 이 '효간'이란 말에 무게를 두어 읽을 수 있는 것이다.

시인에게 봄비는 마치 지금까지의 고통스러운 삶을 끝내고 앞으로는 평안한 삶을 누릴 수 있을 것이라는 희망의 전령사로 인식되어 봄비에 자신의 그런 소망을 가득 담아 보고픈 심정에서 새벽녘까지 마음 졸이면서 기다리지 않았을까!

5.2. 들불로 태워도 사라지지 않는 들풀

'4월은 잔인한 달'

미국계 영국시인 T.S. 엘리엇(Eliot)의 <황무지(The Waste Land)>에 나오는 시구이다. "4월은 가장 잔인한 달/ 죽은 땅에서 라일락을 키워내고/ 추억과 욕정을 뒤섞고/ 잠든 뿌리를 봄비로 깨운다."

시인은 왜 4월을 잔인하다고 했을까? 동토의 땅 북유럽은 추운 겨울이 오래 지속된다. 4월이나 되어야 진정한 봄이 찾아온다. 겨우내 얼었던 땅에서 4월이 되면 어김없이 솟아 오르는 파란 새싹의 무서운 생명력을 보고, 어김없이 순환하는 자연의 위대한 법칙을 보고 시인은 잔인하다고 보았을지도 모른다. 시인은 어쩌면 무(無)에서 유(有)가 창출되는, 몸서리치게 충격적이며 잔인하기까지 한 현장을 보고 전율에 잠겼을지도 모른다. 그래서 시인이 말하는 잔인함은 우리가 흔히 생각하는 도덕적 평가와는 무관하게 역설적인 함의를 함축하고 있다고 생각된다. 바로 무에서 유로의 전환, 무생명에서 생명에로의 복귀, 절망에서 희망으로의 변화 가능성 말이다.

'하늘의 눈금과 땅의 눈금은 다르다'

우리나라 시인 유안진이 <들꽃 언덕에서> 한 말이다. "들꽃 언덕에서 알았다/ 값비싼 화초는 사람이 키우고/ 값없는 들꽃은 하느님이 키우시는 것을// 그래서 들꽃 향기는 하늘의 향기인 것을// 그래서 하늘의 눈금과 땅의 눈금은/ 언제나 다르고 달라야 한다는 것도/ 들꽃 언덕에서 알았다."

'아무리 태워도 사라지지 않는 들풀'

하늘의 눈금으로 키워주는 들풀, 그리하여 봄이면 어김없이 소생하는 강인한 생명력을 지닌 들풀은 누가 알아주지 않아도 멀리까지 향기를 발산하며 스스로의 존재감을 맘껏 뽐낸다. 들풀은 아마도 봄이면 어김없이 소생시켜 준다는 하늘의 눈금을 깊게 믿고 있으리라. 하늘의 눈금에는 희망이 있다는 것을 굳게 믿으리라.

봄바람에 무성해지는 들풀을 예찬한 당대 백거이(白居易)의 <부득고원초송별(賦得古原草送別)>이란 시를 감상해보자.

離離原上草,	대지 들녘에 무성한 풀들은
一歲一枯荣.	해마다 한 번씩 시들었다 우거진다.
野火烧不盡,	들불로 아무리 태워도 사라지지 않아
春風吹又生.	봄바람이 불어오면 또 자라난다.
遠芳侵古道,	멀리 퍼져나간 방초들은 옛길까지 뒤덮었고
晴翠接荒城.	맑은 비취빛은 황폐해진 성까지 이어져 있다.
又送王孫去,	또 왕손을 떠나보내니
萋萋滿別情.	무성한 풀 사이로 이별의 정이 가득하다.

'부득'이란 옛사람의 시구를 제목으로 삼은 시를 가리키는데 과거시험에서 시제목이 대부분 타인의 시구에서 따온 것이 많았기 때문에 과거시험에서 짓는 시첩시(試帖詩)의 제목에 이 용어가 많이 사용되었다. '리리'와 '영', '처처'는 모두 봄풀이 우거지고 무성한 모습을 가리킨다. '왕손'은 귀족이라는 뜻이지만 여기서는 자기 친구를 가리킨다. 맨 마지막 제7, 8구는 자주 인용되는 ≪초사(楚辭)≫의 "왕손유혜불귀(王孫游兮不歸), 춘초생혜처처(春草生兮萋萋)", 곧 "왕손은 노닐며 돌아가지 않는데, 봄풀은 자라나 우거졌구나."를 전고로 활용하였다.

흔히 우거진 봄풀은 곧 시적 화자나 독자에게 모두 고향으로 돌아갈 것을 연상시키는 이미지로 활용되곤 한다. 봄풀은 본래 고향으로 돌아가게 하는 대상물인데 위의 시에서는 도리어 봄풀 우거진 때 떠나가야 한다는 사실을 묘사함으로써 그 처량하고 슬픈 마음을 역설적으로 배가시키고 있다.

이 시의 멋진 표현은 제3구라고 생각된다. 들풀은 태워도태워도 사라지지 않는 강인하고 끈질긴 생명력을 지니고 있는 대상의 속성을 정확하게 지적하고 있다. 그것은 한편으로 민초(民草)로 표현되는 우리 일반 사람들의 생명력을 비유한 것으로도 보이기에 우리에게 던져주는 메시지가 적지 않다고 생각한다. 들풀의 왕성한 생명력, 봄바람이 불어오자 다시 무성하게 자라난 모습을 통해 어떤 악조건과 어려운 환경에서도 포기할 수 없는 생명과 희망의 모습을 읽을 수가 있다. 들풀, 그것은 태워도태워도 재가 되지 않는 진주처럼 영롱한 희망이요 사랑이다. 봄이 오면 어김없이 다시 무성해지는.

'봄바람이 강남을 또 푸르게 하리라!'

송대 왕안석(王安石)의 <과주에 배를 정박하고서(泊船瓜洲)> 역시 봄을 노래한 천고의 명시로 인구에 회자되고 있다.

京口瓜洲一水間,　　　경구는 과주와 강 하나를 사이에 두었고
鍾山只隔數重山.　　　종산은 다시 겨우 몇 겹의 산들 너머에 있다.
春風又綠江南岸,　　　봄바람은 또 강남의 언덕을 푸르게 하리니
明月何時照我還.　　　밝은 달은 언제나 나에게로 돌아와 비추려나!

'경구'는 옛 도시 이름으로 지금의 강소(江蘇)성 진강(鎭江)시를 가리키며, '과주'는 진(鎭)의 이름으로 장강 북쪽, 양주의 남쪽에 있다. '일수'란 장강 하나를 사이에 두고 떨어져 있음을 말하는 것으로, '간'은 4성으로 읽고 '사이를 두고 있다'는 뜻으로 풀어야 한다. '종산'은 지금 남경의 자금산(紫金山)으로서 왕안석은 당시 강녕(江寧)현의 종산에 살았다. '지격'이란 지금 있는 과주와 집이 있는 종산이 지척지간에 있음을 가리킨 것이다.

지금 시적 화자의 시선은 어디를 향해 있는가? 시적 화자가 있는 장소, 즉 시점의 근거지를 어떻게 설정해야 할까? 중국시는 일단 제목을 보고 많은 힌트를 얻을 수 있다. 지금 제목에서 과주에 배를 정박하고 있으니 화자의 시선은 과주에서 경구를 향

해 있다. 따라서 제 1구는 과주에서 경구를 바라보니 경구가 장강 하나를 사이에 두고 가까이 있다고 표현한 것이라 볼 수 있다. 또 남경의 종산은 시인이자 화자가 살고 있는 곳이다. 그리고 지금 화자의 시선에 들어온 곳은 경구이다. 따라서 제 2구는 지금 바라보이는 경구 너머로 몇 겹의 산들이 보이는데, 그곳만 지나면 내가 사는 종산이 있을 것이기에 내 집이 매우 가까운 곳에 있다고 추측하고 있는 것이다. 따라서 시선의 출발지에서 상상의 종착지까지를 표시하면 과주 → 장강 → 경구 → 몇 겹의 산 → 종산이라고 할 수 있겠다.

이 시의 압권은 제 3구이고 가장 중요한 시안은 '녹(綠)'자에 있다. 왕안석은 이 글자를 쓰기 전에 여러 가지를 생각하였다고 한다. 도착하다는 뜻의 '도(到)', 지나가다는 뜻의 '과(過)', 들어 오다는 뜻의 '입(入)', 가득하다는 뜻의 '만(滿)' 등 10여 개의 동사를 차례로 고려했다가 맨 나중에 결국 이 글자를 선택했다고 한다.

여기서 '녹'자는 다층적인 의미를 갖는다. '강남안'이 목적어의 위치에 있기에 동사 술어로 풀이되어 '푸르게 하다'로 볼 수 있거나, 또는 '강남안'을 처소를 나타내는 '우(于)'라는 전치사가 생략된 전치사구로 본다면 춘풍이 강남 언덕에 불어와 만물이 푸르러졌다는 뜻의 형용사술어인 '푸르다'의 뜻으로도 풀 수 있을 것이다. 다만 전자로 푸는 방식이 우세한데 그 이유는 어법 구조상 자연스럽거니와 또한 이렇게 풀었을 때 약동하는 봄바람의 힘과 생동하는 봄의 분위기가 느껴지기 때문이다. 봄바람이 마치 인격적인 존재나 된 것처럼 의도적으로 강남 언덕에 불어와서는 만물을 푸르게 해줌으로써 상생의 모습을 연출하고 있는 것이다. 강남 언덕에 가득한 봄풀과 봄꽃 잔치가 느껴진다.

마지막 제4구 역시 중층적으로 풀이할 수 있다. 이렇게 풀꽃이 푸르러지는 화창한 봄날에 나는 지금 길을 가는 행인으로서 잠시 과주에 정박해 있는 외로운 나그네이다. 그러니 밝은 달은 오늘 밤 언제나 떠올라서 나를 비추며 내 외로움을 벗해주겠느냐는 물음으로 일단 생각해 볼 수 있겠다. 그런데 한걸음 더 유추해서 생각한다면 이렇게 좋은 봄날에 밝은 달이 빨리 떠올라서 나를 환하게 비추어 주었으면 하는 바람을 담은 것이고, 한걸음 더 나아가서 내가 나그네길을 청산하고 화창한 봄날 밝은 달처럼 환한 앞날이 펼쳐진다면 얼마나 좋을까라는 희망 섞인 바람으로 읽어낼 수도 있다고 생각된다.

왕안석에게는 소식과도 관련 있는 재미있는 일화 하나가 전해진다. 왕안석이 얼마나 비범하고 지적 경험이 풍부했는지 대문호인 소식마저도 그로 인해 지식의 한계를 인식하고 자신의 경솔함을 반성하면서 겸손하고 삼가게 되었다는 일화이다.

어느 날 소식이 왕안석의 서재인 오재(烏齋)로 찾아갔는데 그는 보이지 않고 서탁에 두 구절만 쓰인 미완성의 시 한 편이 놓여 있는 것을 보게 되었다. "밝은 달이 가지 위에서 지저귀고, 누런 개는 화심[꽃의 중심]에 누워 있구나.(明月枝頭叫, 黃狗臥花心.)" 소식은 이 말도 안 되는 시를 보고 매우 의아하게 여겼다. 어떻게 밝은 달이 가지 위에서 지저귈 수 있단 말인가? 누런 개가 어떻게 화심에 누워 있을 수 있단 말인가? 표현이 적절치 않다고 판단한 그는 붓을 들어 시구를 다음과 같이 고쳐놓았다. "밝은 달이 하늘에서 비추고, 누런 개는 꽃그늘에 누워 있구나.(明月當空照, 黃狗臥花蔭.)" 왕안석이 돌아와 소식이 고쳐 놓은 시를 보더니 매우 불만스럽게 여겨서 그를 합포(合浦)로 좌천시켜버린다.

소식이 합포에 온 뒤 어느 날 밤을 산보하다가 한 무리의 아이들이 한 무더기 꽃더미를 둘러싸고 큰 소리로 외치고 있는 것 보았다. "누런 개 랄라, 검은 개 랄라, 어서 나오너라. 랄랄라, 랄랄라.(黃狗羅羅, 黑狗羅羅, 快出來呀? 羅羅羅, 羅羅羅.)" 소동파는 호기심에 아이들에게 뭐라고 외치고 있느냐고 물었다. 아이들은 벌레가 어서 나오라고 부르고 있다는 것이었다. 소식이 꽃 앞으로 가서 얼핏 보니 참깨 만 한 누렇고 검은 작은 벌레들이 꽃술 안에서 꿈틀거리고 있는 게 보였다. 그래서 이 벌레들 이름이 뭐냐고 물으니 아이들이 대답했다. "누런 개벌레, 검은 개벌레(黃狗蟲, 黑狗蟲.)"

소식이 꽃더미 곁을 떠나서 용수(榕樹)나무 아래에 이르니 나무 위에서 맑고 쟁쟁한 새소리가 나는 것을 듣고 바로 옆 사람에게 지금 무슨 새가 지저귀고 있느냐고 묻자 그가 대답했다. "이 새를 밝은 달새(明月鳥)라고 부른답니다." 그때서야 소식은 예전에 자신이 왕안석의 시가 틀렸다고 고쳐 놓은 게 오히려 잘못 고쳤던 것임을 확실하게 깨달을 수 있게 되었다. 실제로 '누런개'라는 벌레와 '밝은달새'라는 새가 있었던 것이다.

어느 날 또 한 번 소식이 왕안석을 방문하게 되었다. 소식이 승상부에 도착했을 때 왕안석은 잠을 자고 있어서 집사 서륜(徐倫)이 그를 왕안석의 동쪽 서재로 데리고 가서 차를 들고 있게 하였다. 집사가 가고 나서 소식이 사방을 둘러보니 서가는 모두 자물쇠로 잠겨 있고 서탁 위에 오직 붓과 벼루만 있었다. 그가 벼루갑을 열어보니 아직도 먹물이 남아 있었는데 그때 벼루갑 아래에 종이 모서리가 삐져나온 게 보여 얼른 꺼내보니 이것 역시 두 구만 쓰인 미완성 시고(詩稿)였다. 소식은 이것이 승상 왕안석이 쓴 <국화 노래(詠菊)>시임을 알아차릴 수 있었기에 속으로 쾌재를 불렀다. "선비는 이별한 지 사흘만 지나도 눈을 비비며 쳐다본다고 했었지. 예전에 내가 경사에서 관리로 있을 때는 노선생님께서 즉석에서 조금도 지체하지 않고 붓을 들어 수천 자를 쓰셨는데 이제 3년이 지난 오늘에는 겨우 두 구만 쓰시고서는 마무리 짓지를 못하셨으니 '강랑재진(江郎才盡)', 곧 남조(南朝) 시대의 저명한 시인인 강엄(江淹)의 재능이 젊었을 때는 출중하다가 노년에 이르러 점차 쇠퇴해졌다는 얘기처럼 선생님께서도 이제는 재능이 쇠퇴하신 것일 게야."

그러면서 그는 왕안석이 쓴 시구를 들어 한 번 읽어보았다. "어젯밤 서풍이 원림을 지나가니, 누런 국화꽃이 바람에 불려 떨어져 온 땅에 금빛이로다.(西風昨夜過園林, 吹落黃花滿地金.)"

소식은 이 중 제2구에서 말한 내용이 사실과 부합하지 않는 엉터리라고 비웃었다. 1년 사계절에 부는 바람은 각각 이름이 다르니 봄은 화풍(和風)이요, 여름은 훈풍(薰風)이며 가을은 금풍(金風)이요 겨울은 삭풍(朔風)이라 하였다. 그런데 이 시의 첫 구에서 서풍이라 했는데 서쪽은 오행(五行)상 금(金)에 속하며 금풍은 가을에 불어온다. 금풍이 한 번 불어오면 오동잎이 누렇게 날리고 수많은 꽃들도 시들어 떨어지게 된다. 그런데 두 번째 구에서 황화는 곧 국화(菊花)로서 깊은 가을에 피며 그 성질이 오행상 화(火)에 속하여 가을에 내리는 서리에도 버티면서 가장 오래 견딜 수 있는 꽃이다. 설령 시간이 오래되어 말라비틀어진다 해도 결코 꽃잎이 떨어지지 않는다. 그러니 '누런 국화꽃 바람에 불려 떨어지니 온 땅에 금빛이로다.'는 시구는 분명 잘못된 것이라고 판단하였다. 그는 흥분을 주체할 길 없어 얼른 지필묵을 들어 원래의 시운에 따라 나머지 두 구절을 이어 지었다. "가을꽃은 쉬이 떨어지는 봄꽃과 비교가 되지 않으니, 시인에게 말해줘서 자세히 사실적으로 읊조리도록 해드려야겠구나.(秋花不比春花 落, 說與詩人仔細吟.)"

얼마 안 있어 왕안석이 서재에 들어와 시를 쓴 종이를 살펴보니 소식의 필적이 덧붙여진 걸 알게 되었다. "소식 이 친구는 몇 차례 좌절을 겪었어도 아직 경박한 품성을 여전히 고치지 못 하였구나. 굴원(屈原)의 ≪이소(離騷)≫에도 '떨어진 가을 국화꽃을 저녁에 먹는다(夕餐秋菊之落英)'는 구절이 있는데도 자기의 학문이 천박한 걸 인정 안 하고 도리어 노부를 비웃다니! 내일 아침 조정에 나가서 천자에게 그를 삭탈관직하고 평민으로 만들라고 주청을 할까? 아니지, 이 친구는 본래 황주(黃州)에서 나는 국화는 꽃잎이 떨어지는 것을 아직 모르나본데 그렇다면 나의 시가 틀렸다고 생각하는 게 당연할지도 모르겠다."

그리하여 왕안석은 집사를 시켜 호북(湖北)성의 관직 기록부를 가져오라고 한 뒤 아직 황주부(黃州府)에 관리가 파견되지 않은 것을 보고 다음날 조회에서 소식은 재력이 부족하니 황주로 좌천시키는 것이 좋겠다고 상주를 하였다. 이에 소식은 시를 고친 일로 왕안석이 개인적으로 자기에게 복수를 한 것이라고 여기며 마음속에 불만이 있었지만 천자의 명에 따라 황주로 가지 않을 수 없었다.

다음날 소식은 승상 왕안석과 작별하고 경사를 떠나 황주에 부임을 하였다. 황주에서 촉 땅 출신인 진계상(陳季常)과 벗이 되어 산으로 강으로 놀러 다니면서 술을 마시고 시를 지었다. 세월은 쏜살같이 흘러 어느덧 1년이 다 되어 가는 중양절날 날씨가 맑자 소식은 문득 정혜원(定慧院)원장이 보내온 몇 종의 국화를 후원에 심은 것이 생각이 나서 한 번 감상해 볼 생각을 하게 되었다. 마침 진계상이 찾아왔기에 그를 후원으로 데리고 가서 국화를 감상하게 되었다. 그런데 가지 위에 국화꽃은 보이지 않고 땅에 떨어져 누렇게 깔려 있었다.

소식이 깜짝 놀라 한동안 말도 못 하고 있자 진계상이 "자첨(子瞻, 소식)은 국화 꽃잎이 떨어진 걸 보고 왜 그렇게 놀라시는가?" 하고 물었다. 그러자 소식이 말했다. "평상시에 국화는 바싹 말라비틀어진 것은 보았어도 꽃잎이 떨어진 건 본 일이 없었다오. 작년에 제가 왕 승상댁에 갔을 때 승상께서 <국화 노래(詠菊)>이란 시에서 '어젯밤 서풍이 원림을 지나가니, 누런 국화꽃 바람에 불려 떨어져 온 땅에 금빛이로다.'고 노래한 것을 보고 저는 노선생님께서 잘못 쓰신 거라 여겨서 특별히 다시 그 시 아래에다 '가을꽃은 쉬이 떨어지는 봄꽃과 비교가 되지 않으니, 시인에게 말해줘서 자세히 사실적으로 읊조리도록 해드려야겠구나.'라고 이어준 적이 있었답니다. 근데 오늘 보니 황주의 국화는 정말 꽃잎이 떨어지는군요. 노승상께서 저를 여기 황주로 좌천시킨 이유가 알고 보니 저보고 황주의 국화를 좀 살펴보라는 뜻이었음을 이제야 알게 되었답니다."

소식은 탄식하며 계속 말을 이었다. "당초에는 제가 좌천당한 것이 왕승상께서 공적인 일로써 사적인 원한을 갚고 개인적으로 복수를 한 것이라 여겼었답니다. 그런데 세상에 제가 오히려 잘못 알고 있었다니요. 앞으로는 반드시 겸손하고 삼가서 가볍게 남을 비웃거나 비난해서는 안되겠습니다. 정말이지 일을 경험하지 않고는 그 일에 대한 지식을 늘릴 수 없는 것이로군요.(不經一事, 不長一智)"

'가을 낮이 봄 아침보다 더 좋아라'

중국 한시의 계절과 관련된 주제는 흔히 상춘비추(傷春悲秋)의 정서가 주요한 내용을 차지한다. 봄꽃이 떨어지면 마음 아파하고 다시 가을이 되어 낙엽이 지면 비통해 하는 그런 류의 시가 다수를 차지한다. 다시 말해서 비애(悲哀)나 애상(哀傷)의 정서가 압도적인 것이다. 그런데 봄보다 더 가을을 사랑한다고 하면서 높이 비상하는 학의 이미지를 통해 시인의 고양된 정서와 포부를 토로하는 시가 있다. 유우석(劉禹錫)의 <추사(秋詞)> 두 수 중 제1수를 감상해 보자.

自古逢秋悲寂寥,　예로부터 가을을 만나면 적막하고 쓸쓸함으로 비통해했지만
我言秋日勝春朝.　나는 가을 낮이 봄 아침보다 더 좋다 하겠다.
晴空一鶴排雲上,　맑은 하늘에 구름과 나란히 나는 한 마리 학
便引詩情到碧霄.　즉시 시심을 푸른 하늘로 이끌어 가주어서이지.

시인에게 가을의 쓸쓸하고 적막한 분위기는 더 이상 다른 시인들처럼 슬퍼하거나 비통해야 할 대상이 아니다. 가을은 도리어 봄보다 더 좋은 계절이다. 학은 순결·고상·원대함 등의 상징적인 의미를 지니고 있다. 맑은 하늘로 비상해 구름 뚫고 저 멀리 날아가는 학을 보아라. 얼마나 호탕하고 원대한가? 학을 따라 시인의 시심(詩心)과 흥취(興趣)도 푸른 하늘 저 멀리 뻗어가며 드넓은 공간에 가득 차오른다. 이처럼 가을은 시인의 마음속에 자연스레 활달한 시심과 흥취, 그리고 호방한 꿈과 포부가 가득 차오르게 하기에 만물이 피어나는 봄보다 오히려 더 좋은 계절이라고 시인은 여기게 된 것이다.

'등자가 익고 귤이 푸르러지는 이 때'

소식의 <유경문에게 주다(贈劉景文)>시 역시 늦가을 풍경을 묘사하였어도 희망을 전달하는 보기 드문 시이다.

荷盡已無擎雨蓋,	연꽃은 지고나니 이미 비를 받쳐줄 덮개 없어졌지만
菊殘猶有傲霜枝.	국화는 시들었어도 여전히 서리에 오연히 맞설 가지가 있네.
一年好景君須記,	그대는 기억하셔야 하리라, 일 년 중 좋은 풍경으로는
最是橙黃橘綠時.	등자가 누렇게 익고 귤이 푸르러지는 이때가 가장 좋다는 것을.

깊은 늦가을, 낙엽 지는 경치를 슬퍼한 것이 아니라 오히려 가을의 생기발랄하고 기운이 생동하는 광경을 묘사함으로써 그 시절은 그 시절대로의 아름다움이 존재한다는 것을 일깨워주고 있다. 국화는 시들어도 서리에 오연하게 맞설 가지가 남아 있지 않은가? 지금 늦은 가을 주변을 둘러보시라. 바로 등자가 누렇게 익고 있고 귤은 한창 푸른색으로 변해가고 있지 않은가? 지금이 가장 좋을 때이다. 가장 아름다운 풍경이다.

이 시가 주는 교훈은 일 년 중 가장 좋은 때는 바로 오늘 지금 여기라는 뜻이다. 중국어로 표현하면 "일년중최호경색(一年中最好景色), 원래재차시차처(原來在此時此處.)"라고 할 수 있겠다. 불교 용어로 치면 '갱무시절(更無時節), 즉시현금(卽是現今)',

즉 다른 시절은 없나니 바로 지금 이 시절이 최고인 것이다. 모든 풍경은 시시각각 변하고 있다. 그러니 지금 여기 보이는 풍경은 내 생애 중 단 한 번 뿐인 유일한 풍경이다. 인생으로 친다고 하여도 젊으면 젊은 대로, 늙었으면 늙은 대로 다 의미가 있고 가치가 있으며 그래서 아름답다는 얘기라고 할 수 있겠다. 우리가 흔히 하는 말로 나이는 숫자에 불과하다고 하는 말처럼 청춘은 열정으로, 노년은 원숙함으로 더욱 멋과 아름다움을 발산할 수 있지 않겠는가!

한편 송대 비평가 호자(胡仔)가 밝혔듯이 당대 한유(韓愈)의 "일 년 중 봄에 가장 좋은 곳으로는, 안개 낀 버드나무가 가득한 경성이 정말이지 빼어나다.(最是一年春好處, 絶勝煙柳滿皇都)"시 역시 위의 시와 서로 표현한 말은 다르지만 동일한 뜻과 이치를 잘 설파한 좋은 짝이 되는 시라고 하겠다. 안개 낀 버드나무가 가득한 경성의 모습이 일 년 중 봄에 가장 아름다운 곳이라고 한다.

중국 삼국시대 효웅으로 불리던 위(魏)나라의 조조(曹操)는 문학적 재능도 출중하여 여러 좋은 시 작품을 남긴 바 있다. 그중 53세 때 지어진 것으로 전해지는 <거북이 비록 오래 산다지만(龜雖壽)>이라는 시는 희망과 행복의 이치를 우리에게 비유적으로 잘 전달해준다.

神龜雖壽,	신령스러운 거북이 비록 오래 산다지만
猶有竟時.	여전히 생을 마치는 때가 있지.
螣蛇乘霧,	신령스러운 뱀은 안개 타고 난다고 해도
終爲土灰.	마침내는 흙먼지가 되지.
老驥伏櫪,	늙은 준마 마구간에 엎디어 있지만
志在千里.	그 뜻은 천리를 달리고 있어.
烈士暮年,	열사는 비록 늙었지만
壯心不已.	큰 포부는 아직 끝나지 않았어.
盈縮之期,	길고 짧은 생명의 시기야
不但在天.	오직 하늘에만 달린 게 아니야.
養怡之福,	즐거움을 잘 키워 행복을 누린다면
可得永年.	오래도록 살 수 있을 거야.
幸甚至哉,	행복이 심히 지극하구나,

歌以詠志.	노래로 이 뜻을 읊조려보세.

'등사'는 등사(騰蛇)와 같은데 전설상의 용의 일종으로서 신령스러운 뱀을 가리킨다. 운무를 타고 하늘로 오를 수 있다고 한다. '영축'은 본래 나이를 관장하는 별인 세성(歲星)이 길어지거나 짧아지는 그런 변화를 가리키는데 여기서는 인간의 수명의 길고 짧음을 가리킨다. '양이'란 즐거움을 잘 키우는 것인데 곧 몸과 맘을 잘 키워서 건강을 보호하고 지킨다는 뜻이다.

'즐거움을 잘 키워서 행복을 누려야지'

조조의 인생에 대한 가치관과 그리고 원대한 포부가 빛나는 작품이라고 할 수 있다. 위의 시에서처럼 조조의 일생은 생로병사에 의연한 채 주눅 들지 않았다. 무엇보다 강인한 의지와 정신력을 소유하고 있었다. 육신은 설사 늙은 준마처럼 쪼그라들었다 하더라도 정신과 포부, 이른바 장심(壯心)은 여전히 천하를 향해 힘차게 달리고 있었다. 그는 굳센 장부의 기개를 지니고 오직 자신의 마음이 지향하는 대로, 즉 생각대로 살고자 했다. 심지어 이 세상을 얼마나 오래 살지는 하늘의 뜻에만 달려 있는 게 아니며 즐거움을 잘 키워 행복을 누린다면 능히 장수를 할 수 있을 것이란 말, 곧 '양이지복(養怡之福) 가득영년(可得永年)'이란 말은 오늘날 정신심리학적인 측면에서도 탁월한 견해라고 하지 않을 수 없다. 나 자신의 뜻대로 살 거라는 웅장한 포부, 그리고 하늘의 운명과 행운에 기대지 않고 스스로 운명을 개척하고자 하는 적극적인 기상은 우리에게 삶에 대한 긍정과 포부, 그리고 희망을 안겨준다.

5.3. 누각을 한층 더 오르다

인간의 부단한 향상심을 표현하는 데 자주 인용되는 절창 한 수가 있다. 바로 왕지환(王之渙)의 <등관작루(登鸛雀樓)>이다.

白日依山盡,	해는 산 너머로 지고
黃河入海流.	황하는 바다로 흘러 들어간다.
欲窮千里目,	천 리 밖까지 다 보려고,
更上一層樓.	누각을 한 층 더 오른다.

지는 해와 흐르는 강물을 대비적으로 잘 조화시킨 이 시는 낙조가 비낀 천고 강산의 절경을 잘 묘사하여 심오한 철리적 이치를 깨닫도록 하고 있다. 해가 산너머로 사라지는 모습은 한 폭의 웅장한 공간적 화면이요, 황하가 막힘없이 대해로 흘러들어가는 모습은 시간의 무한한 흐름을 연상하게 한다. 끝도 없고 시작도 없는 무궁무진한 시간과 공간을 대면함으로써 우주의 영원한 실체를 목도하게 된 인간들은 인류의 끊임없는 발전을 위해 영원히 적극적으로 노력해야 하며 진정한 선에 대한 추구를 게을리 하지 말아야 할 것을 자각하게 된다. 삶은 유한하지만 배움은 끝이 없으니 진리를 추구하는데 더욱 자강불식(自强不息)해야겠다는 다짐을 한다. 그리하여 누각을 한 층 더 올라가보려는 결심을 하기에 이른다.

누각을 한 층 더 오르는 것은 자연의 웅장한 경관을 가능한 한 최대로 시야에 들여놓기 위해서이다. 우리들이 눈을 통해 감지한 것은 원칙적으로 우리가 충분히 도달할 수 있는 범위 내에 있다고 생각하기 마련이라고 현상학자들은 해석한다. 우리 눈길이 미친 곳은 우리 능력의 범주 내에 있으며, 우리가 지각을 통해 경험한 것이 바로 그 시점에서의 진리이자 가치라고 그들은 보고 있다. 그렇다면, 시인이 누각을 한 층 더 오르는 행동을 한 것은 육안으로 목도한 것에 도달할 수 있다는 시인의 확신을 드러낸 것이며 나아가 드넓은 공간을 시간적으로 극복할 수 있다는 자신감이자 희망의 표현이라고 할 수도 있겠다.

제2구의 '입해류(入海流)'는 운자를 맞추기 위해 '유입해(流入海)'의 어순을 도치시켰다. 하지만 도치가 일어나면서 오히려 강물은 바다로 들어가서도 계속 흘러간다는 유동성과 지속성이 부각되어 더욱 묘미를 준다고 할 수 있다.

여담이지만 생물체에게는 자기만의 영역과 안전거리 개념이 존재한다고 한다. 물론 그 영역이나 안전거리는 저마다 다 다른 것으로 보인다. 야생 동물들에게도 자기

영역이 있어서 호랑이, 사자, 곰 등의 맹수들은 주로 자기들의 영역을 오줌 등의 냄새로 표시한다. 눈이 오면 개들이 뛰어다니는 이유도 자기가 영역을 표시한 오줌냄새가 약해졌기 때문이다. 한편 일반 야생 동물들의 행동패턴을 살펴보면 이른바 안전거리가 있는 것으로 보인다. 이 안전거리란 스스로 판단하기에 방어가 가능한 범위로 설정해 놓은 것처럼 보인다. 그래서 사자가 옆에 있어도 얼룩말은 일정한 안전거리를 확보하고 있다고 느끼면 절대 도망가지 않고 사자가 보고 있는 앞에서 태연하게 풀을 뜯는다.

사람도 예외는 아니어서 자기영역과 안전거리를 지니고 있다고 생각되며 나아가 그것은 그가 속한 민족의 심리 및 기질과도 밀접한 관련이 있는 것으로 보인다. 동아시아권에 속하는 한국, 중국, 일본 세 나라를 살펴보면 중국인이 자기영역이나 안전거리가 가장 넓고 느슨하며 그 다음이 한국인, 그리고 일본인이 가장 좁고 강렬한 것으로 보인다. 일본인들은 어지간히 친하지 않으면 어깨동무를 할 수 없다고 한다. 안전거리가 좁은 만큼 자기영역에 대한 의식은 더욱 강렬하기 때문일 것이다. 그에 비해 중국인은 자기영역이 대단히 넓은데 그것은 곧 영역의식이 비교적 강렬하지 않고 느슨하며 그로 인해 공공의 개념 역시 대단히 희박하다고 말할 수 있다. 아마도 수많은 사람이 좁은 곳에서 부대끼며 살아야 하고 또한 수많은 전쟁과 같은 변고 속에 이리저리 떠돌며 살아가야 했던 역사가 반영된 결과라고 생각된다. 그래서 중국인들은 특별히 자기 집안에 들여놓은 물건이 아니면 그냥 주인 없는 물건이라고 간주한다. 집 옆에 자전거 한 대가 세워져 있다고 한다면 누군가의 집안에 있지 않는 이상 특정인의 영역에 속해 있다고 보지 않고 아무라도 들고 가도 되는 것처럼 생각한다. 기숙사 등 공공건물에 있는 물건의 경우 역시 특정인의 영역에 속한 것이 아닌 만큼 수시로 개인이 점유하여 아무나 들고 가도 된다고 보는 것이다.

일반적으로 우주자연의 시공간을 인간과 대비하고 있는 한시는 길고 짧음에 대한 상대적 비교를 통해 흔히 비애와 감상적인 정조를 띄기 쉬운데 당대 장약허(張若虛)의 <봄강 꽃 핀 달밤(春江花月夜)>는 오히려 활력과 낙관적인 정서로 충만해 있다.

春江潮水連海平,	봄 강의 조수는 흘러 바다에 이어지며 평평해지고
海上明月共潮生.	바다 위 밝은 달은 조수와 함께 솟아오른다.
灩灩隨波千萬里,	출렁이는 물결 따라 천만 리에 반짝이니
何處春江無月明.	봄 강 어딘들 밝은 달빛 비치지 않으랴!
江流宛轉繞芳甸,	강물은 부드럽게 방초 들판을 감싸며 흐르고
月照花林皆似霰.	달빛이 온통 싸라기눈처럼 꽃 만발한 숲을 비춘다.
空裏流霜不覺飛,	허공에 떠다니는 서리는 날리는 줄 모르겠고
汀上白沙看不見.	모래섬 위의 하얀 모래는 뚜렷이 보이지 않는다.
江天一色無纖塵,	강과 하늘 한 빛으로 미세한 먼지 하나 없고
皎皎空中孤月輪.	하늘 가운데 외로운 둥근달 휘영청 밝다.
江畔何人初見月?	강가에서 처음 달을 본 사람은 누구였을까?
江月何年初照人?	강 달이 처음 사람을 비출 때는 언제였을까?
人生代代無窮已,	사람은 대대로 끝이 없이 태어나고
江月年年望相似.	강 달은 해마다 똑같이 바라다 보인다.
不知江月待何人,	모르겠네, 강 달은 누구를 기다리는지,
但見長江送流水.	다만 흐르는 강물 보내주는 장강만 보일뿐.

휘영청 밝은 달이 떠 있는 봄밤, 시인은 하늘과 강물을 대면하고서 기발한 두 가지 질문을 한다. 이 강가에서 처음으로 달을 본 사람은 누구였을까? 강 위의 달이 처음으로 사람을 비출 때는 언제였을까? 우주의 오묘한 비밀을 묻고 있는 듯한 이 질문은 도발적이면서도 경쾌하다.

그런데 우리에게 더욱 희망을 주고 있는 말은 우리 인간들도 끝이 없이 태어나서 대대로 이어 간다고 한 말이다. 우리 인간들이 비록 유한한 생명을 타고 태어났지만 그러나 세대를 이어가면서 대대로 인류의 역사와 문화는 끝이 없이 전해지고 있지 않느냐고 본 것이다. 우주 만물은 모두 변한다는 관점에서 보자면 오늘의 새로운 강물도 어제의 그 강물이 아니고 오늘 보는 달은 어제의 달이 아니다. 그러나 변하지 않는다는 관점에서 보자면 강물은 아예 흘러가 사라져버리는 것이 아니라 다시 구름과 비가 되었다가 강물이 되어 흘러가고, 달도 매일 뜨고 지는 것 같지만 결국에는 똑같은 달이라고 할 수 있다. 우리 인간들도 개개인으로 보자면 유한한 한계가 있지만 전체 인류 집단으로 보면 문화와 역사를 계속 계승해간다는 측면에서 우주 자연처럼 영원히 존재할 수 있다. 때문에 시인은 유유히 면면하게 흘러가는 장강을 보면서 강 위에 뜬 달이 오늘은 나를 비추지만 내일이 되면 또 누군가 후인을 비추어줄 것이라고, 그리하여 그 후인은 나처럼 달빛을 받으며 또 인간의 문화와 역사를 계속 이어갈 것이라는 희망과 낙관을 자신 있게 쏟아내고 있는 것이다. 참으로 대범하면서도 낙관적이며 인간으로서의 자긍심과 자신감이 강하게 표출되었다고 하겠다. 비교적 유약한 정서를 드러내는 특징이 있는 한시에서, 그리고 우주자연과 인간을 대비시킬 때 비애의 정서로 가득 차곤 하는 한시에서 이런 희망적인 정서와 자신감은 매우 찾아보기 힘든 예이기에 이 시는 더욱 소중하다고 생각된다.

5.4. 거센 바람 불어올 때 푸른 바다 건너리라

희망은 그 사람을 지탱시켜주고 끝까지 살아남게 하는 마지막 구명줄과도 같은 것이다. 그래서 어려울수록 희망을 잃어서는 안 되는 것이다. 지금은 어렵지만 언젠가 바람이 불어오면 돛을 내걸고 배를 띄우듯 때가 오면 한 번 멋지게 살아보리라는 희망을 담은 이백의 <인생길의 어려움(行路難)> 기일(其一)을 감상해보자.

金樽淸酒斗十千,	금술잔의 맑은 술은 한 말에 만 냥이고
玉盤珍羞直萬錢.	옥쟁반의 진귀한 안주는 만 냥의 가치가 있다.
停杯投箸不能食,	그런데도 술잔을 멈추고 젓가락 던진 채 먹을 수 없었으니
拔劍四顧心茫然.	칼을 뽑아 사방을 둘러보지만 마음은 막막하기만 하다.
欲渡黃河冰塞川,	황하를 건너고자 하지만 얼음이 강을 덮고 있고
將登太行雪滿山.	태항산을 오르려 하지만 눈이 가득 쌓여있다.
閑來垂釣碧溪上,	한가로이 푸른 강에 와서 낚시를 드리웠던 강태공
忽復乘舟夢日邊.	갑자기 배를 타고 해 옆을 지나가는 꿈을 꾸었던 이윤.
行路難！行路難！	인생길이 험난하구나, 인생길이 험난하구나.
多歧路，今安在?	갈래 길이 참 많은데 지금 나는 어디에 있는가?
長風破浪會有時,	거센 바람이 물결 헤치며 불어올 때가 반드시 있으리니
直掛雲帆濟滄海.	그때는 구름같이 높은 돛을 곧게 내걸고 푸른 바다 건너리라.

'인생길 험난하구나'

　<행로난(行路難)>이란 제목은 사실 악부의 <잡곡가사(雜曲歌辭)>의 곡조 이름이다. 내용은 대부분 세상을 살아가는 길이 매우 어렵고 또한 이별을 슬퍼하는 뜻들이 많이 담겨 있으며, 대부분 '군불견'으로 시작한다.

　제6구의 태항산(太行山)은 산서성과 하남성 및 하북성 등 세 성에 걸쳐 있는 거대하고 험준한 명산이다. 제6구의 '설만산'은 '설암천(雪暗天)'으로 되어 있는 판본도 있다. 왜냐하면 앞 구의 '천(川)'과 뒷 구의 '변(邊)'이 모두 하평(下平)성 '선(先)'운에 속하는데 유독 '산(山)'만은 상평(上平)성 '산(刪)'운에 속하기 때문에 같은 운목에 속하는 '천(天)'으로 바꾸어야 한다고 본 것이다.

　제7구와 8구는 강태공(姜太公)과 이윤(伊尹)의 전고(典故)를 사용하였다. 강태공은 주(周)나라 문왕(文王) 때, 이윤은 상(商)나라 탕왕(湯王) 때 등용이 된 사람들이다. 강태공 여상(呂尙)은 일찍이 위수(渭水)의 반계(磻溪)에서 낚시를 하다가 주나라 문왕을 만나서 주나라를 도와 상나라를 멸망시켰다. 이윤은 일찍이 배를 타고 해와 달의 곁을 지나는 꿈을 꾼 적이 있는데, 그 뒤로 상나라 탕왕에게 초빙되어 상나라를 도와 하나라를 멸망시켰다.

　제10구의 '다기로, 금안재?'는 두 가지로 방향으로 해석이 가능할 것이라 생각된다. 첫째, 갈래 길이 많은데 내 몸은 지금 어느 갈래 길 앞에 있는가? 즉 내가 있는 지금 이 길은 과연 어느 길인가? 나는 지금 어디에 있는 것인가? 둘째, 갈래 길이 많은데 내가 가야할 길은 과연 그 중의 어디에 있을까? 내가 반드시 실천해야할 대도(大道)는 어디에 있는 것인가? 전자는 현재 처한 상황을, 후자는 미래의 당위적인 상황을 묻는 것이라 볼 수 있다. 이 시구가 자기의 현재 위치를 묻는 것이든, 앞으로 가야할 길에 대해 묻는 것이든 분명한 것은 모두 시인 자신의 길에 고뇌이자 번민이라고 할 수 있기에 이 두 가지 해석은 어느 한 가지 해석만 취해도 좋고, 두 가지 상황이 동시에 존재하는 것으로 해석해도 무방하다고 생각된다. 젊은 시절 뉘라서 이런 고민이 없었을까? 지금 내가 가고 있는 이 길이 과연 옳은 길인가? 앞으로 나에게는 어떤 길이 또 다가올 것인가? 불안하고 초조하고 두렵기만 할 때이다.

제11구 '장풍파랑회유시'에 대한 해석이 제일 분분하다.

'회'는 뒤에 '유'라는 동사가 있으니 지금 현대중국어로 보면 '마땅히~해야 한다(應當)', '반드시(一定)'의 뜻으로 보는 게 적절하다고 생각된다. 그렇다면 '회유시'는 '반드시~할 때가 있다'는 뜻으로 풀 수 있다. 그리고 '회유시'의 '시'는 '장풍파랑'의 수식을 받아 "반드시 '장풍파랑'할 때가 있을 것이다"로 풀어야 할 것이다.

이제 남은 문제는 '장풍파랑'인데 하나하나 서로 다르게 풀이한 예를 들어가며 분석해 보자.

첫째, '내가 탄 배'를 동사 '파'의 주체로 보아 '(내 배가) 거센 바람을 타고 물결을 헤치고 나갈 때가 반드시 있을 것이다.'로 풀이한다. 이렇게 푸는 근거는 ≪송서(宋書)·종각전(宗愨傳)≫에 "거센 바람 타고 만 리 물결을 헤치고 나가기를 바랍니다.(願乘長風破萬里浪)"라는 구절에서 찾고 있다. 그런데 이렇게 하면 '헤치고 나가다'는 '파'의 뜻이 그 다음 구절인 제12구에 나오는 '건너다'는 뜻의 '제'와 의미상 중복되기 때문에 적절하지 않다고 생각된다. 게다가 '바람이 불어오면 내가 바다를 건너겠다'는 논리구조가 성립되려면 제11구는 오직 바람이 불어오는 얘기만 나와야 하고 제12구는 내가 배 타고 바다를 건넌다는 얘기만 나와야 한다고 생각된다.

둘째, '장풍'을 '파'의 주체로 보는 경우다. '거센 바람이 파도를 몰고 오다', '거센 바람이 불어 파도가 일다', '거센 바람이 파도를 가르다'. 비록 '파'에 대한 풀이가 조금씩 다르긴 하지만 대체로 '장풍'을 '파'의 주체로 보는 것이 더욱 타당하다고 생각된다. 그러면 '장풍파랑'은 '거센 바람이 물결을 헤치며 불어오다'로 풀이되어 제11구 전체가 '거센 바람이 물결을 헤치며 불어올 때가 반드시 있으리니'로 풀이되는 것이 비교적 적절하다고 생각된다.

셋째, 기타의 경우인데, '장풍'을 '파'의 사역 주체로 보고, '파'는 피동적 행위로 보아 '거센 바람에 의해 파도가 부서지다'로 보는 경우도 있다. 또한 '장풍파랑'이 '회유시'의 양보절을 구성하는 것으로 보아 '거센 바람이 파도를 몰고 올지라도 때가 있을 것이니' 또는 '거센 바람에 의해 파도가 쳐도 때가 있을 것이니'로 푸는 경우도 있다. 그러나 이는 그다지 적절한 번역은 아니라고 생각된다.

이 시는 이백이 정치적 행로에서 어려움을 만난 뒤, 앞으로 어떻게 해야만 할지에 대해서 고민하는 불안한 심리를 반영하는 한편으로 자신에게 반드시 때가 올 것이니 그 때는 포부를 활짝 펴보리라는 희망도 함께 얘기하고 있다.

이 시는 상반된 마음상태를 엇섞어가며 시인의 감정이 현재 복잡 미묘한 상태 속에서 서로 부딪히고 충돌하며 계속 오르락내리락 기복하고 있음을 잘 보여주고 있다. 만 냥 나가는 맑은 술과 진귀한 안주를 앞에 두고 있다. 마음이 한껏 흥분되고 고양된다. 그러나 꽉 막힌 앞날을 생각하니 마시지도 먹지도 못 할 것 같아 잔도 내려놓고 수저도 던져 버리고 칼을 뽑아들고 사방을 바라보니 그저 막막할 뿐이다. 게다가 앞길은 얼음으로 뒤덮인 황하요 눈이 가득 쌓인 태항산과도 같다. 다시 마음은 깊이 가라앉고 의기소침해진다. 그런데 가만 있어보자. 그 옛날 강태공이나 이윤은 우연히 귀인을 만나 높은 지위를 얻고 자신의 정치적 포부를 실현하지 않았던가? 다시 마음이 재차 솟아오르고 상기된다.

'거센 바람이 불어오는 날, 푸른 바다를 건너리라'

그러다가 또 까닭 모르게 인생길은 정말 어렵다는 사실이 떠오른다. 확실히 어렵기만 하였다. 게다가 인생길에는 갈래 길도 참 많다. 나는 지금 어디에 있는지도 잘 모르겠다. 다시 마음은 근심으로 불안하고 침잠된다. 그러나 나는 희망을 포기할 수는 없다. 먼 길을 불어 가는 거센 바람이 파도를 가르며 불어올 날이 반드시 나에게 올 테니 그 때가 되면 나는 돛을 높이 걸고 거센 물결을 헤치면서 푸른 바다를 건너리라. 낙관적인 생각을 하며 다시 불굴의 의지와 자신감을 불태운다. 그러자 꺾이었던 감정이 다시 살아나며 최고도로 높이 솟아오른다. 꿈을 실현하기 위해 의지를 불태우는 사람은 설령 꿈을 이루지 못 하더라도 이미 인생에서 승리한 사람이요, 그런 의미에서 이미 멋지고 아름다운 사람이라고 할 수 있지 않겠는가!

이 시와 관련하여 여담으로 몇 가지를 더 얘기해보자.

이 시의 마지막 두 구 "장풍파랑회유시(長風破浪會有時), 직괘운범제창해(直掛雲帆濟滄海)는 중국인들이 원대한 이상과 목적을 실현하고자 하는 신념을 표현할 때 자주 인용하는 시구이다. 2006년 중국의 후진타오(胡錦濤) 주석이 미국을 방문하여 부시 대통령과 회담 시에 인용하였고, 최근에는 시진핑(習近平) 주석이 서울대학교를 방문하여 강연할 때 인용하기도 하였다.

그런데 이 구절은 말하는 상대방에 따라 조금씩 다른 뉘앙스를 줄 여지가 있다. 상대방과의 정서가 어떠한가에 따라 달리 들릴 수도 있다는 말이다. 미국 같은 강대국에게 말할 때는 중국이 급격하게 경제성장을 이루고 있으니 그 여세를 몰아 언젠가는 미국을 뛰어넘을 날이 올 것이라는 것을 은근히 암시하는 말일 수도 있겠고, 중국에 비해 상대적으로 약소국인 한국에게 말할 때는 두 나라가 손잡고 공동으로 거센 물결을 헤치고 앞으로 전진해나가자는 건전한 제안으로 받아들일 수도 있는 여지가 있다.

이 시에 상나라 사람 이윤이 등장한다. 여담 한 번 해보자. 오늘날 장사를 하는 사람들을 왜 상인(商人)이라고 부르게 되었을까? 주(周)나라에 의해서 상(商)나라가 멸망당하자 상나라 사람들은 뿔뿔이 흩어질 수밖에 없었다. 원래 상나라 일족은 수공업을 잘 하고 매매를 잘 하는 사람들이었다고 한다. 그런데 주나라에게 멸망당하고 나서 특별한 생계 수단이 없자 그들은 결국 자신들이 원래 잘했던 매매 활동, 즉 상업에 종사할 수밖에 없었다. 그래서 장사 매매 하는 사람들을 상나라 후예들이라는 의미에서 상인(商人)이라고 부르게 되었다고 한다.

'내 인생의 귀인은 누구인가?'

위의 시에서 보았듯이 강태공이나 이윤은 우연히 군주를 잘 만나 쉽게 높은 자리에 발탁이 되어 자기의 포부를 실현한 케이스다. 오늘날 우리나라에서 연예인 중에도 길거리에서 캐스팅 된 사람이 제법 많다. 연예인에 응모하려고 하는 친구를 그냥 따라갔다가 친구는 떨어지고 얼떨결에 캐스팅이 되었다는 사람들도 제법 있다. 이처럼 운명은 야속하고 가혹하며 항상 어긋나는 것인지도 모른다. 생각지도 않게 내 앞에 귀인(貴人)이 나타나 주어야만 일이 성공하는 경우가 많다. 그렇지만 우리는 귀인이 누구인지를, 누가 나의 귀인이 되어줄지 모른다는데 또 인생의 묘미가 있다. 그러니 어쩌겠는가? 꿈을 소중하게 간직하고 그저 노력해야 할 뿐이다.

'태산에 올라 산들이 낮음을 한번 보리라'

한평생 신산스러운 삶을 살았던 당대의 시인 두보도 젊었을 때는 웅대한 포부와 희망으로 가득 차 있었다. 그의 <망악(望岳)> 제1수를 감상해보자.

岱宗夫如何?	태산은 어떠한가?
齊魯青未了.	제·노의 땅에 푸른빛이 끝없이 펼쳐져 있구나.
造化鍾神秀,	대자연이 여기에 신령스럽고 수려한 경치를 모아 놓았고
陰陽割昏曉.	산의 남쪽과 북쪽은 밝음과 어둠으로 나뉘어져 있구나.
蕩胸生曾雲,	층층이 일어나는 구름에 가슴이 요동치고
決眥入歸鳥.	돌아가는 새를 눈을 치켜뜨고 바라본다.
會當凌絶頂,	반드시 태산의 정상에 올라서
一覽衆山小.	여러 산들이 낮음을 한 번 보리라.

'대종'은 태산(泰山)을 가리킨다. '제·노'는 태산을 경계로 북쪽의 제나라와 남쪽의 노나라를 가리키는데, 합쳐서 산동 지역을 대신 지칭하기도 한다. '신수'는 천지자연의 기운이 신령스럽고 수려하다는 뜻이다. '음양'에서 음은 산의 북쪽, 양은 산의 남쪽. 곧 태산의 북쪽과 남쪽을 각각 가리킨다. 양은 또한 강의 북쪽을 가리키기도 하는데, 이를테면 조선시대 한양(漢陽)은 곧 한강(漢江)의 북쪽을 뜻하고 중국 요녕성에 있는 심양(沈陽)은 심수(沈水)의 북쪽을 뜻한다. '층'은 층(層)과 같은 뜻으로 층층이 중첩이 되어 있음을 가리킨다. '결제'는 눈초리가 찢어지게 뜨고 바라보다는 뜻이다. '회당'은 반드시 해야 한다는 뜻. '능'은 최고봉에 오른다는 뜻.

이 시는 두보가 비교적 젊었을 때 지은 시 중의 하나이다. 시인은 태산 기슭에 도착하여 아직 등산하지 않은 상태에서 태산을 올려다보며 이 시를 짓고 있다. 태산은 제나라와 노나라를 나눌 정도로 넓고 깊다. 이처럼 태산이 넓고 깊기 때문에 심지어 태산의 북쪽과 남쪽의 날씨조차도 다르다. 또 태산은 얼마나 높은지 구름이 층층이 일어나고 있어서 시인의 심장을 요동치게 하고 있다. 태산의 정상에 올라서 여러 산들이 얼마나 낮은지를 보겠다는 것은 곧 여러 산들을 발아래 두고 보고 싶은 마음을 드러낸 것이다. 젊은 날의 호승심 내지는 호기로움을 잘 보여주고 있다. 종합하면 이 시는 태산의 웅장하고 드높은 기상을 묘사하였고 정상에 오르고자 하는 시인의 굳센 의지를 잘 표현하였다.

그런데 이 시를 읽으며 더욱 중요하고 소중하게 여겨지는 점은 아마도 그렇게 웅장한 태산에 오르고자 하는 시인의 목적에 있다고 생각된다. 물론 태산을 제외한 여러 산들이 얼마나 낮고 하찮은 존재인지를 한 번 확인해보겠다는 것은 매우 교만하고 오만한 인생태도라고 폄하할 수도 있다. 그러나 젊은 시절 이 정도의 원대한 포부와 꿈이 없다면 그에게 과연 멀고 험난한 길을 제대로 완주할 삶의 동력이 충분하다고 말할 수 있을까? 이런 점을 생각한다면 태산에 올라 여러 산들이 얼마나 낮은지를 보겠다는 시인의 등산 목적은 젊은 시절 시인이 지녔던 자강불식(自彊不息)의 정신과 원대한 포부 및 꿈을 적극적이고 진취적으로 표현한 것이라고 십분 긍정적으로 평가할 수 있겠다.

****

자연의 소리가 아름답다고는 하나 사람이 얘기하는 소리처럼 우리의 뇌리 속에 선명하게 각인되고 가슴에 켜켜이 쌓일 것 같지는 않다. 여기서는 나의 개인 가족사와 관련한 얘기를 부끄럽지만 나눠 보고자 한다. 아직도 귓전을 맴돌며 가슴속에 현재진행형으로 남아 있는 가족들의 얘기들이 있어서 부끄럽지만 이 글을 읽는 독자들과 공감을 나누고자 하는 취지에서이다.

아버지는 기본적으로 말씀이 많지 않으셨다. 어렸을 때 무슨 생각에서 그랬는지는 모르겠지만 장대 같은 비가 내리기에 얼른 뒤꼍으로 나가서 지붕에서 흘러내리는 낙수가 도랑으로 잘 흘러가도록 기와조각 등으로 물길을 터주고 방으로 들어온 적이 있었는데 아버지가 그걸 보시고 부엌에서 어머니에게 소곤대는 목소리로 내 칭찬을 하시던 말씀이 아직도 내 귀에 선명하다. 또 중학교 때로 기억되는데, 그날은 동네 아주머니가 빚을 받으러 와서 아버지가 돈을 갚아 주고 영수증을 받으려고 했던 것 같은데, 언젠가 내가 한자 숙제를 하던 걸 보신 적이 있던 아버지가 나에게 당신 대신 한자로 영수증을 써 보라고 하셨고 내가 무난하게 써내자 잘 썼다고 칭찬하시면서 꽤나 흐뭇해하시던 모습이 아직도 눈에 선하다.

평소 쟁기를 몰며 가족을 부양해야 했던 아버지는 말년에 관상동맥경화로 인해 두 다리를 절단할 수밖에 없었고 근 10년 동안 의족으로 불편하게 보행할 수밖에 없었는데 엎친 데 덮친 격으로 신장까지 안 좋아지셔서 인공투석을 받아야 하는 등 질병으로 고생만 하시다가 끝내 돌아가셔야 했다. 나는 수술했던 병원인 서울대학병원과 고향집이 있는 전라북도 김제 만경까지 아버지를 모시고 수차례 오르내리는 과정에서 어쩌면 내가 개인적으로 친밀하게 들을 수 있는 아버지의 마지막 음성이 될지도 모르겠다는 생각이 들어 아버지의 과거에 대해 이것저것 여쭤 보았고 특히 아버지가 소년이었던 일제 강점기 시절에 어떻게 일본까지 가서 공장에서 일하다 돌아오셨는지 등을 여쭙곤 하였다. 역시나 예상대로 그것이 나와 단둘이 개인적으로 나눴던 마지막 대화가 되었으니 나에게는 아버지가 남긴 일종의 유언이 되었다고 하겠다.

노인들이 고통스런 질병을 겪는 시기를 보내는 것에 대해 대부분 사람들은 남아 있는 자식들과 정을 떼기 위한 것이라고들 말한다. 긴 병에 효자 없기 때문이다. 그런데 달리 생각하면, 그가 그렇게 고통스럽지만 이 세상에서 좀 더 버텨주는 시간이라도 없었다면 남아 있는 자식들이 떠난 분에게 잘 모시지 못했다는 죄책감으로 얼마나 죄송스럽고 서러운 마음을 갖게 될까! 그러니 노인들이 고통을 참고 버티고 있는 시간을 그가 살아온 이 세상을 떠나기 위한 의식을 치르고 있는 것이라, 자식들에게 미안함을 덜어 주기 위해서 좀 더 버티고 있는 것이라 여기면서 후손은 마땅히 감사하고 경건하게 받아들여야 할 것이다.

고등학교 입시를 마쳤던 1978년 12월, 중학교 3학년 겨울방학에 내가 합격한 고등학교가 있던 전라북도 익산시(구 이리시)에 대학생 누나와 고등학생 형이 이미 방을 하나 얻어 자취를 하고 있었기에 입학 전이지만 그 자취집으로 미리 가서 학원을 다니고자 했다. 지금으로 치면 선행학습을 하고자 했던 것이다. 집을 떠나려고 할 적에, 아마도 막둥이가 최초로 어미의 품을 떠나서 그랬는지 어머니는 동구 밖까지 따라 나와서 삶은 달걀 등을 싼 책보를 건네주었고 내가 언덕배기를 넘어 시야에서 완전히 사라질 때까지 우두커니 서서 나를 전송해주셨다. 어머니가 나에게 남긴 모습 중에서도 가장 잊을 수 없는 장면이기도 한데, 아마도 내가 어긋나 못된 길로 들어서지 않고 그나마 반듯하게 성장할 수 있었던 것은 그렇게 멀리서 끝까지 나를 지켜봐 주셨던 어머니의 사려 깊은 눈길이 있었기에 가능하지 않았을까 하는 생각이 들 정도이다.

나는 평소 어머니에게 잘 한다고는 했지만 그래도 어머니 가슴에 대못을 박는 못된 소리를 해서 불효를 저질렀던 일도 몇 가지 기억이 난다. 초등학교 6학년 졸업식 날, 전교 대표상장을 받기로 예정돼 있기에 깜냥에 잘 꾸미고 가고 싶어서 그때 하나밖에 없던 털신을 신고 가려고 했는데 그만 나보다 일찍 등교를 했던 고등학생 누나가 신고 가버렸다는 것을 뒤늦게 발견하였다. 그래서 어머니에게 갖은 원망을 다 퍼부으며 울며불며 등교하다가 초등학교 근처에서 간신히 울음을 멈추고 졸업식장에 들어가서는 상장과 상품을 졸업생 대표로 수상하였는데 그때 안 오실 줄 알았던 어머니가 이웃집 아줌마에게서 코트까지 빌려 입고 학부형석에 계신 것을 보고는 한참 민망하고 죄송스럽고 한편으로 가난에 서러운 마음이 들었던 기억이 난다.

그리고 중학교 때는 정규과목에 태권도 시간이 있었는데 위의 형들로부터 계속 내려오던, 그래서 작고 헤진 태권도복을 나한테까지 입으라고 하니 너무 창피하기만 해서 그만 어머니에게 왜 아들들을 많이 나아서 이렇게 가난하게 살아야 하느냐고 대들었던 적이 있는데 그 일만 생각하면 아직도 얼굴이 화끈거리면서 죄송한 마음이 앞선다.

어머니가 나에게 남기신 소리로 가장 잊을 수 없는 소리는 새벽부터 기계로 가마니를 짜던 소리일 것이다. 그때는 겨울 농한기에 할 일들이 없고 오직 돈을 벌 수 있는 일이라곤 가마니를 짜서 공판장에 가서 수매를 하는 것이었기에 시골에서는 너나없이 여기에 매달릴 수밖에 없었다. 그러나 우리들은 놀기 바빠서 겨우 새끼나 꼬아 드리는 것으로 역할을 다했다 생각하였으니 나머지 일은 거의 모두 어머니 몫이었다. 어머니는 언제나 항상 새벽 세네시 경부터 일어나서 가마니를 짜기 시작해서 밤늦게까지 반복하셨는데 가마니 기계로 베틀을 내려칠 때마다 쿵쾅 소리가 나서 우리는 도저히 잠을 지속할 수 없었고 하는 수없이 잠에서 깨어 밀린 공부라도 할 수밖에 없었다. 어린 마음에도 저도 모르게 힘겹게 노동하고 계신 어머니에게 죄송한 마음이 들었던 것이니 공부하라는 어떤 잔소리보다도 더 강한 교육적 효과를 발휘한 산교육이었던 셈이었다.

겨울 농한기에 가마니를 짜는 것 이외에도 우리 집에서는 봄가을로 두 번 누에를 쳐서 부족한 학비에 보탤 수밖에 없었다. 누에는 모두 다섯 번 잠을 자고 탈피를 하면서 완전한 성충이 되어 고치를 짓게 된다. 조그만 점 같은 알에서 깨어나 누에가 다섯 잠을 자게 되면 손가락 길이 정도로 자라는데 이때는 뽕잎을 엄청 먹어대기 시작한다. 그때 누에들이 사각사각 일제히 뽕잎을 갉아먹는 소리는 정말이지 어떤 관현악단의 연주보다 아름다운 소리였던 것으로 기억된다. 어머니와 우리의 노동의 결실로 누에가 저렇게 크게 성장을 하였고 또 그 결과로 우리의 학비를 낼 수 있다는 희망이 보이기 때문이었다.

'막둥아, 어머니 죽거든 너는 울 필요 없다'

어머니가 나에게 육성으로 남기신 말씀 중에 가장 잊을 수 없는 말씀이 있다. 나는 80년 고등학교 2학년 때 제주도로 수학여행을 갔었고 또 93년 11월 신혼여행을 제주도로 갔었는데 그때마다 들렀던 곳이 대정읍 산방산 근처에 있는 용머리해안이었다. 그래서 그 뒤로 가족들과 제주도를 갈 때면 항상 그곳을 반드시 들르곤 해서 지금은 제주도에 있는 용머리해안이 나의 마음의 고향과도 같은 곳이 되었다.

이제 어머니가 연로하셔서 나는 어머니와 같이 여행할 수 있는 날이 많지 않을 거라 여겨서 2013년 봄에 나 자신 독한 약을 먹으며 투병중인 상황에서도 어머니를 모시고 제주도를 여행하게 되었다. 어머니는 무릎 관절이 안 좋으셔서 길을 걸을 때는 어린아이가 타는 보행기를 짚고 다니셨는데, 이곳 제주도에서는 휠체어에 태우고 다녔다. 어머니를 모시고 한림공원, 서귀포 천지연폭포 등지를 둘러보았고 역시 내 마음의 고향인 용머리해안에도 가보았다. 그때였던 것으로 기억된다. 어머니는 휠체어에 앉아 계셔서 아무래도 해안가로 내려가기 힘들어서 그런지 입구에 있겠다고 하셨다. 그 옆에는 노란 유채가 흐드러지게 피어 있었다. 나는 입구에서 해안가로 내려가서 절경을 이루고 있는 해안가 층층을 이룬 암석들을 빙 둘러보고 큰 감동을 안고 올라왔다. 그때 어머니가 갑자기 나를 돌아보시며 행여 누가 들을세라 조용조용 속삭이

셨다. "막둥아, 이제 어머니 죽거든 너는 울 필요 없다. 너는 어머니에게 할 만큼 했다." 하시며 내 손을 꼭 잡는 것이었다. 대번에 눈물이 핑 돌았다. 아마도 어머니께서 생전에 미리 내게 남기신 유언이 되지 않을까 생각하고 있다.

1997년, 강릉원주대학교에 부임한 지 얼마 안되었을 때, IMF구제금융을 받기 직전의 일이다. 형수가 여기저기 뿌려 놓은 빚으로 둘째형이 빚쟁이들에게 시달리며 요즘 좀 힘들게 지내고 있으니 위로해 주러 가자고 큰형으로부터 전화가 와서 부랴부랴 형의 집으로 찾아갔다. 그 형수는 당시 중학생이던 조카가 미리 가 있던 호주로 이미 야반도주를 한 상태였다. 셋이 술을 꽤나 마시면서 둘째 형에게 걱정하지 마시라, 앞으로 잘 되지 않겠느냐 위로를 해드리기도 하였다. 그 다음날, 큰형은 새벽에 일찍 일어나 먼저 떠났고 남아 있던 나를 형이 깨웠다. 급한 일이 있으니 나에게 어서 가라고 하면서 라면밖에 없으니 아침으로 라면을 먹자고 하였다. 이윽고 악수를 하고 헤어졌는데 그날 그 악수가 마지막이 될 줄은 정말 몰랐다. 97년 7월 14일, 토끼띠인 형의 나이 47세였다. 지금의 내 나이보다 더 어린 나이에 어떻게 그렇게 무섭고 외로운 결단을 내릴 수 있었는지? 그토록 과묵하고 무뚝뚝하던 형이 나에게 당시 아직 세 살밖에 안 됐던 아들 환이랑 왜 같이 오지 않았느냐고 아쉬워하면서 조카를 꽤나 보고 싶어 하기에 어쩐지 이상하다 생각했었지. 형은 마지막을 정리하고 있었고 조카의 얼굴을 눈에 간직해 두고 떠나고 싶었을지도 모른다. 아무리 그래도 그렇지, 산 입에 거미줄 치기야 했을까? 산 사람은 어쨌든 살아갈 수 있지 않았겠는가? 뭐가 걱정되고 두려워서 그렇게 바삐 서둘러 가야 했는지? 부모와 형제들의 가슴에 그토록 큰 대못을 박아 놓고. 정말 한순간이었다. 그래서 이토록 허무하고 또 허무하다. 형제인 내가 이럴진대 이미 자식 둘을 가슴에 묻은 참척(慘慽)의 슬픔을 겪은 어머니의 애간장은 어떻겠는가? 벌써 모두 녹아 없어졌겠지!

제6장

사랑과 이별

인생이 첫 만남과 같기만 하다면

(人生若只如初見)

6.1. 너와 상관없이 난 널 사랑해

'너에 대한 나의 사랑은 너와 상관없어!(我愛你與你無關)'

어느 독일 시인의 시구를 중국어로 번역한 말인데 독일어는 모르지만 중국어로 보니 자못 여운이 깊어 인용해보았다. 나에 대한 너의 생각이나 감정과는 상관없이 나는 너를 사랑한다. 너를 사랑할 수밖에 없다. 너에 대한 나의 사랑을 설사 너라 할지라도 막을 수 없다. 너의 전존재를 사랑할 수밖에 없는 나의 설렘과 환희를 너는 이해할 수 있겠니? 한밤중 아무도 모르게 내린 봄비처럼 찾아온 사랑의 운명을 어이하랴!

'사랑, 한 번의 기억으로 일생을 버티게 하는 것!'

누구의 말인지 정확하지 않으나 참으로 고맙고 감동적인 말이다. 열렬한 사랑만이 인생이라는 고통의 강을 건너게 할 수 있다는 것은 동서고금을 막론하고 자명한 진리로 통하고 있다. 산다는 것이 고통이라지만 고통 속에서도 끝까지 포기하지 않고 견지해야 할 것이 있다면 그것은 곧 사랑인 것이다.

사랑은 심오한 진리를 추구하는 자일지라도 결코 예외일 수가 없다. 불교식으로 표현하자면 상구보리(上求菩提), 즉 위에 있는 진리를 추구하는 사람도 반드시 하화중생

(下化衆生), 즉 아래로 자비를 베풀어 이웃을 감화시킬 것을 목표로 해야 한다고 했다.

'사랑은 모든 허물을 덮어준다'

기독교식으로 표현하자면 "사랑하지 않으면 그건 곧 하느님을 모르고 있는 것이나 마찬가지"(≪성경≫ 요한1서)이며, "천사의 말을 하는 사람도 사랑 없으면 소용이 없고, 심오한 진리 깨달은 자도 울리는 징과 같으며"(≪성경≫ 고린도전서 13장) "미움은 다툼을 일으키나 사랑은 모든 허물을 덮어준다."(≪성경≫ 잠언 10장) 하나같이 사랑을 가장 기본이자 동시에 가장 높은 자리에 두고 있는 것이다. 그러나 우리나라 가톨릭의 고(故) 김수환 추기경조차도 "머리로 알던 사랑을 가슴으로 이해하기까지 평생이 걸렸다."고 술회한 것을 보면 남을 사랑하기가 얼마나 힘든 것인지 또한 잘 알 수 있다.

'시의 완성은 사랑이다'

시는 결핍에 대한 응시이며 동시에 결핍을 겪고 있는 자들에게 따뜻한 위로가 되어 준다. 그렇기에 결국 시의 궁극은 사랑으로 완성될 수밖에 없다. 한국의 시인 정용철은 이 점을 아주 날카롭게 파악하고 <시의 행복>(≪좋은 생각≫, 15년 6월호)에서 다음과 같이 노래한다.

> 시인으로부터
> 사랑을 확인한 시는
> 시인의 품을 떠나 다시 길을 나선다.
> 이제는 울지 않는다
> 이제는 외롭지 않다
> 이제는 두렵지 않다
> 시인의 사랑을 알기에
> 아무리 못난 시라도 행복하다
> 아무리 비웃어도 그냥 웃는다
> 시의 완성은 사랑이다

삶의 완성도 사랑이다
세상의 모든 미완성은
사랑을 통해 완성 된다

'한 사람의 일생이 나에게 다가온다'

　남녀가 서로 사랑에 빠지게 되었을 때 그 때의 감정과 상황을 어떻게 표현할 수 있을까? 우리나라 정현종 시인은 <방문객>에서 "사람이 온다는 건 / 실로 어마어마한 일이다. / 그는 / 그의 과거와 / 현재와 / 그리고 / 그의 미래와 함께 오기 때문이다. 한 사람의 일생이 오기 때문이다."고 해서 그 사람의 일생 전체가 다가오는 것이라고까지 묘사하기도 하였다. 사랑하는 사람에게 나의 전존재(全存在)를 기꺼이 다 주고 싶은 것이 사랑에 빠진 사람의 즐거운 바람이리라. 누군가를 좋아하는 사람은 그에 대해 아는 것이 많지만 사랑하는 사람은 그에 대해 알고 싶은 것이 많다고 한다. 사랑하는 사람끼리는 서로에 대한 호기심으로 떨림과 설렘에 사로잡힐 수밖에 없는 것이다.

　11세기 페르시아 시인 오마르 카이얌은 노래했다. "나무 그늘 아래 시집 한 권, 빵 한 덩이, 포도주 한 병, 그리고 내 곁에서 노래하는 그대! 오, 사막이 낙원이네." 시인이 열거한 것들 중 사막을 낙원으로 만드는 가장 결정적인 요소는 역시 사랑하는 사람이 곁에 있어주는 것이 아니겠는가! 시의 본질 중 하나는 찬미에 있다 하겠으니 대상을 사랑하지 않고는 찬미의 노래를 부르고 시를 쓸 수가 없는 것이다.

　이제 잠시 시선을 돌려서 19세기 네덜란드 화가인 로렌스 알마 타데마가 사랑에 빠진 두 남녀를 그린 그림 <반가운 발자국 소리(Welcome footsteps)>를 감상해보자.

　이 화가는 드라마 같은 삶을 살다간 화가로 알려져 있다. 시한부 선고를 받았다가 다시 살아나서 영국으로 가서 살면서 두 번 결혼을 하였다. 또 빅토리아 여왕에게서 귀족의 작위를 받기도 하였다. 이 화가는 구애의 순간을 그리기를 좋아하였다.

　위의 그림을 보면 한 아리따운 젊은 여인이 커튼 뒤에 숨어서 무릎 꿇은 한 남자의 구애의 목소리를 조용히 듣고 있다. 남자는 여인의 집에 꽃을 들고 뚜벅뚜벅 씩씩하게 걸어왔을 것이다. 여인은 그의 발걸음 소리를 들으면서 나가보지는 못 하고 가슴이 콩닥거렸을 것이다. 이제 남자가 그녀에게 무릎을 꿇고 사랑을 고백하는데 여인은

선뜻 나서지 못 하고 있는, 아직은 이른바 '밀당'을 하고 있는 듯한 광경이다. 여인은 쑥스러운 표정이긴 하지만 기대와 호기심으로 가득 차 있기에 입가에는 미소가 번져 있는데, 표정으로 보아 아직은 사랑에 익숙하지 않은, 막 사랑에 눈을 떠가는 처녀로 보인다. 그런데 두 남녀가 이미 화면에 주인공으로 등장하고 있어서 남녀의 구애의 광경임을 확연하게 알 수 있기에 이 그림이 우리에게 주는 여운과 상상의 여지는 그다지 많지 않다고 할 수 있다.

그럼, 이어서 우리나라 조선의 화가인 신윤복의 <사시장춘(四時長春)>을 감상해보자.

마루에 크고 작은 신발 두 켤레가 놓여 있는 것을 보아 방 속에는 어쩌면 남자와 여자 둘이 있을지도 모른다. 남자의 신발은 헝클어져 있는 것을 보아 남자는 지금 매우 서둘러 방 안으로 들어갔으리라. 그런데 나이 어린 여자 몸종이 술상을 들고 엉덩이를 뒤로 뺀 상태에서 엉거주춤 멈춰선 것으로 보아 그녀는 아마도 무슨 소리를 들었는지도 모른다. 그래서 세상의 이치를 아직 모르는 어린 몸종이 생각하기에도 선뜻 안에 있는 주인들을 부르거나 또는 방문을 열기에는 매우 난처한 지경에 처해 있는지도 모른다.

옆에는 분홍빛 복사꽃이 화사하게 만개해 있고 졸졸 흐르고 있는 시냇물이 있어서 남녀의 들뜬 사랑과 열락을 비유하고 있는 것으로 보인다. 방안의 남녀는 마치 오늘의 행복을 유보하면 불행할 수도 있으며 사랑은 내일이 아니라 오늘에 충실해야 한다는 원리에 충실히 따르고 있는지도 모르겠다. 다만 이 모든 것이 보는 이의 자유로운 상상에 맡겨지고 있다. 왜냐하면 두 남녀는 보이지 않고 다만 상상을 불러일으키는 연결 고리만 존재할 뿐이기 때문이다. 그렇기에 위의 로렌스 알마 타데마의 그림에 비해 더욱 함축적이고 은유적이며 우리의 상상을 풍부하게 자극하고 있다. 그렇기에 더욱 농익은 사랑을 보여주고 있다고 말한다면 과장적인 표현일까?

6.2. 사랑이 익어가는 3단계

사랑은 어떻게 익어 가는 것일까? 사랑이 익어 가는 정도를 단계별로 구분해 본다면 대략 첫사랑이나 짝사랑으로 사랑이 시작되는 제1단계, 서로의 사랑이 조금씩 내밀하게 익어가는 제2단계, 어떤 상황에서도 우리 사랑은 영원히 변하지 않을 것이라고 맹세하는 최고 단계에 도달한 제3단계로 나누어 볼 수 있지 않을까 생각된다. 물론 이 단계를 밟지 못 하고 영영 가슴 아프게 헤어져야 하는 경우도 분명 있겠지만 말이다. 가슴 아픈 이별에 대해서는 조금 있다가 다시 얘기해 보기로 하고 여기서는 잠시 사랑이 익어 가는 정도에 따라 거기에 대응하는 시를 대입하여 생각해 보도록 하자.

'낙화유수'

먼저 제1단계, 사랑이 시작되려는 단계를 보자.

이때의 사랑은 주로 한 사람으로부터 일방적으로 진행되기 십상이다. 낙화유수(落花流水)란 말이 있다. 떨어진 꽃잎이 물결 따라 흘러간다는 뜻이다. 그런데 이 말은 떨어진 꽃잎과 흐르는 물을 남자와 여자에 비유하여 남녀가 서로 생각하며 그리워하는 정을 품고 있음을 나타내기도 한다. 낙화는 물결 따라 함께 흘러가기를 바라고, 유수는 낙화를 싣고 흘러가기를 바란다는 뜻에서 남녀 간에 서로 그리워하는 애틋한 정을 비유한 것이라고 할 수 있다.

그런데 이 낙화와 유수를 보는 관점도 좀 더 확대하여 생각해 볼 수 있다. 즉 떨어진 꽃잎은 본래 다정하여 흐르는 물에 몸을 맡기고 싶은데 흐르는 물은 본시 무정하여 그냥 자연스럽게 아래로 흘러갈 뿐 자신에게 안기어 오는 낙화일랑 아랑곳하지 않는다는 측면에서 낙화유수는 낙화의 유수에 대한 일방적인 짝사랑을 표현한 것으로 보는 것도 괜찮다고 생각된다. 우리나라 진제스님은 선시에서 "떨어진 꽃잎은 뜻이 있어 흐르는 물을 따라가고 싶어하나, 흐르는 물은 본시 정이 없어 떨어진 꽃잎을 흘려보내기만 한다.(落花有意隨流水, 流水無情送落花)"고 노래한 것도 바로 낙화의 유수에 대한 짝사랑의 시각에 기반하였다고 볼 수 있겠다. 물론 꽃잎이야 정을 지녔을 리 만무하지만 사랑을 아는 사람의 눈으로 떨어진 꽃잎을 보니 다정도 하여 강물에 몸을 던지건만 서럽게도 강물은 무정하여 그냥 무심히 흘려보내기만 하는 것처럼 보였으리라.

이밖에도 낙화유수는 여러 가지 뜻을 더 내포하고 있다. 낙화유수를 시로 노래한 당대 이군옥(李群玉)의 <봉화장사인송진연사귀잠공산(奉和张舍人送秦炼师歸岑公山)>시를 감상해보자.

仙翁歸卧翠微岑,　　신선께서 비취빛 희미한 봉우리로 돌아가 누우려 하시거늘
一夜西風月峽深.　　한밤중 서풍 불고 달빛에 골짜기는 깊다.
松径定知芳草合,　　소나무길은 향기로운 풀들이 가득 자랐을 것임을 확실히 알겠고
玉書應念素塵侵.　　도 닦는 책은 평소 먼지에 쌓여 있을 것이라 응당 염려가 되네.
閑雲不繫東西影,　　한가한 구름은 매이지 않고 동서로 그림자 드리우니
野鶴寧知去住心.　　들의 학이 어찌 떠나고 머무르는 마음을 알겠는가?
蘭浦蒼蒼春欲暮,　　난초 포구는 푸르디푸르고 봄은 저물어 가려 하는데
落花流水怨離琴.　　떨어진 꽃잎은 강물에 흘러가며 금의 이별 연주 원망하네.

‘귀와’는 은거하려 하다, ‘옥서’는 도가계열의 책. ‘이금’은 이별가를 연주하는 금의 소리, 또는 금의 소리 멀어져 가다 등 두 가지 번역이 다 가능하다. 여기서 낙화유수의 뜻은 쇠잔해지고 쇠락해 가는 늦봄의 경치를 가리킨다.

그밖에도 힘과 세력이 쇠약해져 보잘것없어진 것을 비유한 말로 쇠잔해진 세월을 가리키기도 한다. 바로 이런 뜻의 낙화유수를 묘사한 작품이 바로 남당(南唐) 이욱(李煜)의 사(詞) <낭도사령(浪淘沙令)>이다.

簾外雨潺潺,春意闌珊.	창밖 빗소리 주룩주룩, 봄기운이 사그러든다.
羅衾不耐五更寒.	비단이불로는 오경의 추위를 막지 못 하는데
夢里不知身是客,	나그네의 몸인지도 모르고 꿈속에서
一晌貪歡.	잠깐 환락을 갈망하였구나.
讀自莫憑欄,	홀로 난간에 기대지 마라,
無限江山,	남당의 산하는 끝이 없으니
別時容易見時難.	이별할 때는 도리어 쉽고 만날 때가 어려운 것이다.
流水落花春去也,	강물에 낙화 흘러가며 봄은 떠나가는데,
天上人間.	하나는 천상이고 하나는 인간세상이어라.

제6구의 강산은 곧 남당(南唐)의 산하를 가리킨다. 이 구절은 잃어버린 강산을 생각하자면 무한한 슬픔이 떠오를 테니 홀로 난간에 기대지 말라는 뜻으로 풀이할 수도 있다. 제7구 ‘별시용이견시난’을 당대 이상은(李商隱)이 “그댈 만날 때도 어렵더니 이별 역시 어렵다오.(相見時難別亦難)”라고 한 말과 같이 대조하여 살펴보면 서로 소회가 조금 다름을 느낄 수 있다. 이욱은 만남이 어렵다고 보았고 이상은은 헤어짐이 어렵다고 본 것이다. 맨 마지막 구는 처음에 꽃이 필 때면 천상세계에 머무는 듯하지만 이제 봄이 가서 막상 땅에 떨어지게 되면 곧 하늘에서 인간세상으로 떨어진 거나 마찬가지의 급전직하를 경험하는 셈이 된다. 어쩌면 이욱 본인의 신세도 마찬가지라고 빗대서 표현한 것으로 보인다. 다시 얘기하면 여기서 낙화유수는 곧 쇠잔한 세월과 영락한 신세를 뜻한 말로 이해된다.

'명월이 만공산하니 쉬어간들 어떠리!'

다음으로 서로의 사랑이 조금씩 내밀하게 익어가는 제2단계에 대응되는 시를 감상해보자. 남북조(南北朝) 시대 불리던 <자야사시가(子夜四時歌)> 중 <동가(冬歌)>를 감상하자.

淵冰厚三尺,	연못 얼음은 석 자 두께로 얼어 있고
素雪覆千里.	흰 눈은 천 리를 덮고 있다.
我心如松柏,	내 맘은 푸른 송백 같거늘
君心復何似.	임의 마음은 또 어떤 모습일까?

이 노래는 진대(晉代) 자야(子夜)라는 여인이 지었다는 설도 있다. 또한 소설 ≪삼국연의(三國演義)≫에서 유비(刘备)와 손부인(孫夫人)이 혼인식을 거행할 때 삽입된 악곡이기도 하다.

이 시는 한창 익어 가는 사랑을 표현하고 있다. 내 마음은 이젠 변치 않을 만큼 당신을 향한 사랑이 익었는데 그렇다면 당신은 어떤 상태인가요? 저를 받아들일 준비가 되었을까요? 받아들였다면 얼마나 저를 사랑하실까요?

농염하게 익어 가는 사랑은 상대를 유혹하는 적극적인 사랑으로 표출된다. 사랑을 주체할 수 없기 때문이다. 우리나라 황진이(黃眞伊)의 옛시조시를 살펴보자. 왼쪽은 옛시조를 번역한 한시로 보인다.

靑山裏碧溪水,	청산리 벽계수야
莫誇易移去!	수이 감을 자랑마라
一到滄海不復還.	일도창해하면 다시 오기 어려워라
明月滿空山,	명월이 만공산하니
暫休且去若何.	쉬어간들 어떠리

벽계수를 글자 그대로 청산 속의 푸른 시냇물이라는 뜻으로 보아도 좋겠고, 황진이에게 절대 넘어가지 않겠다고 큰소리쳤다가 결국은 황진이의 노랫가락에 도취되어 나귀 위에서 떨어졌다고 전해지는 왕실 친족인 이은원을 가리키는 것으로 보아도 좋

겠다. 또 명월을 밝은 달로 해석해도 좋고, 명월이 황진이의 기명이었기 때문에 황진이 자신을 가리키는 것으로 보아도 글의 흐름이 전혀 어색하지 않다. 벽계수는 시시각각 변하는 것으로서 인간의 유한한 삶을 상징하고 있다고 본다면 인생은 본시 허망한 것이니 명월이 만공산할 때, 즉 즐길 수 있을 때 맘껏 즐기면서 허망함을 달래 보자고 권유하는 뜻이 이 시에 담겨 있다고 볼 수 있다.

그런데 벽계수를 이은원이라는 왕족으로, 또 명월을 황진이로 보게 되면 이 시는 구체적으로 남녀 간에 이루어지는 상열지사를 연상시키는 풍류로 발전된다. 황진이가 벽계수에게 달 밝은 밤 아무도 없는 청산에서 자신과 어우러져 함께 놀아보자고 유혹하는 뜻이 표현되었다고 볼 수도 있는 것이다.

이 시는 전체적으로 청산, 벽계수, 명월, 공산이 어울리는 자연의 세계가 허무한 인생에 대한 아쉬움과 한탄으로 이어지고 마지막으로 다시 유혹과 풍류로 발전되고 있다. 종합하면 이 시는 농염하게 익어 활활 타오르는 사랑과 열락을 있는 그대로 맘껏 즐기자고 권유하는 노래라고 볼 수 있겠다.

'내 얼굴이 설마 꽃만큼 예쁘지 않단 말인가요?'

송대 여시인 이청조(李淸照)와 남편 조명성(趙明誠) 간의 결혼 생활은 훗날 애환을 겪긴 하지만 초기에는 사랑의 기쁨과 즐거움으로 행복을 누리는 삶이었다고 할 수 있다. 그들의 신혼시절의 풋풋한 사랑과 관련된 사 작품을 살펴보고자 한다.

신혼시절 신부의 질투와 애교 그리고 기쁨이 가득한 사 작품 <감자목란화·꽃 파는 행상의 멜대에서(減字木蘭花·賣花擔上)>를 감상해보자.

賣花擔上,	꽃 파는 행상의 멜대에서
買得一枝春欲放.	봄이 막 피어나려는 꽃 한 가지를 샀네.
淚染輕勻,	눈물이 살짝 방울방울 고르게 맺혀 있는데
猶帶彤霞曉露痕.	붉은 햇살에 비치는 아침 이슬의 흔적 같네.
怕郎猜道,	신랑이 시샘하여
奴面不如花面好.	내 얼굴이 꽃만큼 예쁘지는 않다고 할까봐 두렵네.

雲鬢斜簪,　　　　　　구름 같은 귀밑머리에 비스듬히 비녀처럼 꽂고서
徒要教郎比并看.　　　괜히 신랑에게 비교해보라고 요구하네.

우리에게 많이 알려진 이청조의 작품은 주로 만년(晩年)의 작품으로서 애절하고 슬픈 느낌을 많이 떠올리게 한다. "찾고 또 찾아도 썰렁하고 적막하며 쓸쓸하고 처량하네. …… 오동잎에 다시 가랑비까지 내리니, 황혼이 되자 점점이 방울지고 있네. 이런 정경을 어떻게 '수심'이라는 한 마디로 다 그려낼 수 있으랴!(尋尋覓覓, 冷冷清清, 淒淒慘慘戚戚. …… 梧桐更兼細雨, 到黃昏, 點點滴滴. 這次第, 怎一個愁字了得!)(<성성만찾고 또 찾아도(聲聲慢·尋尋覓覓>)라고 한 사는 그녀의 수심을 대표하는 작품이기도 하다.

그런데 위의 사작품은 내용이 아주 즐겁고 유쾌하여 이청조의 일반적인 작품과는 아주 다른 풍격을 보이고 있다. 특히 제 2구의 봄이 막 피어나려고 한다는 표현은 실제로는 꽃이 피는 것을 의미하겠지만 그밖에도 봄빛, 봄기운, 봄 햇살 등 많은 의미를 내포하여 깊은 여운을 주고 있다고 할 수 있다.

제3구에서는 꽃에 맺힌 이슬을 사람의 눈물로 비유하고 있는데 아침 이슬에 붉은 아침 햇살도 비치고 있으니 꽃이 얼마나 신선한지 짐작할 수 있다. 이처럼 신선한 꽃을 아침 일찍 신부가 사와서 부부가 함께 감상하고자 하였으니 달콤하고 행복한 신혼생활의 일면을 충분히 엿볼 수가 있다.

다시 후반부로 가면 신부의 애교와 시샘, 그리고 신랑에 대한 극도의 애정이 잘 표현되고 있다. 이 신선한 꽃을 본 신랑이 혹시 내 얼굴이 꽃보다 못하다고 하면 어떻게 하지 걱정하면서 꽃을 탐스러운 머리에 비녀로 꽂아놓고 신랑에게 비교해보라고 짓궂게 요구하고 있다. 꽃에 대한 신부의 시샘, 신랑에 대한 신부의 투정과 애교 그리고 사랑을 읽을 수 있다. 이 작품의 주된 분위기는 매우 명랑하고 즐거우며 돈독한 애정을 느끼게 한다고 볼 수 있겠다.

'산이 닳고 강물이 마른다면 몰라도, 영원히 변치 않으리이다'

마지막으로 사랑의 지고지순한 모습으로서 어떤 상황에서도 우리 사랑은 영원히

변하지 않을 것이라고 맹세하며 사랑의 밀어를 나눈 것이 마지막 3단계가 아닐까 생각된다.

그 많은 한시 중에서도 한대(漢代) 악부민가 <상야(上邪)>처럼 영원토록 내 사랑은 변하지 않을 것이라고 맹세하고 있는 시는 좀처럼 보기 드물다.

上邪!	하늘이시여!
我欲與君相知,	저는 임과 서로 사랑하여
長命無絶衰.	영원히 변치 않게 하고자 하나이다.
山無陵,	산이 닳아 평지가 되고
江水爲竭,	강물이 말라버리고
冬雷震震,	겨울에 천둥이 우르르 치고
夏雨雪,	여름에 눈비가 내리고
天地合,	하늘과 땅이 합쳐진다면
乃敢與君絶.	그제야 비로소 감히 임과 헤어지겠나이다.

여인의 순결하고도 변함없는 사랑과 정절을 하늘에 맹세하는 이 노래는 언제 읽어도 지극한 감동을 준다. 남녀 간의 사랑은 일반적인 보살행의 이타적인 자비(慈悲)와 달리 애욕을 수반하기 때문에 흔히 상처를 수반할 수밖에 없다.

'사랑하는 사람은 칼날을 잡고 있는 거야'

사랑 받는 사람은 칼자루를 잡은 것이지만 사랑하는 사람은 칼날을 잡은 거나 마찬가지라는 말이 있다. 그러나 어차피 상처를 입을 거니까 사랑할 필요가 있겠느냐면서 사랑 한 번 해보지 않고 사랑에 무관심하다면 참된 사랑이 뭔지를 모르는 사람이라 할 수 있을 것이다. 집착과 번뇌, 그리고 상처와 고통을 야기할 수도 있지만 사랑을 직접 체험했을 때 비로소 열리게 되는 넓은 눈은 자신의 전존재를 던지고도 아깝지 않을 정도로 가치 있고 소중한 일이 될 것이기 때문이다. 그렇기에 위의 노래처럼 세상이 끝나는 날까지 사랑하겠다는 맹세가 가능할 것이라 생각된다.

'나이 찬 년 중 미운 년 없다'

간사하면서도 또 불가사의한 것이 바로 남녀 간의 마음이다. 언제까지나 변하지 않을 듯하다가도 순식간에 변해 버리는 것이 인간의 마음일진대 하물며 남녀 간의 마음임에랴! 우리나라 속어 중에 "나이 찬 년 중 미운 년 없다."는 말이 있다. 여자가 성년이 되면 남자의 눈에 안 예뻐 보이는 여자가 없다는 것은 제 눈에 안경으로 눈에 콩깍지가 씌게 되었음을 뜻한다. 그런데 그렇게 영원히 지속될 것처럼 보이던 사랑의 열정도 언젠가는 식어버리기 마련이다. 어떤 사람은 남녀 간의 열정적인 사랑의 시효는 겨우 2년 남짓이라고 말한다. 남녀 간에 호르몬이 활발하게 분비되어 서로를 강하게 원하는 기간을 말하는 것일 게다. 특히 남자들은 고양이가 잡아놓은 쥐를 상관하지 않듯이 이미 여자를 자기 사람으로 소유하였다고 생각하는 순간 밖으로 다른 여자에게 눈길을 돌리는 것이 일반적인 상례이다. 거기서부터 남녀 간의 비극이 시작된다. 그렇기에 고은 시인 역시 우회적으로 "가장 예쁜 여자는 모르는 여자다."고 말했는지도 모른다. 알고 지낸 시간이 조금 지속되면 금방 식상해지기 때문이리라.

6.3. 살아서의 이별보다 더 슬픈 것 또 있으랴!

이제는 사랑하는 사람들의 이별을 얘기해 볼 차례가 되었다. 본격적으로 사랑의 상처를 얘기하지 않을 수가 없는 것이다.

'슬프기는 생이별보다 더 슬픈 것이 없네'

본래 사랑의 상처를 알지 못 하던 여인이 조금씩 헤어짐과 외로움의 아픔을 알아가게 되는 이야기를 노래한 당대 왕창령(王昌齡)의 <규원(閨怨)>시를 감상해보자.

閨中少婦不知愁,　　　　규중의 어린 신부 수심을 몰라

春日凝妝上翠樓.　　　봄날에 곱게 단장하고 푸른 누각에 올랐다.
忽見陌頭楊柳色,　　　문득 길가 버드나무 푸르러진 걸 보더니
悔敎夫婿覓封侯.　　　낭군에게 벼슬길 찾게 한 걸 후회하네.

갓 결혼한 새 신부가 신랑과 떨어져 지내야 하는 이별의 아픔을 알 턱이 없었을 것이다. 그래서 남편에게 어서 빨리 나가서 벼슬을 얻어 오라고 채근하였을 것이다. 이제 남편은 멀리 떠나고 없는데 어김없이 화창한 봄날이 찾아왔다. 곱게 단장하고 누각 위에 올라 멀리 들판을 내려다보았다. 엊그제까지만 해도 아주 춥더니만 벌써 버드나무가 푸르러지며 봄은 한창 무르익고 있는 모습을 보니 불현듯 남편 생각이 난다. 어쩔 수 없이 보고 싶은 마음에 수심에 사로잡힌다. 이럴 줄 알았더라면 신랑을 밖으로 내보내지 말 것을, 후회하면서 외로움과 그리움에 젖는다. 이제 사랑과 이에 따른 수심을 막 알게 된 어린 신부의 모습이 담백한 필치로 잘 그려져 있다.

사랑하는 일이야 즐겁지만 이별은 정말 가슴 아프다. 전국시대 굴원(屈原)은 《초사(楚辭)·구가(九歌)·소사명(少司命)》에서 "슬프기는 생이별보다 더 슬픈 것이 없고 즐겁기는 새로 사람 사귀는 것보다 더 즐거운 것이 없다.(悲莫悲兮生別離, 樂莫樂兮新相知.)"고 하였다. 천고의 애국시인 굴원이 이미 우리의 마음속을 다 말하여 놓았으니 다시 무슨 말이 더 필요하겠는가? 임을 떠나보내고 남는 사람의 마음은 어떠할까? "그대를 천리까지 따라가 배웅한다 해도 마침내 이별하기는 마찬가지.", "저 가을 산을 어떻게 혼자 넘나? 우리 둘이서도 그렇게 힘들었는데!" 등의 탄식이 있지 않을까?

남녀 간의 만남을 지속시킬 수 없는 이유는 상대방의 변심에 의한 것도 있지만 그들이 처한 상황이 변함으로 인해서 발생하는 경우도 있다. 훗날 다시 만날 것을 기약하지만 그 때가 되면 이사를 가버렸다든지, 혹은 다른 변고가 생겼다든지 하는 등의 상황이 예전과 같지 않음으로 인해서 더 이상 만남을 이어갈 수 없는 경우도 생기는 것이다.

'그녀의 얼굴과 복숭아꽃은 서로 붉게 비추었었지'

당대 시인 최호(崔護)의 <도성의 남쪽 장원에서 시를 쓰다(題都城南莊)>를 보면

젊은 남녀의 사랑이 지속되지 못하는 안타까운 사연 하나를 발견하게 된다.

去年今日此門中,　　　　작년 오늘 이 문 안에서
人面桃花相映紅.　　　　그녀의 얼굴과 복숭아꽃은 서로 붉게 비추었지.
人面不知何處去,　　　　그녀의 얼굴은 어디로 갔는지 모르겠네
桃花依舊笑春風.　　　　복숭아꽃은 여전히 봄바람에 웃음 짓고 있는데.

복숭아꽃은 선홍색이어서 청춘 소녀의 진홍빛 나는 아름다운 용모를 비유하는데 자주 사용된다. 무슨 이유인지는 모르겠지만 훗날 다시 만날 것을 기약하며 복숭아꽃처럼 어여뻤던 그녀와 작별하고 한 해가 지난 뒤에 기대에 부풀어 그녀의 집을 다시 찾았건만 사람은 보이지 않고 무정하게도 복숭아꽃만 어여쁘게 피었다. 이사를 가버렸나, 아니면 다른 사내를 만나 살고 있나, 아니면 건강이 안 좋아 일찍 세상을 떠났나 별의별 상상을 다 해볼 수도 있을 만큼 안타까운 정경이기도 하다. 사랑은 이렇듯 마(魔)가 끼기 쉬워서 이루기 어려운 법인가? 그래서 더욱 절절하고 애절한 것이 사랑이 아니겠는가!

'황혼이 진 뒤에 만나기로 약속했지'

최호의 시와 비슷한 안타까운 정경을 구양수(歐陽修)의 <생사자·정월 대보름(生査子·元夕)>시에서도 발견한다.

去年元夜時,　　　　작년 정월 대보름날에
花市燈如晝.　　　　꽃 파는 시장은 대낮처럼 등불이 비추었네.
月上柳梢頭,　　　　달은 버드나무 가지 끝으로 오르고
人約黃昏後.　　　　황혼이 진 뒤에 만나기로 그 사람과 약속했지.
今年元夜時,　　　　올해 정월 대보름날에도
月與燈依舊.　　　　달과 등불은 여전히 밝건만
不見去年人,　　　　작년의 그 사람 보이지 않으니
淚濕春衫袖.　　　　눈물이 봄 적삼 소매를 적시네.

중국에서 정월 대보름날은 등불놀이를 하는 풍속이 있어서 등불을 대낮처럼 환하게 밝히는데, 이날은 또한 젊은 연인들이 등불 구경을 핑계로 외출하여 만남을 가질 수 있는 절호의 기회가 되기도 한다. '화시'는 중국 민속에서 봄에 정기적으로 열리는 시장으로 꽃을 팔고 감상하는 장을 가리킨다.

작년 정월 대보름날 달 떠오르고 황혼이 진 뒤에 그 사람과 만나기로 약속하여 화려한 등불과 꽃들을 구경하면서 밀어를 나누었다. 시적 화자는 아직도 그 단꿈에 젖어 헤어 나오지 못하고 있다. 그래서 올해 다시 찾아온 정월 대보름날에 그녀를 찾아 꽃 파는 시장에 나왔다. 달빛과 등불은 여전히 밝았건만 무슨 연유에서인지 그녀는 보이지 않으니 눈물이 비 오듯 흘러내릴 수밖에 없다. 마음이 변했는가? 아니면 이미 다른 남자와 혼인하였는가? 별의별 추측을 다 불러일으킨다. 어쩌면 만남이 어그러지고 마음처럼 이루어지지 않는 아픔에서 사랑의 묘미는 존재하는 것일지도 모른다. 남녀 간의 모든 만남이 다 성사되고 마음대로 이루어질 것 같으면 그토록 애태우는 안타까운 사랑 노래가 불릴 이유가 없을 것이기 때문이다.

'천 리에 외로운 꿈만 오락가락 하도다!'

우리나라 조선조 시대에도 많은 여류 시인들이 출현하는데 그들 가운데 규수 시인으로는 역시 허난설헌(許蘭雪軒)을 으뜸으로 꼽을 수 있고 기녀시인으로는 황진이(黃眞伊)와 이매창(李梅窓)을 으뜸으로 꼽을 수 있다.

여자가 인간답게 살기 힘들었던 시대에 유희경(劉希慶)·허균(許筠) 같은 시인들과 이귀(李貴) 같은 고관이 제대로 알아주고 깊이 사귀었던 여성이 바로 이매창이다. 매창이 마음을 주고 또 시를 지어 준 남자로 촌은(村隱) 유희경을 첫손가락으로 꼽을 수 있다. 그는 천민이었지만 시인으로 이름을 날렸으며 또 상례(喪禮)에도 일가견을 지니고 있어서 많은 양반 사대부들이 그와 사귀었다. 매창과 유희경의 사랑은 오래 계속되지 못 하였다. 그러나 유희경이 서울로 돌아간 뒤에도 사랑의 다짐이 깊었기에 매창은 그를 기다리며 수절을 했다. 유희경도 매창이 그리워 시를 지었고 그녀와 노닐던 곳에 다시 들러서 옛일을 그리워하며 시를 짓기도 하였다. 그러나 유희경이 지은 시들은 매창에게까지 전해지지는 못 했는지 매창은 한 자 소식도 받지 못 한 채 독수공방을 계속하였다.

매창의 유희경에 대한 그리움은 날로 더해 갔다. 그의 마음이 변하지 않을 것이라는 확신이야 있었지만 너무나도 그리웠기에 매창은 그를 생각하며 여러 편의 시를 지었다. 그 중에서도 "이화우(梨花雨) 흩날릴 제 울며 잡고 이별한 님 / 추풍낙엽에 저도 나를 생각하는가 / 천리에 외로운 꿈만 오락가락하도다."라는 시조가 사람들의 입에 가장 많이 오르내린다. 그 후로 정을 주는 사람이 없이 살아가던 기생 매창에게 이웃 고을 김제군에 군수로 내려온 묵재(默齋) 이귀(李貴)가 나타나 다시 사랑을 나누기도 하였다.

'임이 주신 은정까지도 찢어졌을까봐 두려워라'

매창이 남긴 시 중에 그녀의 임을 향한 애틋한 심정이 담긴 <취객에게 줌(贈醉客)> 시를 감상해보자.

醉客執羅衫,	취한 손님이 명주 저고릴 잡으니
羅衫隨手裂.	손길을 따라 명주 저고리 소리를 내며 찢어졌어라.
不惜一羅衫,	명주 저고리 하나쯤이야 아까울 게 없지만
但恐恩情絶.	임이 주신 은정까지도 찢어졌을까 그게 두려워라.

여기서 임이 주신 은정이란 곧 나삼을 주신 사랑하는 그 임의 은정이 아닐까 생각된다. 취한 나그네여, 당신이 찢은 이 명주저고리가 아까운 게 아니라 그로 인해서 내 사랑하는 임의 은정까지도 혹시 찢겨나가는 것은 아닐까 그게 두렵고 걱정되는 것이라네. 당연한 얘기지만 여기서 취객은 술에 취해서 강압적으로 여인에게 덤벼든 손님일 것이기 때문에 그녀에게 은정을 준 주체로 간주할 수는 없을 것이다. 은정의 주체는 취객 이전에 그녀에게 사랑을 베풀어 준 사람임이 분명하다.

이어서 매창의 <그리움에 지새는 밤(閨中怨)>을 감상해보자.

苑花梨花杜宇啼,	뒤뜰에는 배꽃 피고 두견새는 울어대니
滿庭蟾影更凄凄.	뜨락 가득 달빛 그림자 스산하고 스산하네.
相思欲夢還無寐,	그리움에 꿈길에서 만나려고 해도 되레 잠 아니 와,
起倚梅窓聽五鷄.	일어나 매화 창에 기대니 새벽닭 우는 소리 들리네.

사랑하는 임을 꿈속에서라도 만나고 싶은데 도리어 잠조차 오지 않는다는 하소연
이다. 행간으로 그립고 외로운 마음이 배어 나온다.

'임의 문 앞 돌길은 이미 모래가루 되었으리라'

조선 선조 때의 여류 시인 옥봉(玉峰) 이숙원(李淑媛)이 있다. 그녀는 흔히 옥봉으
로 많이 불렸으며 조원(趙瑗)의 소실이었다. 그녀의 <스스로 지음(自述)>시를 감상
해보자.

近來安否問如何,	요 근래 임께서는 잘 지내고 계시나요?
月到紗窓妾恨多.	깁창에 달 비치니 첩의 시름 깊어집니다.
若使夢魂行有跡,	꿈속에서 저의 넋이 다닌 자취 남는다면
門前石路半成沙.	임의 집문 앞에 있는 돌길은 반쯤 모래가 됐을 겁니다.

제4구가 '문전석로이성사(門前石路已成沙)', 곧 '임의 집문 앞에 있는 돌길은 이미
모래가 됐을 겁니다.'로 되어 있는 판본도 있다. 제3, 4구는 참으로 명구이다. 꿈속에
서 넋이 오고 갔듯 실제 현실에서도 그렇게 오고 갔더라면, 그리하여 오고 간 자국이
남는다면 돌길은 닳고 닳아 반쯤은 모래가 됐을 거라고 한다. 꿈속에서 그녀의 넋이
얼마나 수없이 드나들었기에 돌길이 모래가 될 수 있을 것이라고 하는가? 여성 화자
의 오매불망 임을 그리는 사무친 마음, 서러운 마음을 충분히 미루어 짐작할 수 있다.

'배에 가득한 맑은 꿈이 은하수를 누르고 있네'

꿈속에서 다니던 돌길이 부서져서 모래가 될 정도라면 꿈도 현실처럼 실제 무게와

부피를 지니고 있다는 말인가? 위의 옥봉의 시와 마찬가지로 꿈이 현실의 사물인 것처럼 무게감을 지닌 것으로 묘사한 당온여(唐溫如)의 시 <용양현의 청초호에 짓다(題龍陽縣靑草湖)>를 감상해보자.

西風吹老洞庭波,	서풍이 불어 동정호 물결을 늙게 하니
一夜湘君白髮多.	하룻밤 사이에 상군은 백발이 무성해졌네.
醉後不知天在水,	취한 뒤라 왜 하늘이 물 아래 있는지 모르겠는데
滿船淸夢壓星河.	배에 가득한 맑은 꿈이 은하수를 누르고 있네.

이 시는 본래 ≪전당시(全唐詩)≫에 수록되어 있어서 당온여는 당대 사람이라 여겨져 왔지만 최근의 고증에 따르면 이 시는 ≪전당시≫에 잘못 실렸으며 그는 원말(元末)·명초(明初) 시기의 사람이라고 한다. 그리고 청초호는 동정호의 남쪽에 있어서 예로부터 함께 불렸다고 한다.

이 시의 멋들어진 지점은 바로 가을바람이 불어 호수를 늙게 만들었다는 표현이 아닐까 생각된다. 일반적으로 한시에서는 나뭇잎이 떨어진다든지, 기러기가 남쪽으로 날아간다든지 하는 형상적인 표현을 통해 가을이 왔음을 알리곤 한다. 이와 달리 호수처럼 텅 빈 공간에서는 계절 변화의 흔적을 찾기 어렵기에 시에서 계절의 변화를 표시하는 이미지로 잘 채택되지 않았다. 그런데 시인은 가을바람에 의해 물결이 일어남으로써 호수 표면에 주름이 생기고 늙어버렸다는 형상적인 묘사를 함으로써 호수에도 가을이 찾아왔음을 알려주고 있으니 참으로 멋진 표현이 아니라 할 수 없다. 상수(湘水)의 여신으로서 불로장생하는 상군도 호수가 늙자 그 수심을 감당하지 못하고 하룻밤 사이에 백발이 무성하게 자랐다고 함으로써 현실과 신화를 교묘하게 이어주는 형상적이고 비유적인 묘사를 하였다.

이 시의 또 다른 멋진 표현은 바로 본래 형태가 없는 꿈을 직접 보고 만질 수 있는 대상으로 변화시켜 부피와 무게감을 주고 있다는 것이다. 취한 뒤라서 왜 하늘이 물속에 있는지 모르기 때문에 타고 있는 배 역시 물 위에 떠 있는 것이 아니라 하늘 위에 떠 있다는 착각을 하게 만든다. 또 여전히 꿈속에 있는 듯 맑은 꿈은 선실을 가득 채우고 있고 동시에 그 무게로 인해 배 아래 있는 은하수를 누르고 있는 것처럼 생각되기도 하는 것이다.

'다음 생에 임을 내 입장이 되게 한다면'

반아당(半啞堂) 박죽서(朴竹西)는 조선 철종 때의 여류시인으로 어려서부터 경사를 탐독했고 시에 뛰어났다고 전해진다. 그녀의 <정을 담아(寄情)>시를 감상해보자.

鏡裏誰憐病已成,	거울 속의 병든 나를 뉘라서 가여워해 주리오
不須醫藥不須驚.	약도 필요 없고 놀랄 필요도 없다오.
他生若使君爲我,	다음 생에 임을 내 입장이 되게 한다면
應識相思此夜情.	오늘 밤의 그리움에 애타는 정을 응당 아실 겁니다.

지금 병든 나에겐 약도 필요 없다. 진짜 약은 따로 있기 때문이다. 그리고 아팠다고 놀랄 필요도 없다. 어쩌면 그를 사랑했기에 당연히 앓아야 할 병이기 때문이다. 이런 상처와 고통을 주신 임아, 다음 생에서는 서로 입장을 바꿔서 태어나도록 해보자. 그러면 전생에서 내가 얼마나 애태우며 당신을 그리워했는지 아실 것이리라.

그렇다면 떠나간 남자는 과연 이런 여자의 마음을 알고 있을까? 여자의 마음을 알고 있지만 어쩔 수 없이 돌아오지 못 하고 있다면 다행이겠지만 혹시 우리는 최악의 상황을 상상해 볼 수도 있다. 남자는 한순간의 유희이자 장난으로 여자에게 정을 한 번 주고선 그 뒤로 잊어버렸다. 그런데도 여자는 그 사랑에 목매며 남자를 하릴없이 기다린다. 이렇게 싹트는 비극이 동서고금을 막론하고 얼마나 많던가!

참으로 아이러니한 것은 여자의 마음이어서, 이른바 엄친아처럼 착한 남자, 성실한 남자보다는 왠지 짓궂은 남자, 장난스런 남자, 수다스런 남자에게 더 끌리고 정을 주는 경우가 참으로 많다. 그래서 "남자가 짓궂지 않으면 여자는 정을 주지 않는다.(男人不壞, 女人不愛.)"라는 중국 속담도 나오게 되었다. 자, 이토록 짓궂고 박덕한 남자에게 이미 정을 줘 버렸으니 이제 어쩌겠는가? 그저 상상으로나마 실현될 수 없는 소망을 간직해 본다. 다음 생에서라도 서로 입장을 바꿔 태어나 본다면 오늘 애끓어지는 나의 맘을 알 수 있으리라!

'비단 이불을 누굴 위해 펴보나?'

한시에는 남성 시인이 여성 화자의 입을 빌려 여성의 입장을 대변하는 시들이 적지 않다. 시적 화자로 여성을 내세우는 이유는 무엇일까? 일반적으로 남성 시인들은 유교적 관념 하에서 사랑과 같은 어쩌면 낯 뜨거운, 부끄러운 주제에 대해서 공공연하게 얘기하기 어려웠을 것이다. 남성으로서 차마 표면적으로 말할 수 없는 것들을 여성 화자를 통해서 간접적으로 전달하고 있는 것이다. 때문에 여성시인이 여성 화자를 내세우는 것보다는 비교적 덜 섬세하고, 역시나 남성의 관점에 국한된 이야기들이 전개되기 십상이다. 여성 화자를 내세웠다지만 여인의 마음을 다 헤아리기는 어려웠을 것이기 때문이다. 그러나 여성시인들이 직접 쓴 시만큼 감정이 절절하지는 않지만 그래도 봉건 사대부 출신임에도 불구하고 남성 시인으로서 어느 정도 여성의 입장을 생각하며 대변해 주었다는 공로는 인정해주어야지 않을까 생각된다.

우리나라 고려 말 여성 화자를 내세운 이규보(李奎報)의 <여름날 눈앞의 일로 짓다(夏日卽事)>이란 시를 살펴보자.

寂寂空閨裏,	텅 빈 규방 안에서 적적하기만 한데
錦衾披向誰.	비단 이불을 누굴 위해 펴보나?
相思深夜恨,	깊은 밤 그리움에 사무친 한을
唯有一燈知.	오로지 저 등불 하나만이 알리라.

시와 거문고와 술을 좋아하여 삼혹호(三酷好) 선생이라 불렸던 백운거사 이규보의 시이다. '금금', 즉 비단이불은 흔히 한시에서 꼭 임과 함께 있을 때 비로소 펼칠 수 있는 것처럼 묘사되곤 한다. 임과 헤어진 채 긴긴 밤을 홀로 지새워야 하는 여인의 외로움을 묘사하고 있다.

'오늘 보낸 아이가 바로 뱃속에 있던 아이라오!'

이어서 고려말 정몽주(鄭夢周)의 <징집 당한 사내의 아내가 원망함(征婦怨)>시를 감상해보자. 정몽주는 삼은(三隱)의 한 사람으로 이방원에게 죽임을 당한 고려의 대표적인 충신인데 이 시 역시 여성 화자를 내세운 일종의 규원(閨怨)시이다.

一別年多消息稀,	한 번 떠나신 뒤로 오랫동안 기별 없었는데
塞垣存歿有誰知.	변방 땅에서 살았는지 죽었는지 알려 주는 이 없다오.
今朝始寄寒衣去,	오늘 아침 처음으로 겨울옷 지어 아이 편에 보내 보나니
泣送歸時在腹兒.	울면서 임 보내고 돌아올 때 뱃속에 있던 바로 그 아이라오.

'정부'란 징집을 당하여 먼 길 떠난 사내의 부인을 가리킨다. 주로 병졸이나 군역의 임무를 띠고 전장이나 변방으로 떠난 사내의 부인이다. 그러니 대부분 돌아올 기약이 없는 사람의 부인일 가능성이 높다. 특히 제4구는 웃어야 할지 울어야 할지 독자를 참으로 망연하게 만드는 말이다. 남편을 위해 옷을 지었는데 그것을 들고 가는 아이는 남편이 떠날 때 뱃속에 들어 있던 아이이다. 그 아이가 저렇게 클 때까지 사내는 여전히 전장 변방 땅에서 군역을 담당하고 있고, 더욱 가슴 아픈 것은 그가 죽었는지 살았는지 아직 생사를 알 길이 없다는 것이다.

사실 변방 지역으로 군역이나 노역을 떠난 남편에게 겨울옷을 지어 보낸다는 이야기는 그 유래가 꽤 오래 되었다. 당대 시인 심빈(沈彬)의 변새시(邊塞詩) <변방 사람을 애도하다(弔邊人)>를 감상해보자.

殺聲沈後野風悲,	전투소리 가라앉은 뒤 들판에 바람조차 슬피 우는데
漢月高時望不歸.	한나라에 달이 솟을 때 멀리 보아도 돌아오지 않네.
白骨已枯沙上草,	백골은 이미 말라 모래 위로 풀들이 자랐건만
家人猶自寄寒衣.	집사람은 여전히 저도 모르게 겨울옷을 부치네.

전투하며 하늘을 진동했을 전쟁터의 고함과 외침소리가 가라앉고 지금은 들판의 바람만 흐느끼며 슬프게 불고 있다. 달이 이미 솟아올랐는데도 전사들은 아직 돌아오

지 않는다. 이제 한참의 시간이 경과하여 전사의 백골은 이미 말라 비틀어졌고 다시 그 위를 풀들이 덮고 있다. 그런데도 전사의 집안사람들은 여전히 겨울옷을 지어 저도 모르게 습관처럼 부치고 있다. 이미 먼 변방에서 무심하게도 백골이 된 지 오랜 시간이 지난 전사의 상황, 가까운 이곳에 있는 가족들은 남편이 또는 아들이 추위에 떨까봐 지금 아직도 겨울옷을 짓는 모습, 이렇게 양자가 서로 공간상, 시간상, 감정상으로 강렬한 대비를 이루며 독자를 깊이 감동시키고 있다.

한편 전사의 죽음도 모른 채 저도 모르게 습관적으로 겨울옷을 지어 부치고 있는 가족의 모습은 읽는 이의 마음을 더욱 짠하고 안타깝게 만든다. 아직 살아 있다는 희망이 있기에 옷을 짓고 있는데 정작 전사의 사망 소식을 듣게 된다면 그들은 과연 어떤 모습일까? 그들의 실망과 탄식과 슬픔이 겹쳐진 모습으로 떠오른다.

6.4. 사랑이 어떻게 변해?

봉건시대 중국 여성들의 삶은 기본적으로 유가의 예법에 묶여 있었다. 이에 따라 결혼만 하더라도 대부분 본인의 의사와는 상관없이 부모의 뜻에 따라 이루어져서 개인으로서 한 여성의 행복보다는 가문의 결합이나 이권의 교환을 위한 수단으로 이용되는 경우가 많았다. 자유로운 연애에 의한 결혼이란 현실적으로 드물었고 대개 소설에서나 벌어질 수 있는 상상의 로맨스에 지나지 않았다. 심지어 결혼 생활에서도 남성과 그의 집안에 대한 순종과 봉사를 지상의 미덕으로 내세운 아녀자의 도리로서 부도(婦道)가 강조되면서, 걸핏하면 칠거지악(七去之惡) 등을 내세워 소박을 주거나 내쫓기가 일쑤였다.

'새 사람이 옛 사람만 못하다오'

한나라 때의 악부 민가로서 남편이 새 여자를 들이는 바람에 내쫓긴 한 여인의 서러운 사연을 노래한 <산에 올라 약초 캐고(上山采蘼蕪)>라는 서사시를 감상해보자.

山上采蘼蕪,	산에 올라 약초 캐고
下山逢故夫.	산 내려오다 전 남편 만났네.
長跪問故夫,	무릎 꿇고 공손히 전 남편에게 물었네,
新人復何如?	"새 사람은 어떤가요?"
新人雖言好,	"새 사람이 좋다고는 하지만
未若故人姝.	옛 사람만큼 훌륭하진 않다오.
顔色類相如,	얼굴은 비슷하다 해도
手瓜不相如.	손재주가 그대만 못하다오."
新人從門入,	"새 사람 대문으로 들어오자
故人從閣去.	옛 사람은 쪽문으로 나갔지요."
新人工織鎌,	"새 사람은 누런 비단 잘 짜지만
故人工織素.	옛 사람은 흰 비단을 잘 짰지요.
織縑日一匹,	누런 비단은 하루에 한 필 짜지만
織素五丈餘.	흰 비단은 다섯 길이 넘게 짰지요.
將縑來比素,	누런 비단을 흰 비단에 견줘 보면
新人不如故.	새 사람이 옛 사람만 못하다오."

시적 화자로 나오는 여성은 새 여자와 용모 차이가 없으며 손재주는 오히려 새 여자에 비해 뛰어났음을 전 남편과의 대화를 통해 알 수 있다. 그럼에도 불구하고 화자가 왜 쫓겨나야 했는지가 밝혀져 있지 않다. 아마도 시부모의 반대나 가문 배경이라든지 아니면 아이를 낳지 못 한다든지 하는 요인 등에 의해 이 화자는 쫓겨났을 것이라고 유추해볼 수밖에 없다.

다만 아무리 봉건시대라는 시대상을 십분 고려한다 해도 용모와 솜씨라는 두 가지 요소로 이전 여자와 새 여자를 비교하는 전 남편의 행태는 대단히 속물적으로 보인다. 때문에 이 시는 화자를 내쫓은 전 남편의 이런 속물적인 행태를 완곡하게 책망하려는 의도가 다분히 있지 않았을까 추측해보기도 한다.

'배꽃이 해당화를 누르고 있네'

봉건시대에 흔히 권력을 지닌 남자들은 많은 첩실을 거느리기 마련이었다. 그 과정에서 나이 차이가 엄청 나는 어린 여자아이를 심지어 첩실로 거둔 남자들도 종종 있었나 보다. 송대(宋代) 유명한 사(词) 작가였던 장선(张先)은 80세에 18세의 한 어린 여성을 첩실로 맞아들이기도 하였다. 그러자 소식이 그를 비웃으며 시 한 수를 썼다.

十八新娘八十郎,　　18세 신부에 80세 사내
蒼蒼白髮對紅妝.　　희끗희끗 센 머리로 붉게 차려 입은 옷을 마주하고 있네.
鴛鴦被里成雙夜,　　원앙이 이불 안에서 밤새 짝을 이루는데
一樹梨花壓海棠.　　한 그루 배꽃이 해당화를 누르고 있음이로다.

'홍장'은 젊은 여인, '성쌍'은 부부가 된다는 뜻. 너무 나이 차이가 많이 나는 첩실을 들인 장선을 비꼰 시인데, 하얀 배꽃이 붉은 해당화를 누르고 있다는 비유가 자못 절묘하다. '일수이화압해당'은 곧 속어인 '노우흘눈초(老牛吃嫩草)'와 같은 맥락을 지닌 말이다. 이 속어는 '늙은 말이 여린 풀을 먹는다'는 뜻으로 나이 차이가 많이 나는 부부관계를 상징한다.

그런데 중국 영화 <당백호점추향(唐伯虎點秋香)>에서 당백호가 자신을 추켜세울 때 "옥 같은 나무 바람을 맞고 서 있으니 반악보다 뛰어나고, 한 송이 배꽃은 해당화를 압도한다.(玉樹臨風勝潘安, 一朵梨花壓海棠.)"는 말을 한 적이 있다. '옥수'는 본래 회화나무 등의 뜻이 있으나 글자 뜻 그대로 옥처럼 고귀한 나무로 번역하는 것이 더 시적인 의미를 살리는 것으로 보인다. 반안(潘安)은 곧 서진(西晉) 시대 문인인 반악(潘岳)으로 자(字)가 안인(安仁)이기에 반안인을 짧게 축약하여 반안으로 부른 것이다. 그는 얼굴이 잘 생겨서 훗날 미남자(美男子)의 전형적인 인물로 불리게 된다. 결국 당백호 본인이 반악보다 더 잘 생기고 뛰어나다는 의미다.

그런데 여기서 '일타(朵)이화압해당'은 앞에서 소식의 시구인 '일수(樹)이화압해당'과 글자가 하나밖에 다르지 않지만 뜻은 완전히 다르게 사용되었다. 소식이 배꽃을 늙은 노인에, 해당화를 젊은 여인에 비유하였다면, 당백호는 배꽃을 본래 아름다운 해당화보다 훨씬 더 아름답고 순결하며 지혜로운 젊은 인재로 비유한 것이다. 배꽃 같은 자신이 해당화를 압도한다는 의미다. 이 영화가 유행하면서 나중에는 당백호의 대사와 뜻이 더 유행하기 시작했다. 소식이 원래 지칭했던 늙은이와 젊은 여자라는 뜻보다는

뛰어난 젊은 인재로서 해당화를 압도한다는 의미로 더 자주 사용하게 된 것이다.

6.5. 반첩여와 탁문군

봉건시대 황제에 의해 총애를 잃게 되는 비빈과 궁녀의 얘기는 너무 많아서 그다지 특별하지도 않다. 그 중에서도 한나라 때 궁중에서 황제에 의해 총애를 잃은 반첩여의 얘기는 두고두고 인구에 회자되면서 계속 시의 소재와 모티프로 활용되곤 하였다.

'흰 비단부채 가을에 찬바람 불면 두려워지네'

반첩여(班婕妤)는 누번(樓煩), 지금의 산서성 삭현(朔縣) 사람이다. 첩여는 한나라 궁중 여성의 관직 명칭이다. 그녀는 성제(成帝) 초기에 입궁하여 총애를 받았지만 나중에 조비연(趙飛燕)의 모함을 받아 총애를 잃게 되자 스스로 장신궁(長信宮)에 가서 태후를 모시고 살겠다고 자청하여 물러나기도 하였다. 그녀는 이후 부채를 빌려 버려진 자신의 처지를 비유한 <원가행(怨歌行)>을 남긴다.

新裂齊紈素,	베틀에서 새로 잘라낸 제(齊) 지방의 흰 비단
鮮潔如霜雪.	맑고 깨끗하기가 서리와 눈 같구나.
裁爲合歡扇,	마름질하여 합환 문양의 부채를 만드니
團團似明月.	둥글기가 보름달 같아라.
出入君懷袖,	임의 품과 소매에 드나들면서
動搖微風發.	흔들리며 살랑살랑 바람을 일으키지.
常恐秋節至,	언제나 두려운 건 가을이 닥쳐서
涼颸奪炎熱.	찬바람에 무더위가 가실 때이지.
棄捐篋笥中,	옷 바구니에 버려진 채
恩情中道絶.	은총과 사랑도 중도에서 끊어지고 말지.

'환소'는 흰 비단으로서 '환'은 무늬가 있는 비단이고, '소'는 무늬가 없는 비단을 가리킨다. 제(齊) 지방, 즉 지금의 산동성 지역에서 생산되었기에 제환소라고 불렀다. 맑고 깨끗한 비단은 곧 여인의 품성을 상징한다. '합환선'은 합환 무늬가 있는 부채를

뜻한다. '합환'은 원래 나무의 이름으로서, 대칭으로 난 잎이 밤에는 마주 붙기에 남녀의 애정을 대신 가리키게 되었다. 여인은 남자에게 부채와 같은 신세로서 더위가 지나고 선선한 가을이 오면 바구니에 내던져지고 마는 부채처럼 때가 지나면 여인에 대한 은총도 끊어지는 법이라는 사실을 환기시키며 비통한 마음을 애써 삭이고 있다.

반첩여는 중국문학에서 줄곧 비애의 상징이자 아이콘이 되었다. 한나라 성제의 총애를 잃은 반첩여가 자신의 신세를 용도 폐기된 가을부채에 비유하여 <원가행>을 읊은 후부터 반첩여의 일을 모티프로 삼아 이백(李白)의 <원가행(怨歌行)>, 육기(陆機)의 <첩여원(婕妤怨)> 등 많은 시들이 지어졌다. 대부분 반첩여의 비애와 원망에 초점을 맞추어 노래하면서 동시에 회재불우한 시인 자신의 신세를 기탁하였다. 문학비평가인 종영(鍾嶸)은 ≪시품(詩品)≫에서 반첩여를 한첩여반희(漢婕妤班姬)라 하여 상품(上品)에 두고 "짧은 시 <단선>(곧 <원가행>)은 의미가 맑고 빼어나며 원망이 깊고 문장이 아름다워 여인의 정취를 잘 표현하였다.(<團扇>短章, 詞旨淸捷, 怨深文綺, 得匹婦之致.)"고 높이 평가하고 있다.

'고통과 즐거움은 서로 가까이 붙어있어'

중당 시인 원진(元稹)은 반첩여의 비애에만 초점을 맞춘 다른 일반 시인들과는 달리 발상의 전환을 통하여 새롭게 인물을 평가하고 사건을 조명하였다. 그의 <고락상의곡(苦樂相倚曲)>을 감상해보자.

古來苦樂之相倚,	옛날부터 고통과 즐거움은 서로 기대어 있는 것
近于掌上之十指.	손바닥 위의 열 손가락보다 더 가까이 있다네.
君心半夜猜恨生,	군주께서 간밤에 미워하는 마음이 생겨나니
荊棘滿懷天未明.	날이 밝기도 전에 가시나무가 마음에 가득하였네.
漢成眼瞥飛燕時,	한나라 성제의 눈에 조비연이 꽂혔을 때
可憐班女恩已衰.	가련하구나! 반첩여에 대한 사랑은 이미 식어 버렸으니.
未有因由相決絶,	사랑은 식었어도 모질게 끊어 버리지는 않았으니
猶得半年伴暖熱	그나마 반년 동안 겉으로나마 따뜻한 대접 받았다네.
轉將深意諭旁人,	넌지시 옆의 사람 일깨워 주려 하니

緝綴瑕疵遣潛說.	조비연은 잘못을 수집하여 비방을 하였다네.
一朝詔下辭金屋,	하루아침에 조서가 내려와 금옥을 떠나게 되니
班姬自痛何倉卒.	이렇듯 창졸간에 쫓겨남을 반첩여는 애통해하였네.
呼天撫地將自明,	하늘을 부르고 땅을 치며 스스로 밝히려 하였으나
不悟尋時暗銷骨.	순식간에 슬픔이 극에 달함을 깨닫지 못하였네.
白首宮人前再拜,	머리 허연 궁녀가 앞으로 나와 재배하면서
願將日月相輝解.	해와 달처럼 환히 근심을 풀어 주겠다고 하네.
苦樂相尋晝夜間,	"고통과 즐거움은 낮과 밤사이에 찾아오는 것이니
燈光那有天明在.	등불이 어찌 밝은 대낮에도 빛날 수 있겠습니까?
主今被奪心應苦,	주인마님은 이제 총애를 빼앗겼으니 고통스럽겠지요?
妾奪深恩初爲主.	제가 총애를 빼앗겼을 때도 주인마님의 맘 같았지요.
欲知妾意恨主時,	제가 주인마님을 얼마나 원망했는지 알고 싶으면
主今爲妾思量取.	주인마님이 제 입장이 되어서 헤아려 보세요."
班姬收淚抱妾身,	반첩여가 눈물 거두고 늙은 궁녀의 몸을 안으면서 말한다.
我曾排擯無限人.	"아, 나도 수없이 많은 사람을 내친 적이 있었구나!"

첫 구절부터 삶의 이치를 통찰한 듯한 철학적이며 설리적인 명제를 진술하고 있다. '고래고락지상의(古來苦樂之相倚)', 이 말에 대한 좋은 주석으로 세계적인 영성가이자 예수회 사제였던 헨리 나웬이 한 말을 들 수 있지 않을까 생각된다. "우리의 삶은 생각보다 짧다. 그 짧은 시간에 슬픔과 기쁨이 매순간 서로 입을 맞춘다. 삶의 매순간 슬픔이 배어 있어 오직 순수하게 기쁨만인 때는 없는 것 같다. 존재의 가장 행복한 순간에도 우리는 비애를 느낀다. …… 모든 미소 뒤에는 눈물이, 모든 포옹에는 외로움이, 모든 우정에는 거리감이 있다. 그리고 빛은 항상 어둠 속에서 빛난다."

세상의 즐거움과 고통은 마치 열 개의 손가락이 서로 가까이 있듯 긴밀하게 연결되어 있다. 달콤하고 행복했던 황제의 총애가 밤사이에 돌변하여 날이 밝기도 전에 가시밭 같은 고통을 겪게 된 것도 결국은 삶의 이치로 보면 자연스러운 일이다.

다섯 번째 구절부터 열 번째 구절까지는 조비연으로 인해 총애를 잃은 반첩여가 그나마 부덕이 높은 덕택에 성제에게 일정한 기간 암암리에 보살핌을 받을 수 있었다는 사실을 진술하고 있다. 하지만 끝내 조비연의 참언과 비방으로 인해 영락한 신세가 되었다는 것을 역사적 사실에 근거하여 객관적으로 서술하고 있다.

열한 번째 구절 이후로는 반첩여를 주인으로 모시는 궁녀가 화자로 등장한다. 그녀의 입을 통해 자신도 옛날 황제의 총애를 잃은 적이 있는데 그때 그녀의 심정이 바로 지금의 반첩여의 심정일 것이라는 사실을 일깨워주고 있다.

마지막 구절은 이 시의 압권이라 할 수 있다. 반첩여는 궁녀의 말을 듣고 나서 그제야 새로운 사실 하나를 깨닫는다. 조비연처럼 반첩여 본인 역시 다른 수많은 궁녀의 총애를 빼앗아 슬프게 만들었던 가해자였음을 눈물로 고백하고 있다.

반첩여가 조비연에 의해 피해자였다고 한다면 동시에 그녀 역시 다른 궁녀들에게 가해자였다는 시인의 관점은 그간 반첩여의 비애에 포인트를 맞춘 시인들에 비해 새로운 발상의 전환이라고 매우 높이 평가할 만하다. 세상의 이치는 돌고 도는 법, 인간사는 새옹지마(塞翁之馬)요, 일득일실(一得一失)이라. 기쁨과 슬픔은 항상 공존하며 영원한 가해자도 없고 영원한 피해자도 없다. 이것이 바로 인생의 이치임을 원진은 반첩여의 일화를 통해 우리에게 깨우쳐 주고 있다.

송대 시인 육유(陸游)는 반첩여의 비원의 이미지에 충군애국 지사(志士)의 형상을 주입시켰다. 애국시인답게 육유는 반첩여가 버림받아도 임금을 위해 절개를 지키고 나라를 위해 몸을 바치려했다는 식으로 반첩여의 애국적인 포부와 지향을 표현하였다. <반첩여의 원망(婕妤怨)> 일부를 살펴보자.

妾心剖如丹,	제 마음은 칼로 쪼개어도 단처럼 붉을 거고
妾骨朽亦香.	제 뼈는 썩어도 향기가 날 거예요.
後身作羽林,	죽어서도 천자의 우림이 되어
爲國死封疆.	나라 위해 죽도록 국경을 지키렵니다.

명말 여성시인 서원(徐媛)도 <궁녀의 원망(宮怨)> 6수 중 제6수에서 반첩여에 대해서 노래하였다. 서원은 육경자(陸卿子)와 함께 오문이대가(吳門二大家)로 불릴 정도로 명대 여성시인 중 으뜸을 차지하는 시인으로서 문집 ≪낙위음(絡緯吟)≫ 12권을 남겼다.

六龍仙仗五雲翔,	여섯 마리 말이 끄는 황제의 행렬, 오색구름이 피어나고,
侍從繽紛列教坊.	수많은 시종들 교방에 늘어서 있네.
開着禁林絃管亮,	황제의 정원이 열리고 음악이 울려 퍼지는데,

| 班姬辭輦趙姬將. | 반첩여가 가마를 사양하니 조비연이 함께 타 버렸네. |

옛날 반첩여는 부덕(婦德)을 지키고자 성제(成帝)가 가마를 함께 타자고 했어도 끝내 사양한 적이 있는데 지금 그 자리는 어느새 조비연(趙飛燕)이 차지해 버렸다. 시인 자신의 논평은 아껴둔 채 객관적 사실만 보여줌으로써 풍자효과를 더하고 있다. 반첩여는 여성으로서 최선을 다하여 예절과 덕성을 지키려 했건만 결국 허사가 되고 말아 황제의 총애의 자리는 조비연이 차지하고 말았지 않느냐 하는 풍자이다. 동시에 반첩여에 대한 안타까움과 동정이 행간에서 배어 나오고 있다.

명말 청초의 여성시인 서찬(徐燦)은 반첩여의 작품인 <원가행>을 "슬프지만 마음을 상하게 하지 않고(哀而不傷), 원망하지만 성내지 않는(怨而不怒)" 온유돈후(溫柔敦厚)함을 지닌 수작으로 평가하였다. 그녀는 또한 영사시(詠史詩) 첫머리에서 연거푸 두 수를 지어 반첩여를 노래하기도 하였다. 명말의 유명한 여성시인 서원은 바로 그녀의 고모할머니이기도 하다.

'부덕은 지극하였건만 깊은 뜰에 버려진 사람을 누가 생각해줄까?

먼저 <반첩여(班婕妤)> 제1수를 보자.

二趙擅天下,	두 조씨가 천하를 제멋대로 가지고 노니
班姬詠秋扇.	반희는 가을부채를 노래하였노라.
婉孌豈殊色,	아름다운 모습 어찌 차이가 있었을까만
憎愛異所見.	예쁘게 보느냐 밉게 보느냐가 달랐을 뿐이다.
燦燦明月珠,	밝디 밝은 구슬 같은 명월
獨照昭陽院.	홀로 소양궁 뜰을 비춘다.
婦德固無極,	부덕은 진실로 지극하였건만
惟庸孰牽戀.	그 누가 깊은 뜰에 있는 사람을 생각해 줄까?
流連九成帳,	높디높은 구성장에 빠지고부터
炎鼎自茲變.	한나라 국운도 변하기 시작하였다.
不見淖夫人,	황제는 듣지 않았네, 요부인이
竊吐披香殿.	피향전에서 몰래 경고하였던 그 말을.

'이조'는 조비연(趙飛燕)과 조합덕(趙合德) 자매. '영추선'은 곧 <원가행>을 지었다는 뜻. '요부인'은 피향전의 박사였던 요방성(淖方成)의 호. 성제가 조비연에 이어 조합덕까지 궁중으로 불러들여 총애하자 황제 뒤에서 이렇게 내뱉었다고 한다. "이 여자는 화를 불러올 물(수, 水)이니 불을 멸망시키는 것은 필연적이리라.(此禍水也, 滅火必矣)" 오행(五行)설에 의하면 한나라는 화(火)의 덕으로 흥한 나라이기에 물의 속성을 지닌 조합덕을 불러들이면 반드시 한나라를 멸망시킬 것이라는 말이다.

제1, 2구에서 서찬은 조비연과 조합덕이 천하, 즉 천자를 좌지우지하였기 때문에 반첩여가 <원가행>을 지었다고 하였다. <원가행>을 지은 의도가 개인적인 원망을 나타내기 위한 것이라기보다는 충신이 나라를 걱정하여 간언하는 것과 같은 동격으로 보고 있다.

제3, 4구는 반첩여 역시 조비연과 조합덕 만큼 아름다운 용모를 지녔지만 황제의 변덕스런 마음 때문에 총애를 잃었다고 묘사하였다. 남성중심의 종법제도가 반복적으로 세뇌시킨 이상적인 여성의 전형은 행동거지가 얌전하고 밥 잘 짓고 바느질 잘하며 부덕이 뛰어난 현모양처였다. 그러나 정작 황제들이 간택하는 여성은 오로지 용모 중심으로 한결 같이 천하일색 미녀들뿐이다. 다만 미녀라 해서 영원한 사랑이 담보되는 건 아니어서 그때그때 황제의 변덕스런 애정에 의해 지옥과 천당을 오간다. 반첩여와 조비연 자매의 처지 변화도 이러한 과정의 일환일 뿐이었다는 것이 시인의 생각이다.

제6구는 성제에게서 버림받은 반첩여의 고독을 묘사하였다. 반첩여를 읊은 기존 시가처럼 외롭고 쓸쓸한 첩여의 모습을 묘사하였다. 기존 시인들은 보통 외로움과 쓸쓸함을 묘사한 뒤에 원망을 함축적으로 드러내는 기법을 사용한다. 하지만 서찬은 한 남자의 애정에 목을 매고 일희일비하는 전통 여성과는 사뭇 다르게, 원망하며 황제의 마음이 되돌아서기를 바라는 여성의 수동적인 모습이 아니라 원망과는 거리가 먼 냉철한 이성을 지닌 여성으로, 묵묵히 자신의 길을 걷는 주관이 뚜렷한 여성으로 묘사하고 있다. 이토록 훌륭한 여성을 몰라보는 성제의 형편없는 안목을 개탄하면서 망국은 이미 예고되었다는 점을 넌지시 드러낸다.

이 시에서 서찬은 아마도 반첩여를 버리고 피향전 박사 요방성의 경고를 무시한 성제에게 망국의 책임이 있다는 말을 최종적으로 던지고 싶지 않았나 하는 생각이 든다. 이렇게 되면 비련의 아이콘 반첩여의 이미지는 아예 사라지고 지혜와 부덕을 갖춘 모습만이 부각되며 동시에 안목도 없고 황음무도한 성제의 실상이 백일하에 드러난다.

'명철한 사람이 도리어 규방에 앉아 있네'

이어서 <반첩여> 제2수를 살펴보자.

亂世鮮志士,	난세에 지사가 드물지만
明哲在閨閤.	명철한 사람은 도리어 규방에 있다.
美姿善洞簫,	아름다운 여자가 퉁소를 잘 불 때
漢祚已中落.	한나라 국운은 이미 쇠락하였다.
在庭混薰猶,	뜰에도 향초와 악초가 섞여 있으니
況乃察帷薄.	하물며 침실 안까지 어찌 살필 수 있을까?
班姬辭輦時,	반첩여가 군왕과 나란히 수레 타는 것 사양했을 때
已識主情博.	그녀는 이미 군왕의 사랑이 변덕스럽다는 것을 알았었네.
雙燕玉房飛,	제비 두 마리 옥방으로 날아드니
秋風掃珠幎.	가을바람이 구슬발을 쓸어버렸다.
炎凉颯紈扇,	염량세태에 따라 쇠락해진 흰 비단 부채
寄物審所作.	그것에 뜻을 담아서 〈원가행〉 지은 뜻을 살피게 하였다.
引身奉慈幃,	그리고는 물러나 황태후를 모시니
讒口罷吹索.	트집 잡고 험담하던 입 멈추었다.
數語白怨詛,	몇 마디 말로 원망을 드러내었으니
詞正理亦約.	말도 바르고 이치도 함축적이다.
傳語筓黛流,	여성들에게 전하노니
不學欲安託.	반첩여를 배우지 않고 누구를 본받으려 하느냐?

'쌍연'은 조비연과 조합덕 자매, '소주막'은 사랑이 식어버렸다는 뜻.

첫 번째 시가 황제의 무능으로 인한 망국론에 초점을 맞춘 시라면 두 번째 시는 반첩여를 국가의 장래와 정세를 통찰하는 명철한 지사(志士)로 형상화하였다. 원진이 그녀를 애국적 지사로 추켜세운 것과 같은 맥락에 있다.

제1수와 마찬가지로 이 시에서도 성제는 어진 신하와 그렇지 못 한 신하를 가리지 못하고, 해야 할 것과 하지 말아야 할 것을 구분하지 못하는 무능하고 식견이 없는 황제로 묘사되어 있다. 반면 반첩여는 아직 황제의 총애가 식지 않았지만 그의 사랑이 변할 조짐을 보이자 진작부터 황제의 은총을 사양하며 겸양할 줄 알았고, 라이벌 관계에 있는 조비연 자매가 아무리 그녀의 험담을 하여도 아랑곳하지 않고 묵묵히 자기 할 일만 하는 명철하고 사려 깊은 여성이라고 묘사함으로써 황제의 무능이 더욱 부각되게 하였다.

서찬은 반첩여에게 부덕과 지혜를 갖춘 여성으로서 뿐만 아니라 통찰력 있는 지사의 형상까지 부여함으로써 황음무도(荒淫無道)하고 우매한 성제와 미모를 믿고 나라를 어지럽히는 조비연 자매를 대비시켜 묘사하고 있다. 이렇듯 서찬은 반첩여를 기존의 버림받은 비극적 여인의 신세에서 지혜롭고 명철한 여인의 표상으로 간주하여 후대 모든 여성의 롤 모델로 추대하기에 이른 것이다. 이 점이 바로 이전 남성 시인들이 반첩여를 비애의 상징으로 삼았던 것과 극명한 차이를 보여 주는 점이며 또한 애국지사로 간주했던 원진에 비해 좀 더 반첩여의 위상을 높여 주고 있는 점이기도 하다.

'그대가 두 마음 품었다는 얘기 들었다오'

한나라 때 뛰어난 사부(辭賦) 작가였던 사마상여(司馬相如)와 탁문군(卓文君) 간의 사랑 이야기는 두고두고 인구에 회자되고 있다. 한나라 무제(武帝)는 일찍이 사마상여의 사부를 보고 "짐이 이 사람과 동시대에 살지 못한 것이 한스럽도다.(朕獨不得與此人同時哉)"라며 그의 문학적 재능을 찬양한 적이 있다. 사마상여는 말더듬이면서 동시에 당뇨병을 앓고 있는 신체적 결함을 지녔지만 뛰어난 문학적 재능과 음악에 관한 예술적 재능, 자유분방한 개성을 두루 갖춘 자로서 송옥(宋玉)에 이어 중국의 전형적인 풍류재자(風流才子)로 꼽힌다.

하루는 부자였던 탁문군의 아버지가 사마상여를 초청하였는데 당시 과부가 되어 집에 돌아와 있던 문군이 일부러 금(琴)을 타며 상여를 유혹한다. 금곡에 담긴 의미를 알아차리고 이에 반한 상여는 이윽고 문군과 눈이 맞아 한밤 줄행랑을 쳐서 사랑의 도피 행각을 벌인다. 문군의 아버지는 괘씸하여 전혀 그들에게 도움을 주지 않는다. 문군과 상여는 무일푼으로 술장사를 하며 생계를 이어갈 수밖에 없었다. 보다 못한 그녀의 아버지는 나중에 유산의 반을 딸인 문군에게 물려주기도 한다. 두 사람의 사랑의 도피행각은 천고의 미담으로 여겨져 수천 년간 중국인들의 입에 회자되었을 뿐만 아니라 낭만적인 문학의 제재로서 후대 재자가인(才子佳人)류의 소설과 희곡 등에도 많이 영향을 주었다.

그러나 남녀 간에 영원히 지속되는 사랑이 거의 없는 것처럼 이 두 사람 사이에도 위기가 찾아온다. 사마상여에게 새로운 여자가 생긴 것이다. 여자로서 아무래도 수동적인 입장에 있을 수밖에 없던 탁문군이 사마상여에 대한 원망을 <백두음(白頭吟)>에 담아 노래하는데, 탁문군의 비참하고 원망스러운 상황은 훗날 같은 여성 시인들의 시 속에 끊임없이 동정의 대상으로 거론되곤 한다.

皚如山上雪,	사랑이란 본래 산위의 눈처럼 희고
皎若雲間月.	구름 사이 달처럼 밝아야 하였거늘.
聞君有兩意,	그대가 두 마음 품었단 말 듣고
故來相決絶.	그대와 영원히 헤어지려 일부러 왔네.
今日斗酒會,	오늘 말술을 함께하는 만남을 마지막으로
明旦溝水頭.	날 밝으면 각자 작은 강가에 서서 헤어져야 하리라.
躞蹀御溝上,	궁궐 해자를 따라 천천히 걷나니
溝水東西流.	우리의 옛사랑도 강물처럼 동으로 흘러 돌아오지 않으리라.
凄凄復凄凄,	처량하고 또 처량해라
嫁娶不須啼.	결혼할 때는 다른 여자들처럼 울 필요도 없었지.
願得一心人,	한결같은 마음 지닌 사람 만나서
白頭不相離.	흰머리 되어서도 서로 헤어지지 않기를 바랐으니까.
竹竿何嫋嫋,	사랑 시작할 때 낚싯대는 어찌 그리 가늘게 하늘거리고

魚尾何簁簁.	물고기 꼬리는 어찌 그리 팔딱이던지!
男兒重意氣,	남자는 본래 정과 의리를 중히 여기는 법이거늘
何用錢刀爲.	잃어버린 사랑을 어찌 재물로 보상할 수 있으리오?

　제2구 '교약운간월'은 '우리 사랑은 본래 달처럼 밝았거늘.'로 해석해도 무방할 것이다. 제7구는 이별 뒤 강가를 홀로 걷는 상황을 가정한 것이다. 제8구 '구수동서류'에서 '동서'는 편의복사(偏意複詞)이기에 동쪽이라는 한 글자의 뜻만을 취할 수 있다. 과거의 서로 사랑했던 시간은 강물이 동쪽으로 흐르듯 떠나가고 돌아오지 않을 거라는 뜻이다. 그런데 '동서'를 편의복사로 보지 않으면 강물도 동서로 나뉘어 각각 흐르듯 우리도 헤어져 각기 다른 방향으로 떠나간다는 뜻이 된다. 제13, 14구는 두 사람이 처음 만났을 때 나누었던, 낚싯대에 걸려 팔딱이는 물고기처럼 뜨겁고 열정적인 사랑을 상징한다.

　사마상여는 그토록 사랑했던 아리따운 탁문군을 두고 왜 딴 마음을 품게 되었을까? 남자들이 흔히 둘러대는 변명을 참고하면 본래 문군이 부잣집 딸이었으니 상여와 생활 수준의 차이로 인해 너무 상여에게 간섭하고 군림하려들기만 했고 다정하고 세세하게 돌봐 주지 못 했을 가능성이 있다. 상여는 이것저것 간섭하는 문군으로 인해서 남자로서 체면이 구겨졌을 수도 있다. 또는 상여가 나중에 문학적 재능으로 황제에게까지 이름을 날리면서 서울로 상경하여 거주하게 되었고 그 과정에서 문군보다 더 젊고 예쁘고 세련된 미인을 뒤늦게 만나 사랑의 감정을 느꼈을 수도 있다. 아니면 생활 형편과 지위가 나아진데다가 문군과 지낸 시간 역시 많이 흘러 이제 문군 한 여자만으로는 만족하지 못 하고 다른 여자에게 눈을 돌렸을 수도 있다. 사실 동서고금을 막론하고 대다수의 남자가 상여와 같은 상황에 직면하는 경우가 많다고 할 수 있기에 남녀 간의 비극이 항상 존재한다고 보아야겠다.

　청대 여성 시인 서원(徐媛)은 같은 여자로서 탁문군을 동정하는 마음을 <궁궐에서의 원망(宮怨)> 육수(六首) 중 제5수에서 노래한다.

脈脈深宮桂殿凉,　　　적막한 깊은 궁궐 계전은 서늘한데
阿嬌金屋夜飛霜.　　　아교의 황금 궁전에 밤 서리가 날린다.
千金欲買相如賦,　　　천금으로 사마상여의 부를 구하려 할 때
白首文君怨已長.　　　백두음을 노래한 탁문군의 원망은 이미 길어졌네.

'계전'은 사원이나 도관의 미칭으로 후비가 거주하는 심궁을 가리킨다. '아교'는 아름답고 고귀한 여인인 한 무제의 진황후(陳皇后)를 가리킨다. '상여부'는 사마상여가 지은 <장문부(長門賦)>로서, 진황후가 한 무제로부터 총애를 잃자 천금으로 사마상여에게 부 한 수를 짓도록 하여 이를 바쳐 무제의 사랑을 되찾았다고 한다. '백수'는 사마상여가 출세한 뒤에 무릉(茂陵)의 여인을 마음에 두자 이를 슬퍼하여 탁문군이 지었다는 노래인 <백두음(白頭吟)>을 가리킨다.

시인은 궁중에 있는 여인의 황제에 대한 사랑이란 부질없는 것임을 옛 탁문군과 사마상여의 일화를 통해 말하고 있다. 우리가 알고 있는 전고에 따르면 진황후는 한무제에게서 사랑을 잃게 되자 천금을 주고 사마상여에게 글을 부탁하여 <장문부>를 쓰게 하였고 이를 읽고 진황후의 마음을 알게 된 한무제는 다시 진황후를 총애하게 되었다고 한다.

그런데 진황후가 <장문부>를 짓도록 사마상여에게 부탁했을 당시 사마상여는 이미 탁문군이 아닌 다른 여자에게 마음을 주고 있었기 때문에 벌써부터 탁문군의 마음을 아프게 하고 있었다. 버림받은 여인의 아픔을 위로하는 글을 쓰기로 한 당사자인 사마상여가 도리어 벌써 자기의 여자를 아프게 하였다는 얘기다.

이 이야기는 두 가지 뜻을 동시에 내포하고 있다고 볼 수 있다. 첫째, 그러니 사마상여는 진황후의 아픔을 위로할 자격이 없었다는 것이다. 자기 여자마저도 아프게 했으니깐. 둘째, 진황후가 설사 다시 사랑을 찾을지라도 그 사랑이 얼마나 오래 가겠느냐, 결국 또 원망하게 될 것이니 굳이 글을 지어서 황제의 마음을 돌아오게 할 필요가 있겠느냐는 반문의 뜻도 포함되어 있다. 사마상여 본인도 탁문군을 버렸듯이 남녀의 사랑이란 본래 영원하지 못한데다가 궁중에서 황제의 여인에 대한 총애는 더더욱 말

할 필요가 없다. 그러니 사랑을 찾더라도 다시 또 사랑을 잃고 원망을 하게 될 것임은 명약관화하다고 보기 때문이다.

똑같이 사마상여와 탁문군, 그리고 진황후의 관계를 묘사한 시이지만 위의 서원의 시와 조금 다른 관점에 서서 탁문군의 아픔을 노래한 시가 바로 청대 여성시인 장분 (张芬)의 <영탁문군(咏卓文君)>이다.

장분은 청대 중기 여성 시인들의 문학공동체인 청계음사(清溪吟社)의 일원이기도 한데 구성원이 오중 지역의 열 명의 여성이었던 관계로 전체 구성원을 오중십자(吳中 十子)로 부르기도 한다.

錦江山色斂眉痕,	금강의 산색은 이 여인에게 모아졌건만
棄擲由人早斷恩.	다른 사람으로 인해 버려져서 사랑이 빨리도 끊겼다네.
何必白頭吟寄怨,	구태여 〈백두음〉으로 원망을 기탁할 필요가 있었는가
夫君自解賦長門.	서방님은 그런 마음 스스로 알아서 〈장문부〉를 쓰셨거늘.

촉 땅의 정기를 한 몸에 타고났을 정도로 뛰어났던 여인 탁문군과 사마상여의 사이에 다른 여인이 끼어들어 둘의 애정 생활에 금이 가기 시작하였다. 그러자 탁문군은 <백두음>을 써서 그녀의 원망을 기탁하였는데 시인은 군이 탁문군이 그럴 필요까지는 없었다고 말하고 있다. 왜냐하면 사마상여는 진황후를 위해 글을 써줘서 사랑이 회복되도록 한 적이 있기 때문에 분명히 버림받은 여인의 아픈 심정을 너무나도 잘 알고 있을 것이기 때문이다.

<백두음>을 지을 필요가 없었지 않았느냐고 말하고 있는 시인의 조언은 오히려 역설적으로 탁문군의 아픔을 더욱 배가시켜 주고 있다. 이미 버려진 여인의 심정을 잘 알고 있는 사마상여조차도 탁문군을 버리고자 하였으니 그녀의 상황은 실연당한 일반 여성보다도 더 나쁠 수밖에 없음이 분명하며, 그렇기에 그녀의 슬픔과 아픔, 그리고 외로움은 더욱 클 수밖에 없다고 할 것이다. 바로 이런 생각이 역설적으로 행간에 은연중 드러나고 있다 하겠다.

'첩의 마음은 뜬구름 같아 한곳에만 머무르지 않는다오'

봉건시대 대부분은 남자에 의해 버려지는 여자가 많지만 우리나라 조선시대에 여자가 주체적으로 남자를 버린 좀 독특한 사랑이야기가 전해지고 있으니 한 번 소개해 보려고 한다.

김목(金穆)이 충주 기생 금란(金蘭)을 사랑하게 되었다. 김목이 서울로 올라가려고 하면서 금란에게 "삼가 남들에게 몸 허락하기를 가벼이 하지 마시게."라고 주의를 주었다. 그러자 금란도 "월악산이 무너지더라도 내 마음은 무너지지 않겠나이다."라고 맹세하였다. 그러나 그 뒤에 금란이 단월승(斷月丞)을 사랑하고 있다는 얘기를 전해 들은 김목이 시를 지어 금란에게 보냈다. "네가 단월승을 사랑한다는 소문을 듣고 나서는 밤이 깊어도 언제나 역을 향해서 마음은 분주하게 달려만 간다. 어느 때나 이 손에다 세모 방망이를 잡고서 월악산이 무너지더라도 변하지 않겠다던 마음의 약속을 돌아가서 물어볼거나." 그러자 금란이 다시 <북녘에 있는 김씨 낭군께 — 금란>시를 지어 김목에게 보낸다.

北有金君南有丞,	북쪽에는 김씨 낭군이 있고 남녘에는 단월승이 있으니
妾心無定似雲騰.	첩의 마음은 뜬구름처럼 정해져 있지 않다오.
若將盟誓山如變,	맹세하였듯이 산이 무너져야 한다면,
月嶽于今幾度崩.	월악산은 지금까지 벌써 몇 번이나 무너졌으리다.

그동안 김목이 자기를 찾지 않았기에 한 남자만을 그리워하며 애태우고 있을 수 없어서 수시로 다른 사랑을 찾았다는 말이 된다. 자기 마음은 뜬구름처럼 정처 없거늘 진즉에 이를 몰랐던가 반문하면서 일편단심을 강요하는 남자를 은근히 책망하고 있다. 또한 자기가 맹세한 말이긴 하지만 맹세대로 월악산이 무너져야 한다면 그까짓 월악산일랑 벌써 몇 번 무너졌을 거라는 다소 장난기 어린 말이 그간 무수한 남자들에 의해 버림받은 여인들을 대신하여 복수해 주고 있는 것처럼 매우 통쾌하게 들린다.

'우리 만남이 처음과 같다면'

우리나라 TV 광고 중에 어느 여배우가 "어떻게 사랑이 변할 수 있어?"라고 반문하던 멘트가 오래도록 인상 깊이 남아 있다. 떨리고 가슴 설레었던 첫 만남처럼 사랑이 지속될 수 있다면 그 사랑은 당연히 영원할 것이다. 이뤄지지 못 할 소망을 애타게 하소연하는 청대 문인 납란성덕(纳兰性德)의 <목란사(木蘭词)>를 감상해 보자.

人生若只如初見,	인생이 만약 첫 만남과 같기만 하다면
何事秋風悲畵扇.	무슨 일로 가을바람에 그림 부채 신세라고 슬퍼하리오!
等閑變却故人心,	옛 친구의 마음이 과연 변할까 하고 소홀히 여겼건만
却道故人心易變.	도리어 옛 친구의 마음 쉽게 변한다고 말하게 되었네.
驪山雨罷淸宵半,	여산에서 비 그치니 맑은 밤은 반쯤 흘러갔고
淚雨霖鈴終不怨.	우림령 곡조에 눈물 흘리지만 끝내 원망하지 않는다네.
何如薄幸錦衣郎,	그대가 어찌 박정했던 비단옷 입은 사내만 하겠는가?
比翼連枝當日願.	그는 그래도 그때 비익조와 연리지가 되길 바랐었으니.

맨 마지막 연은 당대 현종(玄宗)과 양귀비의 고사를 인용한 것으로 비단옷 입은 사내는 현종을 가리킨다. '하여'는 시적 화자인 여성을 버린 어느 사내보다는 양귀비를 죽음으로 내몬 현종이 오히려 더 낫다는 얘기다. 그는 그래도 양귀비에게 비익조와 연리지가 되자고 맹세라도 해 주었으니 말이다.

사랑의 비극은 어디에서 기인하였는가? 바로 첫 만남, 첫사랑 같은 가슴 떨림과 설레임을 계속 유지하지 못 했기 때문일 것이다. 첫 친구, 첫 아이, 초발심(初發心), 첫 담배, 첫 여행 등등 무수한 처음의 사건이 있지만 첫사랑처럼 순수하고 애틋한 것이 있을까? '인생약지여초견(人生若只如初見)', 첫사랑처럼 떨리고 설레는 마음으로 살아갈 수만 있다면!

'이 사람은 늘 새마음이기 때문에 날마다 새롭다'

동심과 동화 같은 세계를 통해 세상의 이치를 잘 깨닫도록 이끌어 주는 우리나라 작가인 고 정채봉의 <첫 마음>은 우리에게 처음 만난 것들의 소중함을 다시 한 번 일깨워 준다.

　"1월 1일 아침에 찬물로 세수하면서 다짐한 첫 마음으로 1년을 산다면, 사랑하는 사이가 처음 눈을 맞던 날의 떨림으로 계속 된다면, 첫 출근하는 날 신발 끈을 매면서 다짐한 마음으로 직장 일을 한다면, 아팠다가 병이 나은 날 상쾌한 공기 속의 감사한 마음으로 몸을 돌본다면, 개업 날의 첫 마음으로 수익이 많을 때나 적을 때나 기쁜 마음으로 손님을 맞는다면, 여행을 떠나던 날 차표를 끊던 가슴 뜀이 식지 않는다면, 이 사람은 그 때가 언제이든지 늘 새 마음이기 때문에 바다로 향하는 냇물처럼 날마다 새로우며, 깊어지며, 넓어진다."

'아름다운 얼굴이라도 품고 있을수록 허무해지는가!'

　우리는 왜 가슴 떨리고 기쁨이 넘쳐흘렀던 첫 만남의 첫 마음을 오래도록 끝까지 간직하지 못 하게 되는가? 남녀 간의 관계에서 첫 마음이 희석되는 이유는 여러 가지가 있겠지만 아무래도 서로에게 너무 익숙해져서 싫증이 나는 것이 큰 이유 중의 하나가 될 것이다. 특히 이성의 용모가 아름다움으로 인해서 첫 사랑의 마음을 갖게 된 경우는 거의 대부분 용모에 익숙해짐으로 인해서 자연 싫증이 유발되는 경우가 많다. 그래서 "아름다움이란 지혜와 달리 품고 있을수록 허무해지는 법"이라는 말도 있지 않은가!

'가슴에 사랑하는 별 하나를 갖고 싶다'

　첫 만남과 같은 떨림과 설렘을 간직하고 언제나 내 곁에서 든든하게 의지가지가 되어주는 사람을 만나는 것은 우리 모두의 바람이다. 우리나라 현대시인 이성선이 <사랑하는 별 하나>에서 그랬듯이 "가슴에 사랑하는 별 하나를 갖고 싶다./ 외로울 때 부르면 다가오는/ 별 하나를 갖고 싶다."는 소망을 모두 다 간직하고 있다. 십대의 소녀처럼 새롭게 사랑을 시작할 사람들은 물론이요 이미 나이 들어서 더 이상 사랑할 수 없을 것 같은 어른들에게도 이런 로망은 간직되어 있다.

'구름에 달처럼은 가지 말라, 청춘이여!'

하지만 이런 소망을 갖고 있음에도 불구하고 상처 하나 받지 않고 쉽게, 쿨하게 사랑하려는 사람들이 우리 주변에는 너무나 많다. 현대시인 복효근은 <목련 후기>에서 "구름에 달처럼은 가지 말라 청춘이여"라고 초연한 척, 달관한 척하는 청춘들에게 충고를 하면서 "사랑했으므로/ 사랑해버렸으므로/ 그대를 향해 뿜었던 분수 같은 열정이/ 피딱지처럼 엉켜서/ 상처로 기억되는 그런 사랑일지라도/ 낫지 않고 싶어라/ 이대로 한 열흘만이라도 더 앓고 싶어라."고 하고 있다. 더 진하게 더 심하게 앓아서 그 사랑을 끝끝내 잊지 않고 기억하고 싶다고 하고 있다. 그 사랑은 잊을 수 없는 거라고 거의 절규에 가까운 외침을 내뱉고 있다.

****

나도 요즘 언어유희의 재미에 푹 빠져 있는데 그건 바로 중국의 관광 명소에 갈 때마다 한시를 받아 오고 그것을 바탕으로 나 스스로도 개작(改作)을 하면서 한 번 시구를 다듬어 보는 일이다. 중국은 관광 명소마다 대부분 '제시(題詩)'라고 하는 간판이나 깃발을 걸고 즉석에서 부채나 족자에 시를 써 주고 돈을 받는 사람을 만나게 된다. 자기 이름자를 알려 주면 그 이름자 한 글자 한 글자를 시구의 맨 첫머리에 배치하여 완성하는 시인데 이런 시를 장두시(藏頭詩)라고 한다. 첫머리에 숨겨 놓았다는 뜻으로서 일종의 시 짓는 놀이라고 보아도 무방하다. 관광 명소에서 족자나 부채를 팔기 위한 영업을 하는 이들이 지어 주는 장두시래야 대부분 집안에 복을 바라는 약간은 세속적인 내용이 대부분이긴 하지만 간혹 가다 정말 시 짓는 공력이 출중한 사람을 만

나면 드물지만 맘에 드는 시를 만나기도 한다.

먼저 유명 인사의 장두시를 잠깐 살펴보자. 저명한 경극(京劇)대사이자 4대 명단(名旦) 가운데 한 사람인 정연추(程硯秋)의 본래 이름이 염추(艷秋)였는데 상해에서 북경으로 올라가 경극을 연출할 적에 명사 소공원(蕭公遠)이 그에게 대련 한 수를 지어 주었다.

艷色天下重　　　　아름다운 용모는 천하가 중시하는데
秋聲海上來　　　　가을에 명성이 바다에서 들려오도다.

대련 두 구의 첫 글자에 이름자를 끼워 넣은 이른바 장두(藏頭) 대련이라 하겠다. 그런데 이 대련에서 '해상'은 본래 '상해'로 써야 하는데 출구의 '천하'와 대구를 이루기 위해서 일부러 도치를 시킨 것이다. 그래서 대구는 '가을에 명성이 상해에서 들려오도다.'로 풀이해도 되겠는데 아무튼 염추가 상해에서 올라온 사실을 빗대어 표현한 말이 되겠다.

지난여름에 나는 우리 대학교 교육대학원 학생들과 '계림산수갑천하(桂林山水甲天下)'로 유명한 계림을 다녀왔는데 역시나 그곳에서 장두시 한 수를 얻었다.

崔府多賢能,　　　　최씨 댁은 어질고 능력 있는 이 많아
日月照征程.　　　　해와 달이 먼 여정의 길 내내 비추어 준다.
義重多良友,　　　　의리가 돈독하여 훌륭한 친구가 많고
偉業順風成.　　　　위대한 사업을 순풍 만나 성취하네.

조금은 세속적인 느낌이 드는 장두시였다. 광동(廣東)성 주해(珠海)의 한 명승지에 갔을 때 얻은 장두시도 속되고 기복적이기는 마찬가지였다.

崔府百業興,　　　　최씨 댁은 모든 사업이 흥성하고
日照瑞祥和.　　　　햇빛이 비추어 상서롭고 화목하다.

義重如泰山,　　　의리가 태산처럼 돈독하고
財富入滿堂.　　　재물이 집안 가득 들어온다.

　작년에는 우리나라 조선 박지원의 ≪열하일기≫로 유명한 북경 옆 승덕(承德)에 있는 피서산장(避暑山莊)을 다녀왔다. 그곳에서는 조금은 고상한 풍격의 시 한 수를 얻을 수 있었다.

崔秉賢德氣貫虹,　　최씨는 천성이 어진 덕이 있어 기개가 무지개에 이어지고
日麗惠風春明中.　　봄빛이 아름다운 가운데 해는 곱고 바람 따뜻하다.
義善彦正一身貴,　　뛰어난 인물 선량하고 정직하여 온몸이 고귀하며
華翰生輝業耀榮.　　화려한 글재주 빛을 발휘하고 사업이 빛나며 번영한다.

　제일 맘에 드는 장두시를 만난 것은 강서(江西)성 여산(廬山)에서였다. 이곳은 운무가 자욱하여 산의 전경을 보기가 쉽지 않은 것으로도 유명한데 내가 갔을 때도 역시 운무가 끼어서 한치 앞도 제대로 구분할 수 없을 정도였다. 하릴없이 정상을 배회하고 있는데 아나나 다를까 이곳에도 역시 제시를 하는 곳이 있었다. 주인은 한시에 꽤나 내공이 깊은 사람이었는지 아주 만족스러운 시를 오랜만에 얻을 수 있었다. 장두시의 내용 중 나와 무관한 여산을 대관령(大關嶺)으로 바꾸고 장하(長河)를 동해(東海)로 바꾸는 등 약간의 수정을 가한 끝에 다음 시구를 완성할 수 있었다. 내용이 만족스러워 글씨를 잘 쓰는 중국의 서예가에게 다시 의뢰하여 족자에 단정하게 써서는 연구실에 걸어 놓고 감상하고 있는 중이다.

崔嵬大關嶺,　　　높이 솟은 대관령에
日照更葱蘢.　　　해가 비추니 초목은 더욱 짙푸르게 무성하다.
義薄雲天上,　　　의기는 구름 낀 하늘 위로 가까이 다가가고
永載東海中.　　　영원토록 동해 가운데 실려 간다.

　인생은 노력하는 과정이라고 정의하고 있는 사람으로서 내 인생을 돌아보면 애오라지 배우고 경험하며 성숙과 완성을 위해 부단히 노력해 왔다는 사실에 오직 감사할 뿐이다. 나를 던져서 비의와 섭리를 조금이나마 엿보았다고 자부하는 저술이 내 앞에 있고, 사랑하고 배려하여 평화를 함께 만들어갈 수 있는 가족과 동료, 이웃이 내 곁에 있으니 또한 즐겁지 아니하겠는가! 이냐시오 성인의 봉헌기도 중 마지막 구절로 나의 간절한 바람과 의지를 대신하고자 한다. "내게는 당신의 사랑과 은총을 주소서. 이것으로 나는 족하나이다."

제7장

사별과 생이별

발자국만 남기고 날아 가버린 기러기 같아라

(應似飛鴻踏雪泥.)

그를 보내고 나니 미움마저 그리움입니다.

7.1. 부싯돌 번쩍, 바람 앞의 촛불

사람들이 저마다 모두 재능과 운명을 똑같게 타고나지 않았다는 점에서 보자면 인생은 불공평하다. 지상의 자연환경, 생태환경도 완전히 약육강식의 적자생존 원칙이 지배하는 매우 불공평한 면이 있다. 약자는 항상 강자와 천적을 걱정하며 살아야 할 만큼 대단히 불공평한 세계다. 그것은 인간세계도 예외일 수 없다.

그러나 이 세상은 어찌 보면 불공평하면서도 공평한 점이 분명 존재한다. 생태환경에서 약자가 항상 강자에게 잡아먹히게 되는 약육강식 적자생존의 원리는 약자의 입장에서 보자면 매우 불공평한 구조이다. 하지만 약자가 번식하는 개체의 수는 아주 많도록 설계되어 있어서 강자의 공격에도 불구하고 항상 일정한 개체수를 유지한다. 때문에 생명체의 가장 큰 본능이자 목표라고 할 수 있는 종족 번식과 유전자 유지 보존에 성공하고 있다는 점에서 보자면 아주 공평한 것이다.

아프리카의 톰슨가젤이 사자에게 잡아먹혀야 한다는 점에서 보자면 사자에 비해 불공평하다. 그리고 같은 톰슨가젤이라도 좀 더 빠른 개체들이 사자의 마수에서 쉽게 피할 수 있다는 점에서 또 더 빠른 동료에 비해 불공평하다. 그러나 어떤 톰슨가젤도 사자와 일정한 안전거리를 유지하기만 한다면 잡아먹히지 않는다는 점에서는 매우 공평하다. 모든 생물 개체들이 저마다 자신의 천적에게서 안전거리만 유지하고 있다면 생존해 나갈 수 있다는 점, 그래서 그 영역 안에서는 모두 자유를 구가하고 최대한 자신의 삶을 살 수 있다는 점에서는 모두 공평하다.

'모두 불쌍한 존재라는 점은 공평한 사실'

인간세계도 마찬가지다. 모든 사람에게 주어진 운명은 다르지만 누구든 간에 고통과 상처를 피할 수가 없다는 점에서는 공평하다. 고통과 상처의 객관적인 크기는 저마다 조금씩 다를지라도 본인이 생각하는 주관적인 크기는 거의 대동소이할 것이다. 다시 말해서 저마다 자신의 아픔이 가장 크다고 느끼며 살아간다는 것이다. 이렇듯 모든 사람이 고통을 받고 있는 불쌍한 존재라는 점은 누구에게나 매우 공평한 사실이다. 저마다 고통을 안고 있고 시달리며 살아가고 있는 것이다.

'일득 일실', '인간사 새옹지마'

또 인간사는 하나를 얻으면 하나를 잃는다는 점에서 모두 대동소이하고 그런 면에서 인간은 공평하다. 인간사는 항상 새옹지마(塞翁之馬)처럼 잘 될 때가 있는가 하면 안 좋을 때도 있다는 점에서 공평하다는 것이다. 그런가 하면 또한 한 반에 1등이 있는가 하면 꼴등도 있으니 저마다 불공평하다. 그러나 1등과 꼴등의 행복의 크기가 그대로 비례하지는 않는다는 점에서는 공평하다. 재벌 회장과 빌어먹는 걸인의 행복의 크기, 그리고 선진국 미국과 후진국 부탄의 행복지수를 살펴보면 부의 크기와 행복은 결코 비례하지 않는다는 점에서 공평하다.

그런데 좀 더 궁극적으로 보면 고통의 크기가 큰 사람이 좀 더 깊고 큰 재난을 잘 이겨낼 수 있다. 즉 고통의 크기가 클수록 생존을 위해 더욱 몸부림을 치면서 더 많은 능력을 개발해낸 결과 훌륭하게 난관을 극복하고 더 멋진 승리의 인생을 구가할 수 있는 것이다. 고통을 십자가로 본다면 십자가의 길이가 긴 사람이 깊은 계곡을 만났을 때 그 십자가를 사다리 삼아서 수월하게 건널 수가 있는 것이다. 그런 점에서 인생은 또한 공평하다고도 볼 수 있다. 더 큰 고통을 겪었기에 좀 더 깊은 눈과 생각을 지니게 되고 그전에는 볼 수 없었던, 생각할 수 없었던 것들을 보고 느낄 수가 있는 것이며, 궁극적으로는 자기와 같은 처지에 있는 사람의 입장을 이해하고 그들을 연민하면서 같이 연대하고 배려할 수 있는 더불어 사는 삶을 살 수 있게 되는 것이다.

'간다는 건 지워지는 것이다'

모든 사람 앞에 공평한 것이 또한 시간이다. 시간은 누구를 위해 더 머물거나 더 빨리 가지 않는다. 흘러가는 시간 속에서 인간은 모두 지워지는 시계를 하나씩 차고 있다. 지워지는 때는 일정하지 않지만 모두가 언젠가는 반드시 다 지워진다는 점에서는 역시 공평하다. 사람은 모두 생로병사를 거치면서 종말을 맞이해야 하는 유한한 존재이다. 그래서 우리나라 정진규 시인은 <몸시>에서 "간다는 것은 지워지는 것이다./ 찰칵찰칵 지워지는 게 분명한/ 그런 시계를/ 누구나 하나씩 차고 있다."고 노래하였다. 생명은 한 호흡에 있다. 들이쉬고 마시는 호흡 하나에 집중하는 일, 그것이야말로 지워지는 시간 속에서도 우리가 견지해야 할 삶에 대한 예의이자 미덕이 아닐까 싶다.

'한철 보란 듯이 눈부시게 피었다 가고 싶다'

우리나라 현대시인 정연복의 시 <꽃같이>에 나오는 말이다. "서두르는 기색 없이/ 느릿느릿 살면서도// 한철 보란 듯이/ 눈부시게 피었다가는// 생의 뒤안길로 고요히 사라질 줄 아는// 저 여유 있고 욕심 없는 모습의 꽃같이// 나도 한세상 그렇게 살다가 가고 싶다."

어쩌면 이렇게도 우리의 마음을 딱 알고 대신 잘 표현해주었을까! 저마다 고통을 안고 살아가지만 보란 듯이 한 번 눈부시게 살다가 그렇게 뒤안길로 고요히 사라지고 싶지 않은 사람이 누가 있을까?

'진흙땅 위에 우연히 남긴 발자국 같구나!'

얼마를 살든, 사십이든 구십이든 영원에 비추어보면 우리네 삶은 점 하나도 안 되는 순간에 불과하다. 돌아보면 생이라는 것이 새 한 마리 날아간 것처럼 흔적도 없고 자취도 없이 허망한 것이기도 하다. 그래서 송대 소식은 <화자유민지회구(和子由澠池懷舊)>시에서 우리에게 허망한 삶이 지닌 의미를 다시 되새기게 하고 있다.

人生到處知何似,   사람이 살면서 지나온 길 무엇과 닮았는지 아시는가?
應似飛鴻踏雪泥.   날던 기러기 눈 녹은 진흙땅을 밟는 것과 같다네.
泥上偶然留指爪,   진흙땅 위에 우연히 발자국 남겼지만,
鴻飛哪復計東西.   기러기 날아가고 나면 어떻게 다시 방향을 가늠할 수 있던가!

우리가 살아온 인생은 흔적을 남긴다. 그러나 그 흔적은 무엇과 같은가? 마치 눈 녹은 진흙땅에 찍힌 기러기 발자국 몇 개와도 같다. 우연히 발자국을 조금 남기긴 하였지만 한 번 날아가 버리면 어디로 날아갔는지 방향을 알 수 없듯이 사람도 죽고 나면 그의 모습을 찾을 길이 없게 되는 것이다.

'부싯돌 번쩍, 바람 앞의 촛불'

고려시대의 문신 최유청(崔惟淸)이 <잡흥 구수(雜興九首)> 중 제2수에서 사람의 수명이 바람 앞의 촛불 같음을 비유하였다.

人生百歲間,   백 년 동안 사는 인생
忽忽如風燭.   홀연히 지나감이 바람 앞의 촛불 같구나.
且問富貴心,   잠시 묻노니, 부귀해지고 싶은 마음
誰肯死前足.   누가 죽기 직전까지 기꺼이 만족하려 하던가?

바람 앞의 촛불은 꺼지기 쉽다. 쉽게 소멸된다. 아무리 백 년 동안을 산다하더라도 빠르게 흘러가버린 시간의 허망함을 이루 말해 무엇하랴! 노인들이 이구동성으로 지

난 세월이 눈 깜박할 새 흘러가버렸다고 하지 않던가! '풍촉(風燭)'은 또한 부싯돌 불빛을 뜻하는 '석화(石火)'와 함께 '석화풍촉(石火風燭)'으로 쓰여서 부싯돌 불빛이 아주 짧게 번쩍거리는 것처럼, 바람 앞의 등불이 흔들리다 꺼져버리는 것처럼 매우 빠르게 사라진다는 뜻을 가리킨다. 결국 매우 빠르게 지나가는 시간을 의미한다. 그런데 사람들은 그 짧은 시간에도 부귀를 누리려는 욕망을 버리질 못할 만큼 어리석다는 얘기다.

가뭇없이 사라져 버리는 가혹한 운명이기에 우리 모두는 죽음의 시간표를 받고 있다. 그런데 죽음의 슬픔은 죽은 자의 몫이 아니라 남은 자의 몫이다. 사랑하는 사람과의 이별도 슬프지만 그것이 영영 다시 만날 수 없는 사별이라면 그 아픔과 상실감은 무엇으로도 보상할 수 없다. <해로(薤露)>시는 간명하지만 죽음의 실상과 안타까움을 이슬에 비유하여 잘 묘사해 주고 있다.

薤上露,	염교 위에 맺힌 이슬
何易晞?	어이 그리 쉽사리 마르나?
露晞明朝更復落,	이슬이야 마르면 내일 아침 다시 내린다지만
人死一去何時歸?	사람은 죽어 한 번 가면 언제 다시 돌아오나?

'해로'란 염교 위에 맺힌 이슬, 염교는 백합과의 식물로 마늘과 비슷하며 그 뿌리는 식용한다. 이 시는 사람의 생명이 얼마나 짧은지 풀 위의 이슬에 비유한 노래이다. 이 노래는 일명 '태산음행(泰山吟行)'으로도 불리며 일종의 옛날의 만가(輓歌)로서 형식이 자유로우며 왕공 귀인의 장례식 때 불렸다고 전해진다.

7.2. 참척의 슬픔

가족은 서로를 기억해주는 존재이다. 가족을 가족이게 만드는 것은 피를 같이 나누었기 때문이 아니라 아픈 고통의 시간을 함께 거쳤고 그 기억을 같이 공유하고 있기 때문이 아닐까 생각된다. 그런데 가족에게 사별의 아픔이 닥쳐온다면 어떻게 견뎌야 할까? 부모님이 돌아가시면 천붕(天崩)이라고 하고 자식이 부모보다 먼저 가면 참척(慘慽)이라고 한다. 부모님을 여의는 것은 하늘이 무너지는 슬픔이고 자식을 잃는 것은 땅이 꺼지는 아픔이다. 어버이가 숨을 거두면 해와 달이 빛을 잃고 아이가 숨지면 온 세상이 막막해진다. 부모는 땅에 묻지만 자식은 가슴에 묻는다는 말이 있다. 부모상을 당하면 순식간에 흘러버린 세월을 한탄하지만 자식을 떠나보내면 하늘을 원망하게 된다.

남편을 잃은 지 석 달 만에 또 외아들을 떠나보내야 했던 우리나라 소설가 박완서는 일기에서 "자식을 앞세우고도 살겠다고 꾸역꾸역 음식을 처넣는 애미를 생각하니 징그러워서 토할 것만 같았다."고 자전적으로 고백하기도 하였다. 거대한 슬픔 앞에서 본능적으로 배고파 먹어야 하는 현실을 도저히 받아들일 수 없었다는 얘기이다. 그러나 살아 있는 자는 어쨌든 남은 생을 계속 살아야 하기에 슬픔에도 밥을 먹어야 하는 것 역시 어쩔 수 없는 현실임을 우리 모두는 잘 알고 있다.

중국의 현대 소설가 노신(魯迅)이 "죽은 자가 만약 살아 있는 자의 마음속에 묻혀 있지 않다면 그거야말로 진정으로 죽은 것이다.(死者倘不埋在活人的心中, 那就眞眞死掉了.)"고 말한 적이 있다. 산 자의 가슴 속에 기억되어 있다면 죽었어도 아예 죽은 건 아니라는 것을 강조한 말이다. 이렇듯 남은 가족의 기억 속에 그는 죽어서도 여전히 남아 있기에 완전히 죽어버린 것이 아니긴 하지만 남은 가족에게는 또 얼마나 큰 상처이고 형벌이 되는지 경험한 사람은 익히 잘 알 것이다. 그러니 천붕이요 참척으로 그 슬픔의 크기와 깊이를 표현하는 것이리라.

'너는 저 세상에 있어도 아버지는 여전히 그립구나'

한대 공융(孔融)이 아버지로서 죽은 아들을 그리워하는 <잡시(雜詩)·원송신행객(遠送新行客)> 제2수를 감상해보자.

遠送新行客,	처음 길 떠나는 사람을 멀리까지 전송하고
歲暮乃來歸.	연말이 되어서야 비로소 집으로 돌아왔네.

入門望愛子,	대문에 들어서자마자 사랑하는 아들을 보려하니
妻妾向人悲.	처와 첩은 나를 보고 슬피 우네.
聞子不可見,	더 이상 아들을 볼 수 없다는 소리 들으니
日已潛光輝.	해가 벌써 빛을 감추어 버린 듯 앞이 캄캄해지네.
孤坟在西北,	"무덤이 외롭게 서북쪽에 있는데
常念君來遲.	당신이 왜 늦게 오시나 항상 그리워했답니다."
褰裳上墟丘,	옷자락을 들어 올리고 높은 언덕에 오르니
但見蒿與薇.	단지 쑥과 고비만 보일 뿐이네.
白骨歸黃泉,	백골은 황천 아래에 묻히고
肌体乘塵飛.	육체는 이미 먼지가 되어 바람 타고 날아갔네.
生時不識父,	살아서 아비의 얼굴을 알지 못했으니
死後知我誰.	죽은 후 내가 누구인줄 알 수 있을까?
孤魂游窮暮,	외로운 넋은 끝없는 어둠 속을 떠돌며
飄搖安所依.	나부끼다 어디에서 안식할까?
人生图嗣息,	사람은 살면서 자식이 뒤를 이어주길 바라는데
爾死我念追.	너는 죽었어도 나는 여전히 추억하며 그리워한단다.
俯仰内伤心,	고개를 드나 숙이나 상심을 누를 길 없어
不覺淚沾衣.	저도 모르게 눈물로 옷을 적신다.
人生自有命,	사람 사는 건 본디 운명을 타고난 거라지만
但恨生日希.	그래도 너의 산 날이 적었음이 한스럽기만 하구나.

이 시는 크게 세 단락으로 구성되어 있다. 먼저 친구를 전송하기 위해 멀리 밖으로 출타했다가 연말이 되어서야 집으로 돌아오자마자 아들이 죽었다는 흉보(凶報)를 듣게 된 내용이고, 다음으로 황폐한 언덕에 홀로 놓여 있는 아들의 무덤으로 가서 한동안 아들을 회상하며 추억하는 내용이고, 마지막으로 후사를 이을 아들을 잃어버린 비통한 심정을 묘사하면서 아무리 인명은 재천이라 하지만 아들이 너무 일찍 떠나서 한스럽다는 내용이다. 이 시는 아들을 잃은 아버지의 비통한 심정을 묘사함으로써 지극한 슬픔에 잠긴 자부(慈父)의 이미지를 잘 빚어냈다고 할 수 있다. 그래서 후세에 많은 사람들로부터 좋은 평가를 받았는데 장옥곡(張玉谷)은 ≪고시상석(古詩赏析)≫에서 "아들의 죽음을 슬퍼하고 또 스스로에 대해서도 가슴 아파하니 아픔을 남김없이 다 담아내었다.(傷子自傷, 無不包括.)"고 하였다.

'무덤가 백양나무에 쓸쓸히 바람이 인다'

조선의 여류시인 허난설헌(許蘭雪軒)은 허엽의 딸이자 허균의 누나로 강릉에서 출생하였다. 8세 때 이미 문장을 지을 줄 알았던 보기 드문 재녀였던 그녀는 15세에 김성립에게 시집을 갔다. 그러나 그녀는 몸이 병약했던 데다가 시어머니와 불화를 겪었고 또 남편은 기방을 제집 드나들듯이 해서 혼인생활이 아주 불행했던 것처럼 보인다. 게다가 그의 두 아들과 딸도 그녀보다 앞서 세상을 떠난다. 그녀 역시 27살의 젊은 나이로 한 많은 세상을 하직한다. 허난설헌은 애지중지 키우던 남매를 차례로 잃고 <곡자(哭子)>라는 시를 남겼다.

去年喪愛女,	작년에 사랑하는 딸을 잃었더니
今年喪愛子.	올해는 사랑하는 아들을 여의었네.
哀哀廣陵上,	슬프고 슬픈 광릉 땅에
雙墳相對起.	두 무덤이 서로 마주 보며 솟아 있구나.
蕭蕭白楊風,	쓸쓸히 백양나무에 바람이 일고
鬼火明松楸.	도깨비불이 무덤에 밝도다.

'송추'는 소나무와 개오동나무를 뜻하는데, 묘지 주변에 많이 심었기 때문에 흔히 무덤을 대신 가리킨다. 딸과 아들을 연이어 잃어 광릉에 그들의 무덤이 봉긋 솟아 마주 보고 있다. 백양나무에 바람이 일며 무덤에는 도깨비불이 환하다. 구구절절 피맺힌 난설헌의 모성애가 독자들의 가슴을 깊숙이 파고든다. 하늘도 능력이 있는 자를 시기하는 것인가? 어찌하여 난설헌 같은 재녀를 세상에 내놓고 그녀에게 아들과 딸을 먼저 보내는 아픔과 더불어 순탄하지 못한 삶을 살게 하였단 말인가?

'아들이 몹시 아플 때 아버지는 즐겁게 놀고 있었으니'

난설헌이 어머니로서 아픔을 겪었다면 또 조선 후기의 대학자 다산 정약용도 아버지로서 가슴 속에 자식에 대한 눈물로 흥건했다. 다산은 6남 3녀를 낳아 그중 4남 2녀 총 6명을 잃었다. 조선시대에 이 정도의 비극은 흔했지만, 자식의 묘지명을 일일이 지은 다산과 같은 부정(父情)은 그리 흔한 것만은 아니었다. 셋째 아들이 숨졌을 때 그는 <너를 추억하는 노래(憶汝行)>라는 시를 남겨 아들을 잃은 슬픔을 노래하고 있다.

憶汝送我時,	네가 나를 전송할 때를 추억해보니
牽衣不相放.	옷자락 잡아끌며 나를 놓지 않았었지.
及歸無歡顔,	돌아와 보니 너에겐 기쁜 낯빛이라곤 없었고
似有怨慕想.	마치 원망하는 생각을 품은 듯했었다.
死痘不奈何,	마마로 죽는 것은 어찌하지 못하나
死也豈不枉.	종기로 죽었으니 어찌 억울하지 않겠느냐.
雄黃利去惡,	악성 종기에 잘 듣는 웅황을 썼는데도
陰蝕何由長?	나쁜 균은 무슨 까닭에 그리도 자랐는지!
方將灌蔘茸,	인삼 녹용 먹이려 했는데
冷藥一何侫?	냉약은 어찌 그리도 황당한가!
曩汝苦痛楚,	지난 번 네가 고통이 심할 때도
我方愉佚宕.	나는 한창 즐겁게 놀고 있었구나.
搥鼓綠波中,	푸른 강물 가운데서 장구를 치고
携妓紅樓上.	붉은 누각 위에서 기생 끼고 놀았구나.
志荒宜受殃,	마음이 황폐해지면 의당 재앙을 받기 마련이니
惡能免懲創?	어찌 능히 징계를 면할 수 있었겠는가!
送汝苕川去,	너를 초천 마을에서 떠나보내어
且就西丘葬.	서산 언덕으로 가서 묻어 주어야 하리라.
吾將老此中,	내 장차 이곳에서 여생 보내며
使汝有依仰.	너에게 의지할 곳 있게 하겠노라.

<너를 추억하는 노래(憶汝行)>의 제목에서 '행(行)'자를 '가다'는 뜻으로 풀어 <네가 돌아감을 생각함>이라고 번역한 예가 있기도 한데 이는 오역이라 생각된다. '행'은 악부시체에서 나온 고시의 한 체재로서 노래라는 뜻이다. 위 시에서 아들이 아픈데도 자신은 기생을 끼고 장구 치며 놀았던 사실에 대해 아비로서 자격이 없다고 자책하고 있다. 다산의 통곡은 곧 이 땅의 모든 아버지들의 통곡이리라.

'하늘은 시련을 내리기 전 빛나는 시간도 마련해놓지'

훗날 정약용은 둘째 아들 정학유에게 보낸 편지에서 구구절절 자식을 생각하는 마음을 표현하였다. "하늘은 사람에게 시련을 내리기 전, 그의 삶에서 빛나는 시간도 아울러 마련해 놓는다. 단지 사람이 그 순간이 소중하고 빛나는 시간이 되리라는 것을 미리 알아채지 못 할 뿐."

한편 아들 학유는 회갑을 맞이하여 아버지 정약용을 이렇게 회상한다. "어려움과 결핍은 사람에게 고통을 주는 것만이 아니라 무궁한 사색과 그에게서 비롯된 뛰어난 창조물을 낳는다는 것도 알지 못했을 것입니다." 아들의 죽음과 강진 초당으로의 유배는 정약용의 심신을 고통스럽게 하였지만 그는 굴하지 않고 학문에 매진하여 수많은 업적을 남겼으니 하늘의 뜻은 과연 무엇이었는지 곰곰 생각하게 만든다.

7.3. 떠나고 나니 미움도 그리움이네

부모를 잃은 슬픔이나 아들·딸을 잃은 슬픔이야 당연히 그 깊이를 잴 수 없겠지만 또한 배우자를 잃은 슬픔 역시 복잡한 양상으로 상대방에게 던져진다. 영국의 시인 새뮤얼 존슨은 아내와 사별한 친구에게 보낸 편지에서 "삶의 연속성이 상처받고, 감정의 안정이 멈추며, 외부의 자극으로 새로운 국면으로 들어갈 때까지 삶의 흐름이 중단되고 움직임이 둔해집니다."고 하며 위로와 연민의 정을 보낸 바 있다.

조선시대 농암(農巖) 김창협(金昌協)은 <사경내실만(士敬內室挽)>에서 "바람 부는 처마에서 새벽 낙수 떨어질 때와 맑은 못에 꽃나무가 비칠 적에 반악이 읊은 <도망시>에 마음이 슬프고 비통해지며, 위응물의 <송종>시에 처량하고 구슬퍼진다. (風簷晨霤滴, 清池芳樹映. 惻愴安仁句, 悽切蘇州詠.)"고 하여 반악의 <도망시>와 위응물의 <송종>시에서 노래한 배우자의 죽음에 대한 슬픔에 공감하며 감동을 받았다고 고백하였다.

'쓰다만 편지에 그대의 흔적이 남아있구려!'

아내의 죽음을 슬퍼하고 있는 반악의 <도망시> 3수 중 제1수를 감상해보자.

荏苒冬春谢,	점차 세월이 지나가며 겨울과 봄이 바뀌어
寒暑忽流易.	추위와 더위가 홀연 바뀌며 흘러가네.
之子歸窮泉,	그대는 황천으로 돌아갔는데
重壤永幽隔.	깊은 땅이 저승을 가로막고 있다오.
私懷誰克从,	내 슬픔을 누가 따를 수 있겠소
淹留亦何益.	그대 없는 이 세상에 오래 머문들 또 무슨 소용 있으리오!
僶俛恭朝命,	부지런히 조정의 명령 받들며
回心反初役.	마음을 돌려 처음 내가 했던 일로 돌아왔네.
望廬思其人,	그러나 같이 살던 집을 보니 그 사람 생각이 나서
入室想所歷.	방으로 들어가 지난날을 생각해 보았다오.
帏屏無髣髴,	휘장과 병풍엔 그대 자취 없으나
翰墨有汝迹.	쓰다만 편지에는 그대의 흔적이 남아 있구려.
流芳未及歇,	흐르는 향기 아직 다 사라지지 않았고
遺掛猶在壁.	남은 물건도 아직 벽에 걸려 있다네.
怅恍如或存,	홀로 멍하니 혹 살아 있나 해서
回惶忡驚惕.	방황하다 근심 속에 놀라네.
如彼翰林鳥,	저 숲을 나는 비익조처럼
雙棲一朝只.	둘이 살다가 하루아침에 혼자가 되었네.
如彼游川鱼,	저 냇물을 헤엄치던 비목어처럼
比目中路析.	좌우 눈을 가까이 하며 같이 지내다 중도에 갈라지게 되었네.
春風缘隙來,	봄바람은 방문 틈으로 들어오고
晨霤承檐滴.	새벽 낙숫물은 처마에서 방울지며 계속 이어지네.
寝息何時忘,	잠을 잔들 한시라도 잊으리오!
沈憂日盈积.	깊은 수심이 날마다 쌓여가네.
庶幾有時衰,	바라건대 어느 때나 이 슬픔이 다 해서
莊缶猶可擊.	장자처럼 부를 치면서 나도 노래할 수 있을까?

비익조(比翼鳥)는 남쪽 땅에 살며 눈과 날개가 한쪽만 있어서 암수가 좌우 일체가 되어야만 날 수 있다는 새이다. 비목어(比目魚)는 동쪽 바다에 사는데 눈이 하나만 있

어 암수가 좌우로 붙어 있어야 비로소 헤엄칠 수 있다는 물고기이다. 모두 좀처럼 헤어지지 않는 남녀 사이의 굳건한 결합, 친근하고 두터운 부부관계를 상징한다. 맨 마지막 구는 장자가 아내가 죽었을 때 부를 치며 노래를 불렀다는 이야기에서 연원하고 있다. 아내의 죽음으로 비익조처럼 둘이 살다가 혼자가 되었고, 비목어처럼 좌우로 각각 눈을 맞대고 살다가 이제는 눈 하나로 갈라지게 된 상황에서 깊은 수심이 날로 쌓여 간다. 장자는 아내가 죽자 원래 왔던 곳으로 다시 돌아간 것이라 여기며 악기를 치고 즐겁게 노래하였다고 하는데 언제쯤 아내의 죽음으로 인한 슬픔을 이기고 초월할 수 있을 것인가? 아내와 함께 했던 아름다운 순간들이 새록새록 되살아나며 시인을 슬픔에 잠기게 하고 있다.

우리 인간들은 날개도 둘이고 눈도 둘이지만 그러나 모두 외롭고 불완전한 존재이기에 비익조나 비목어처럼 부부가 되어 두 사람이 서로 의지하고 도와줘야만 살 수가 있다. 그런데도 오늘날 부부들은 쉽게 자기만을 앞세우다 반목하며 살아가고 또한 쉽게 갈라서기도 한다. 배우자에게 헌신하지 못하고 개인적인 이기심을 바탕으로 자기의 이익만을 좇아 살아가는 경우가 허다하다. 부부간의 이별은 꼭 죽음으로만 일어나는 일이 아니라 현재 살고 있는 현실에서도 쉽게 일어나곤 하는데, 아내를 잃고 슬픔에 사로잡힌 반악의 <도망시>가 새삼 읽는 이의 마음을 뜨겁게 해주는 이유는 배우자에 대한 웅숭깊은 사랑이 우리에게도 절실하게 필요함을 잘 알고 있기 때문이리라.

위응물(韋應物)의 <송종(送終)> 시 역시 아내에 대한 슬픔을 노래하였다. "어린 아이들은 엄마가 세상 떠나신 줄 알자 울며 소리 지르며 내 옷자락을 붙잡는다. 일이 이토록 갑자기 순식간에 벌어졌으니 이제부터는 흘러가 버린 시간을 잊기 어렵게 되었다네.(童稚知所失, 啼號捉我裳. 即事猶倉卒, 歲月始難忘!)" 아이들의 울음소리를 통해 아내 잃은 슬픔을 간접적으로 표현함으로써 오히려 슬픔이 더욱 진하게 전해진다. 아내 살아생전에는 그냥 되는대로 시간을 보내면서 그녀와의 일들은 무심하게 흘려보내곤 하였다. 그러나 이제 그녀가 이 세상에 없는 지금부터는 그녀에 대한 추억을 맘속에 오래 간직하고 잊지 말아야 하리라. 그래야 조금이나마 더 그녀와의 끈을 계속 이어 갈 수 있고 정신적으로나마 그녀와 함께 하며 위안하는 기회를 갖지 않겠는가!

'처지 바꾸어 당신이 죽은 나로 인해 슬퍼한다면'

우리나라 조선에서도 도망시는 남성 시인들에 의해 많이 지어졌다. 먼저 추사 김정희(金正喜)>의 <도망(悼亡)>시를 살펴보자.

那將月姥訟冥司,　어찌하면 저승의 월모에게 호소하여,
來世夫妻易地爲,　내세에는 당신과 내가 처지 바꿔 태어나게 할 수 있을까?
我死君生千里外,　나는 죽었고 당신은 천 리 밖에서 여전히 살아있다면,
使君知我此心悲.　그대에게 나의 이 슬픈 마음 알게 할 수 있으리라.

이 시는 조선 문인들이 지은 도망시 가운데서도 백미로 손꼽히고 있다. 추사가 제주도에 유배를 가 있던 중 아내의 부음을 한 달 뒤에 듣고서 지은 시이다.

'월모'는 부부의 인연을 맺어준다는 전설상의 신선으로 월하노인(月下老人)을 가리킨다. '명사'는 저승이라는 뜻이다. '역지'는 이미 저세상 사람이 되어버린 부인과 처지를 바꾸어 내가 죽고 부인이 살아 있다면 어떨까 가정하는 것이다. 즉 입장과 처지를 바꾸어 차라리 자기가 죽는 것이 나았을 것이란 자조 섞인 회한을 토로하고 있는데, 그 이유는 부인이 살아 있다면 나의 죽음에 대해 슬퍼할 것이고 자연 지금 내가 겪고 있는 슬픔과 상심이 얼마나 큰지를 알 수 있을 것이기 때문이다. 제3, 4구는 "내가 죽고 그대는 천리 밖에 살아서, 그대로 하여금 나의 이 슬픔 알게 했으면."이라고 번역하는 것도 가능하다.

'창 앞에 벽오동 심지 않았으리라'

이어서 이서우(李瑞雨)의 <아내를 잃은 후에 꾼 꿈을 기억하며(悼亡後記夢)>시를 감상해보자.

玉貌依稀看忽無,　곱던 모습 희미하게 보였다가 홀연 사라지는데
覺來燈影十分孤.　깨어 보니 등 그림자만 너무나도 외롭구나.
早知秋雨驚人夢,　가을비가 나의 꿈을 깨우는 줄을 진즉에 알았더라면

不向窓前種碧梧.　　　　창 앞에다 벽오동을 아예 심지 않았으리라.

예문관 제학을 지냈던 수촌(水村) 이서우가 아내 청송 심씨가 마흔넷의 나이로 세상을 뜨자 슬퍼하며 지은 시이다. 창 앞의 벽오동 잎에 떨어지는 빗물 소리에 문득 잠에서 깨었는데, 그 바람에 희미하게나마 꿈속에서 보았던, 평소 그토록 간절히 보고 싶었던 고운 아내의 모습이 홀연 사라져버렸다. 정말 아쉽고 안타깝기만 하다. 차라리 그때 오동나무를 심지 않았더라면 좋았을 텐데 하는 후회를 하게 된다. 아내에 대한 지극하고 순수한 사랑이 행간에서 배어 나온다.

이 시에서 말하는 아내의 평소 곱던 모습이란 말은 김광석이 노래한 <어느 60대 노부부 이야기>에 나오는 "곱고 희던 그 손으로 넥타이를 매어 주던 때, 어렴풋이 생각나오, 여보 그때를 기억하오."라는 가사를 떠올리게 한다. 그 중에서도 특히 "여보, 안녕히 잘 가시게."라는 맨 마지막 가사는 항상 듣는 사람들의 가슴을 후비고 지나가며 연민을 자아내는데 이 말은 아마도 이서우에게 들려줄 수 있는 위로의 헌사가 될 수도 있을 것이다.

'그대를 위해 남은 눈물 남김없이 흘리네'

한편 옛 사람들은 친구의 죽음을 어떻게 보았을까? 제(齊)·양(梁) 때의 사람인 도홍경(陶弘景)은 유명한 문인인 심약(沈約)과 절친한 친구였다. 당시는 정국이 불안하여 왕조가 연이어 바뀌는 시대였다. 전란이 일어나자 지식인들은 은거하기 시작했는데 도홍경도 이러한 은사(隱士) 가운데 한 사람이었다. 그는 양 무제(武帝)가 산에서 내려올 것을 청하는 초빙의 서신을 보냈음에도 불구하고 <산속에 무엇이 있느냐며 초빙의 서신을 보내니 시를 지어 답하다(詔問山中何所有賦詩以答)>란 시에서 "산 속에 무엇이 있느냐고 물으셨나요? 높은 산 위에는 흰 구름이 많답니다. 다만 저 스스로 이 흰 구름을 즐길 수 있을 뿐인지라 임금님껜 부쳐 드릴 수가 없겠나이다.(山中何所有, 嶺上多白雲. 只可自怡悅, 不堪持寄君.)"이라는 시를 남겨서 양 무제의 초청을 단호하게 거절하기도 하였다. 도홍경 자신이 흰 구름에 자기 자신을 비유해서 어디에도 구속되지 않는 자신을 표현했고 나아가 흰 구름은 산에서 스스로 즐거울 뿐, 이것을 담아 임금님께 부쳐 드릴 수 없듯이 본인도 임금의 초빙에 응할 수 없다고 말한 것이다.

이렇듯 도가 사상에 충실했던 도홍경도 역시 인간인지라 내면의 모순을 겪지 않을 수 없었다. 몸은 마른 나무와 같고 마음은 식은 재와 같기를 추구하는 도교 사상을 신봉한 그였지만 가슴에 가득한 인간의 감정을 억누를 수는 있었어도 그것들을 완전히 소멸시킬 수는 없었다는 것을 다음 <혜약(慧約)법사에 화답하여 친구에게 주다(和約法師贈友人)>시를 통해서 알 수 있다.

我有數行淚,	내게도 몇 줄기 눈물이 있지만
不落十餘年.	10여 년 동안 흘린 적이 없었네.
今日爲君盡,	오늘 그대를 위해 남은 눈물 모두 흘려서
并灑秋風前.	함께 가을바람 앞에 뿌려 버리리라.

이 시는 도홍경의 절친한 친구인 심약(沈約)이 죽자 고통을 억누르지 못하고 그의 죽음을 애도하여 썼다고 전해진다. 도홍경은 도교에서 일가를 이룰 정도로 마음을 제어할 줄 아는 수양을 했으므로 오랜 세월 눈물을 조금도 흘리지 않을 수 있었다. 그러나 친구 심약의 죽음 앞에서 그 역시 오욕칠정을 지닌 인간이라는 것을 입증하듯이 친구를 위해서 남아 있는 모든 눈물을 다 흘려버릴 정도로 슬프게 울었다.

그런데 이렇게 슬프게 운 것은 한편으로 자신을 위한 것일 수도 있겠다는 생각이 든다. 자신은 수양을 통해 오욕칠정을 버린 줄 알았기에 더 이상 눈물 흘리지 않으리라 믿었건만 친구가 세상을 떠나니 너무 슬퍼 감정을 주체할 길이 없게 되었다. 다만 이제 이 기회를 통해 남아 있는 눈물을 모조리 흘려서 가을바람에 함께 날려 보내 버림으로써 인간들의 오욕칠정에 휘둘리지 않고 자신의 수양 완성을 위해 더욱 매진하겠다는 각오가 맨 마지막 구의 행간에 드러나 있다고 볼 수 있다.

이 시는 당대 누영(樓穎)이 편집한 ≪선혜대사어록(善慧大士語錄)≫ 권사(卷四)의 <지자대사(智者大師)≫>에 수록되어 있다. 그런데 이 시의 작가에 대해서는 여전히 의견이 일치하지 않는다. 혜약법사에 화답하여 도홍경이 지은 것이란 설이 있는가 하면 석혜약(釋慧約)의 시라는 설도 있으며 또한 당대 화상 회소(懷素)의 시라는 설도 있다.

7.4. 내 배로 낳은 자식들을 생각하니

곰은 새끼가 태어난 지 1년 반 정도 지나면 새끼들을 일부러 독립시킨다고 한다. 독립시킬 때는 새끼들이 좇아오지 못하도록 일부러 넓은 강가에서 헤어진다. 어미곰이 강을 헤엄쳐 갈 때 새끼들은 발을 동동 구르다가 결국 단념하고 각자의 길을 떠난다. 떠나는 새끼들도 불쌍하지만 그런 새끼들을 놔두고 과감하게 새끼들 곁을 떠나야 하는 어미의 마음은 또 얼마나 찢어지게 아프랴. 그렇지만 그것이 개체로 독립하여 살아가야 하는 동물들의 순리이니 또 그런 운명에 순응할 수밖에.

독수리들도 새끼들에게 날갯짓을 배우게 하기 위해서 일부러 절벽에서 떨어뜨린다고 하니 어미 독수리의 잔인함을 탓하기보다 개체의 독립을 위해서 잔잔한 정도 과감하게 포기하는 동물들의 생리를 머리로는 이해가 되면서도 사람인지라 가슴으로 받아들이기는 아직 힘들다.

죽음의 이별이 슬픈 것이야 당연하겠지만 또한 자식과 불가항력적으로 살아서 생이별해야 하는 아픔은 결코 죽음에 뒤지지 않는다고 해야 할 것이다. 이런 생이별의 아픔을 겪은 이가 바로 동한(東漢) 말년 건안(建安) 시대의 진류(陳留), 곧 지금의 하남성 기현(杞縣) 사람인 채염(蔡琰)이었다. 그녀의 자(字)는 문희(文姬), 소희(昭姬)이다.

그녀의 부친은 당시 명성이 자자하였던 대학자 채옹(蔡邕)으로서 채옹은 당시 실권자였던 조조(曹操)의 친한 친구이기도 하였다. 채염은 박학다재(博學多才)하여 문장과 시부(詩賦)를 잘 지었으며 음률에도 정통했다.

채염은 16세 때 하동(河東), 지금의 산서성의 세족이자 대학자였던 위중도(衛仲道)에게 시집을 갔는데 부부간의 금슬은 좋았지만 아쉽게도 결혼 생활 1년도 채 되지 않아 남편이 죽었다. 자식이 아직 없던 데다가 시가에서는 그녀가 남편을 죽인 여자라고 싫어하자 자존심이 강하였던 채염은 아버지의 반대를 무릅쓰고 친정으로 돌아와 버렸다.

한나라 말기 군벌들이 서로 싸우며 전란이 온 세상을 휩쓸던 초평(初平) 연간(190~193) 23세 때에 채염은 흉노로 붙잡혀 가서 그곳에서 12년 동안 살게 되었다.

여기서 좌현왕(左賢王) 납(納)과 결혼하여 왕비가 되었고 두 아들을 두었으며 호인들이 갈대 잎으로 만든 피리인 호가(胡笳)를 부는 법과 흉노족의 언어를 배우기도 하였다.

나중에 조조가 옥사(獄死)하였던 채옹과의 우정을 회상하고 그에게 후사가 없음을 염려하여 사신 주근(周近)을 파견하여 황금 천 냥과 백벽(白璧) 한 쌍을 주고 채염을 데려오게 하였다. 조조는 고향으로 다시 돌아온 채염에게 당시 둔전교위(屯田校尉)였던 동사(董祀)에게 다시 개가하도록 주선하였다. 이때가 채염의 나이 35세였는데, 그 유명한 적벽대전(赤壁大戰)이 발발한 해이기도 하다.

채염과 동사의 부부생활은 처음에는 원만하지 못 하였다. 일단 그녀는 온갖 난리를 다 겪고 자식과 생이별하는 아픔을 지니고 있었기에 정신이 온전하지 않았던 상황이었는데, 그와 반대로 동사는 한창 나이의 인재로서 학문에 뛰어나고 음률에 해박하여 스스로를 자부하고 있었기에 채염을 자신의 배우자로는 좀 부족하다고 여기고 있던 것이다. 그런데 결혼 2년 차에 동사가 죄를 짓고 죽기에 이르렀을 때 채염이 달려가 승상인 조조에게 울며불며 하소연하자 조조가 그녀의 부친인 채옹과의 우정을 생각하고 채염의 신세를 불쌍히 여겨 동사를 풀어 주면서 동사의 채염에 대한 생각도 바뀌게 되었고 이후로 서로 사랑하며 원만하게 부부생활을 영위하기에 이르렀다. 채염은 동사와 1남 1녀의 자식을 갖게 되었다. 그녀의 딸은 사마의(司馬懿)의 아들인 사마사(司馬師)의 아내가 되었다.

채염에게는 <비분시(悲憤詩)> 2수가 있는데, 제1수는 장편 5언시이고, 제2수는 소체시(騷體詩)이다. 5언시는 채염의 생애와 부합되고 감정도 진지하여 일반적으로 그녀의 작품으로 인정되지만, 소체시는 일부 내용이 채염의 경력과 맞지 않아 다른 사람의 작품으로 보는 학자도 있다. 그밖에도 <호가십팔박(胡笳十八拍)>이 그녀의 작품으로 전해지는데 후인의 위작(僞作)이란 설이 우세하지만 채염의 생애와 관련하여 내용을 함께 음미해볼만 하다. 채염의 <비분시>는 한나라 말기 사회상 속에 개인의 비극을 그려 낸 솜씨가 매우 탁월하였기에 청대 시론가 심덕잠(沈德潛)은 《고시원(古詩源)》에서 "동한 시인 가운데 감동을 주는 역량이 가장 크다.(在東漢人中, 力量最大)"고 칭송한 바 있다.

'하늘이시여, 제가 무슨 죄를 지었기에 이렇게 모진 재앙을 내리시나요?'

채염은 정말 자식들 곁을 떠나야 했을까? 먼저 떠날 수도 있다고 가정해 놓고 생각해보자. 첫째, 채염 역시 본인의 개인적인 삶도 중요하며 기왕 사신이 와서 자기를 포로에서 풀어 주기로 한 만큼 어쨌든 산 사람은 계속 살아가야 하니까 아들을 버리고 떠나갈 수도 있을 것이라고 생각된다. 우리는 부모님이나 사랑하는 사람을 여읜 지극한 슬픔에 잠겼어도 치밀어 오르는 허기에 밥을 찾아서 일단 먹어야 할 수밖에 없지 않던가! 그런 자신을 보고 환멸을 느낄 때도 있지만 산사람은 살아야 하기에 어쩔 수 없다는 것을 체념하며 받아들이곤 하지 않던가! 둘째, 채염은 거대한 역사의 수레바퀴 밑에 깔린 정치적 희생물이라고 할 수 있기에 그녀가 아들을 버리고 떠나기로 한 선택은 어쩔 수 없었다는 사실에 대해서도 인정해 주어야 한다고 본다. 대국인 한나라 승상 조조의 요구에 흉노 선우가 거절할 수 없었을 것이고, 그런 정치적 거래에 채염이란 한 개인의 가족 상황은 응당 고려대상이 아니었을 것이기 때문이다.

이와 같은 불가피한 현실을 십분 인정한다고 해도 어떻게 아들을 두고 떠날 수 있느냐, 그런 비정한 어머니가 세상에 어디 있느냐, 차라리 죽을지언정 아들을 놓고 떠날 수는 없다고 주장하는 사람도 있을 것이다. 설사 정치적 압력에 의해서 어쩔 수 없다고 한다면 본인의 목숨을 던져서라도 자기의 의지를 밝혀야 하는 거 아닌가, 어떻게 살아서 한나라로 귀환하고 다시 재혼까지 할 수 있느냐, 도대체 어머니로서 양심이 있느냐 하는 책망을 국외자라면 던지지 않을 수 없다.

하여간 살다보면 선택의 기로에 설 때가 많고 그때마다 우리는 자신이 한 선택에 책임을 져야 한다는 것도 잘 안다. 삶은 이것 아니면 저것의 선택일 뿐, 둘 다 결코 가질 수는 없다. 그래서 나의 선택에 따라 인생이 어떤 때는 희극으로 연출되기도 하고 어떤 때는 비극으로 연출되기도 하는 것이다.

채염의 경우처럼 비극적인 얘기가 또 있을까? 어머니가 제 배로 낳은 자식을 떼놓고 떠나야 하는 생이별의 상황이다. 요즘은 덜하지만 우리나라도 6, 70년대 궁핍하고 어수선하던 시절 가정의 비극사가 많이 있었다. 시어머니의 학대에 못 이겨, 또는 남편의 폭행을 못 이겨 도망치듯 자식을 버리고 떠나야 했던 여인들이 제법 있었다. 어머니에 의해 버려진 자식들은 시간이 지나면서 외로움과 그리움으로 인해 어머니에 대한 원망을 계속 키우지만, 그러다가도 나이가 들어서는 어쩔 수 없는 핏줄의 그리움에 결국 어머니를 용서하고 어머니의 행방을 찾기 시작한다. 마침내 모자가 서로 상봉하게 되면 오랜 미움과 갈등을 내려놓고 화해의 눈물을 흘리는 경우를 종종 보게 되는 것이다.

이제 채염의 <비분시(悲憤詩)> 제1수를 단락별로 나누어 순서대로 감상해 보자. 이 시의 번역은 ≪양한시집(兩漢詩集)≫(서성 역주, 보고사, 2007.)을 많이 참조하였음을 미리 밝혀둔다.

'오랑캐의 말 뒤에는 여인들이 잡혀있네'

漢季失權柄,	한말(漢末)에 황제가 권력을 잃자
董卓亂天常.	동탁(董卓)이 천도를 어지럽혔다.
志欲圖簒弑,	황제를 시해하고 왕위를 찬탈하는 데 뜻을 두어
先害諸賢良.	먼저 여러 어진 신하들을 죽였다.
逼迫遷舊邦,	핍박하여 장안(長安)으로 천도하게 하더니
擁主以自彊.	새 황제를 옹립하고 스스로 실권을 장악하였다.
海內興義師,	나라 각지에서 의병들이 일어나
欲共討不祥.	다 함께 사악한 역적을 토벌하고자 하였다.
卓衆來東下,	이에 동탁의 군사도 함곡관 동쪽으로 나오니
金甲耀日光.	햇빛에 금빛 갑옷이 번쩍거렸다.
平土人脆弱,	중원의 한족은 본래 허약한데
來兵皆胡羌.	쳐들어온 용병들은 모두 오랑캐들이었다.
獵野圍城邑,	들판을 휩쓸고 성을 포위하며
所向悉破亡.	가는 곳마다 모두 부수고 죽였다.
斬截無孑遺,	부역자는 남김없이 목을 잘랐으니
尸骸相撑拒.	시체와 해골이 산처럼 쌓였다.
馬邊懸男頭,	말 옆구리에는 남자의 잘린 머리를 매달고
馬後載婦女.	말 뒤에는 여인들을 실었다.

이 단락에서는 한말에 동탁이 난리를 일으킨 역사적 사실과 동탁의 부하인 이각·곽

사의 군대에게 채염이 포로로 붙잡힌 과정을 묘사하였다. 제6구의 옹립한 새 황제란 헌제를 가리킨다. 나중에 조조의 아들 조비가 헌제를 폐위시키고 위나라를 세우게 된다. 제7구의 각지에서 일어난 의병이란 바로 삼국시대를 이끈 영웅들인 조조, 손권, 유비 등을 가리킨다. 제10구에서 동탁의 군사가 함곡관 동쪽으로 나왔을 때 바로 채염이 그들에게 사로잡힌 것으로 보인다. 제12구는 당시 동탁의 군대에는 강(羌)이나 저(氐) 등의 이민족 병사들이 참여했던 사실을 가리킨다.

동탁(董卓)은 한대 말기의 군벌로서 병주목(幷州牧)으로 있다가 189년 영제(靈帝)가 죽자 낙양(洛陽)으로 진군하여 소제(少帝)를 폐위시키고 헌제(獻帝)를 옹립한 후 전횡을 일삼았다. 나중에 부하인 여포(呂布)에게 살해당했다. 동탁의 부하인 이각(李傕), 곽사(郭汜)의 군대는 192년 장안에서 함곡관(函谷關)을 나와 동쪽으로 진류(陳留)와 영천(潁川) 등지로 나갔는데, 이때 채염이 난리를 당해 동탁의 군대에게 붙잡힌 것으로 하작(何焯)의 ≪의문독서기(義門讀書記)≫는 기록하고 있다. 함곡관은 중국 하남성(河南省) 북서(北西)에 있는 관문으로서 동쪽의 중원으로부터 서쪽의 관중(貫中)으로 통하는 요지였다.

'고개 돌려 고향길 바라보니 아득하여라'

長驅西入關,	다시 오랫동안 말에 실려 서쪽으로 함곡관에 들어서니
迥路險且阻.	끌려온 길고 먼 길이 험준하고 힘들었다.
還顧邈冥冥,	고개 돌려 고향길을 바라보니 아득하여
肝脾爲爛腐.	오장육부가 다 썩어 문드러진다.
所略有萬計,	탈출하려고 온갖 꾀를 냈지만
不得令屯聚.	포로들은 모일 수조차 없었다.
或有骨肉俱,	혹시 가족이나 친척이 함께 잡혀왔어도
欲言不敢語.	말하고 싶지만 감히 할 수 없다.
失意幾微間,	조금이라도 언짢은 기색을 보이면
輒言"斃降虜.	사정없이 욕을 퍼부으니 "망할 놈의 포로놈들 뒈져라
要當以亭刃,	칼로 몽땅 베어버려야겠어
我曹不活汝".	우리는 네놈들을 살려두지 않겠어."

豈敢惜性命,	어찌 생명이 아까우랴만
不堪其詈罵.	그들의 욕지거리를 참을 수 없구나.
或便加箠杖,	때때로 쏟아지는 몽둥이질에
毒痛參幷下.	지독한 아픔을 견디다 못해 쓰러졌다.
旦則號泣行,	아침이 되면 울부짖으며 길을 가야 했고
夜則悲吟坐.	저녁엔 구슬프게 신음소리 내고 주저앉으며 행군을 멈추었다.
欲死不可得,	죽으려 해도 죽을 수 없고
欲生無一可.	살려고 해도 한 가닥 희망도 없다
彼蒼者何辜,	저 푸른 하늘이시여, 우리에게 무슨 죄가 있기에
乃遭此戹禍.	이런 모진 재앙을 내리시나요?

제5구는 포로로 잡힌 사람이 만 명이 넘는다고 해석할 수도 있다. 제9구는 그들의 마음에 거슬린다고 해석할 수도 있다. 제16구는 원한과 고통이 함께 일어났다고 해석할 수도 있다.

이 단락은 채염이 계속 이각과 곽사의 군대에 끌려가며 당한 모진 아픔을 그렸다. 이각과 곽사의 군대는 진류 일대를 약탈하고 채염 등을 포로로 잡은 뒤 다시 서쪽으로 함곡관을 지나 장안에 들어갔다.

마지막 연에서 "저 푸른 하늘이시여, 우리가 무슨 죄가 있기에 이런 모진 재앙을 내리시나요?"라고 하늘을 원망하는 대목은 우리의 심금을 울린다. 우리 인간들은 불가항력적인 현실, 고립무원의 순간에 자신들의 모진 운명을 결국 하늘에게 하소연할 수밖에 없게 된다. 고립무원의 상황에서 도움을 줄 수 있다고 생각되는 대상은 오직 절대자이자 초월자뿐이라고 생각하기 때문이다. 그래서 이 순간이야말로 절대자이자 초월자를 찾을 수밖에 없게 되고, 우리 인간 내면에 존재하는 초월자를 향한 마음, 즉 종교성을 회복하는 시간이 되기 쉽다. 사느냐, 죽느냐 하는 경계선상에 서서 인간이 찾을 수 있는 거라곤 오직 "하늘이시여!"밖에 없는 것이다. 채염이 하늘을 부르짖은 이유도 여기에 있다고 할 수 있다. 이것이 인간으로 한계 지워진 우리의 운명이자 숙명이다.

'봄여름에도 삭풍이 불어오네'

邊荒與華異,	다시 남흉노에 끌려온 이곳 변방은 중원과 달라서
人俗少理義.	사람들의 풍속에 도리와 예절이 없다.
處所多霜雪,	우리가 머문 곳은 서리와 눈이 많고
胡風春夏起.	봄여름에도 삭풍이 불어온다.
翩翩吹我衣,	쌩쌩 불어오는 바람이 내 옷자락을 날리고
蕭蕭入我耳.	윙윙 바람소리는 내 귀를 때린다.
感時念父母,	계절이 바뀔 때마다 부모님 생각에
哀歎無終已.	슬픈 탄식 그칠 날이 없네.
有客從外來,	밖의 중원에서 누군가 왔다고 하는 말
聞之常歡喜,	들으면 언제나 기쁘다.
迎問其消息,	맞아들여 고향 소식 묻지만
輒復非鄉里.	언제나 고향 사람은 아니었네.

이 단락은 채염이 동탁의 군대에 붙잡혀 있다가 다시 남흉노에 붙잡혀 변방으로 끌려간 뒤의 일을 얘기하고 있는 것으로 보인다. 제1구의 변황은 황량한 변방으로서 남흉노(南匈奴)가 차지하고 있던 지금의 산서성 임분(臨汾) 부근을 가리킨다. 195년 동탁의 부하인 이각과 곽사의 군대가 남흉노의 좌현왕(左賢王) 군대에게 패하면서 채염이 다시 이들 남흉노에게 끌려갔을 것이라고 여관영(余冠英)은 ≪한위육조시선(漢魏六朝詩選)≫에서 추측하고 있다. 그런데 이런 역사적 사실이 시에서 분명하게 언급되지 않은 것은 아마도 반란군으로 이민족들이 많이 참여했던 이각·곽사의 군대나 이민족인 남흉노의 군대나 채염에게는 마찬가지로 모두 적군이나 다름없었을 것이며 게다가 두 진영에서 항상 포로 신분으로 지냈기에 굳이 어느 진영인지를 구분할 필요가 없었을 것으로 보인다.

제4구는 북방의 엄혹한 기후와 척박한 환경을 가리킨다. 일반적으로 한족 지식인들은 오랑캐에 대한 차별적이고 우월적인 편견을 많이 갖고 있다. 그래서 오랑캐들이 거주하는 땅이란 으레 사람이 살 수 없을 정도로 척박한 곳일 거라고 단정 짓고서는 당대 동방규(東方虯)가 <왕소군의 원망(昭君怨) 삼수(三首)>에서처럼 "오랑캐 땅에는 화초가 자라지 않으며, 봄이 와도 봄 같지가 않다.(胡地無花草, 春來不似春.)"고 노래하곤 하였다.

'영원한 이별을 차마 자식에게 말하지 못하네'

邂逅徼時願,	요행으로 평소에 소망하던 바가 이루어져
骨肉來迎己.	가족 같은 사신이 나를 데리러 왔구나.
己得自解免,	내 자신은 포로에서 풀려날 수 있지만
當復棄兒子.	다시 자식들을 버리고 떠나야 한다네.
天屬綴人心,	천륜으로 맺은 자식들이 사람의 맘을 옭아매니
念別無會期.	이제 헤어지면 다시는 만날 기약 없음이라.
存亡永乖隔,	삶과 죽음처럼 영원히 이별해야 함을
不忍與之辭.	차마 자식들에게 말을 꺼내지 못한다.
兒前抱我頸,	아이들이 다가와 내 목을 껴안고
問"母欲何之?	묻기를 "엄만 어디로 가려고 하시나요?
人言母當去,	남들은 엄마가 마땅히 떠나야 한다는데
豈復有還時?	어찌 다시 돌아올 수 있으리오!
阿母常仁惻,	엄마는 항상 인자했는데
今何更不慈.	지금은 어찌 이다지도 자애롭지 못하시나요?
我尚未成人,	우리는 아직 어른이 되지 않았는데
奈何不顧思?"	어찌 보살펴 주지 않으려 하나요?"
見此崩五內,	이 모습 바라보니 억장이 무너지고
恍惚生狂癡.	정신이 아득해지고 미칠 것 같네.
號泣手撫摩,	통곡하며 울다가 눈물을 훔치며
當發復回疑.	떠날 즈음 다시 돌아보며 머뭇거린다.
兼有同時輩,	포로 동료들이 몰려와
相送告離別.	서로 석별의 인사를 나눈다.
慕我獨得歸,	홀로 고향으로 돌아가는 내가 부러워
哀叫聲摧裂.	비통하게 통곡하는 소리에 내 가슴이 갈가리 찢기는구나.
馬爲立踟躕,	말도 슬픈 듯 선 채로 머뭇거리니
車爲不轉轍.	수레가 앞으로 나아가지 못하는구나.
觀者皆歔欷,	보는 사람마다 목이 메고
行路亦嗚咽.	길가의 행인들도 흐느끼네.

이 단락은 포로 신분에서 풀려나게 됨으로써 자식들과 생이별한 채 고향으로 돌아와야 하는 시인 자신의 이루 말할 수 없는 비통한 심정을 생생하게 묘사하고 있다. '골육'은 부모나 친척을 가리키지만 여기서는 조조(曹操)가 파견한 사신 주근(周近)을 가리키는데 본국 사람을 오랜만에 만난 반가운 마음에 친척 같은 사신으로 표현한 것이다. '천속'은 하늘이 맺어준 관계로서 두 자식을 가리킨다.

제4구를 보면, 채염은 인생에서 절벽과도 같은, 절망의 나락으로 떨어져 더 이상 전진할 수 없을 것 같은 상황에 직면한 것으로 보인다. 자식들을 두고 생이별을 해야 하니 그 역시 못 할 짓이고, 그렇다고 본국에서 정중하게 사신을 파견하여 포로에서 해방시켜 줄 비용까지 지불한 만큼 양국의 중대한 외교적 사안이 된 마당에 떠나지 않을 수도 없는 상황인데, 우리가 만약 이처럼 이럴 수도 저럴 수도 없는 경계선에 선다면 우리는 과연 어떤 선택을 할 수 있을까?

'지금 이 순간, 생애 단 한 번의 만남'

제6구를 보면 '회(會)'와 '기(期)'가 나온다. 여기서는 만남과 기약을 가리킨다. 우리나라 법정(法頂)스님은 '일기일회(一期一會)'를 강조하였다. 단 한 번의 시간에 단 한 번의 만남을 뜻한다. 지금 이 순간은 생애 단 한 번의 시간이며, 지금 이 만남은 생애 단 한 번의 인연임을 뜻하는 말이다. 오늘 핀 꽃은 어제 핀 꽃이 아니며, 오늘의 나도 어제의 내가 아니다. 눈앞의 풍경은 내 생애 단 한 번뿐이다. 세상 모든 것은 지나가고 사라져 가기 때문에 한순간도 지속될 수 없는 것이 자명한 이치다. 그러니 더욱 소중할 수밖에 없다. 그런데 우리는 오늘 이 순간을, 이 만남을 어떻게 대하고 있는가? 한동안 계속될 것처럼, 앞으로도 자주 만날 것처럼 생각되기에 최선을 다하지 않고 집중하지도 않는다. 그러니 열정도 없고 감동도 무뎌지기 십상인 것이다.

'내 배로 낳은 자식들을 생각하니'

去去割情戀,　　　아아! 어미의 애타는 정을 끊고

邁征日遐邁.	길을 재촉하니 날마다 멀어진다.
悠悠三千里,	이제는 삼천 리 아득한 길
何時復交會.	어느 때나 다시 만날 수 있으랴?
念我出腹子,	내 배로 낳은 자식들을 생각하니
胸臆爲摧敗.	가슴이 슬픔으로 미어진다.
旣至家人盡,	옛집에 도착하니 집안은 풍비박산되었고
又復無中外.	친척들마저 없구나.
城郭爲山林,	성곽은 야산이 되었고
庭宇生荊艾.	뜰에는 가시덤불만 무성하다.
白骨不知誰,	누군지 모르는 백골들이
從橫莫覆蓋.	매장되지 않은 채 여기저기 널려 있다.
出門無人聲,	문밖을 나서니 사람 기척 없고
豺狼號且吠.	승냥이와 이리만 울어댄다.
煢煢對孤景,	우두커니 외로운 내 그림자 마주하니
怛咤糜肝肺.	슬픔이 차올라 내 가슴을 찢는다.
登高遠眺望,	언덕에 올라 멀리 바라보니
魂神忽飛逝.	정신은 어느덧 멀리 자식들 곁으로 날아간다.
奄若壽命盡,	산다는 건 순간일 뿐이라고
旁人相寬大.	주변 사람들은 마음 크게 먹으라고 위로한다.
爲復彊視息,	다시 일부러 힘내어 살아가려 하지만
雖生何聊賴.	이렇게 산다한들 무엇에 의지하며 즐거워할 수 있을까?
託命於新人,	새 남편에게 목숨을 맡겼으니
竭心自勖厲.	마음을 다해 힘써 노력해야 하리라.
流離成鄙賤,	일찍이 타향을 떠돌던 비천한 몸이라
常恐復捐廢.	다시 버려질까 항상 두려워지네.
人生幾何時,	내 인생 이제 얼마나 남았나
懷憂終年歲.	시름을 품은 채로 세상을 마쳐야 하리라.

이 단락은 고향으로 돌아오는 과정과 돌아온 후의 상황을 그리고 있다. '거거'는 '아아!'의 뜻으로 깊은 상심을 나타내는 말이다. '됐어', '끝났어', '아서라' 등의 어감을 나타내는 말이다. '경경'은 외로운 모습. '시식'은 눈을 부릅뜨고 숨을 깊이 쉬다. 일부러 힘을 내어 살아가다. '료뢰'는 즐거움과 기댐.

제23, 24구에서 새 남편에게 목숨을 맡겼으니 마음을 다해 힘써 노력해야 하리라고 했지만 마지막 연에서처럼 다시 "시름을 품은 채로 세상을 마쳐야 하리라."고 되뇌고 있는 것을 보면 그녀에게 자식들과의 생이별은 너무나 큰 상처인 것이 분명하다.

그렇다면 시름을 품은 채 살아가야 하는 채염이 만약 남은 인생을 그래도 행복하게 살려면 어떻게 해야 하겠는가?

심리상담이론 중에 이른바 수용전념치료가 있다. 수용(acceptance)과 전념(commitment)을 강조하는 심리치료 방식 중의 하나이다. 나를 힘들게 하는 문제를 먼저 해결하려고 드는 것이 아니라 문제 그 자체를 수용하고 인정하며, 그 다음에는 그 문제를 그대로 둔 채 더 가치 있는 것을 찾아 그 일에 전념하는 것이다. 그리하여 새로운 기쁨을 발견하는 것이다. 이 이론에 의할 것 같으면, 아마도 채염이 걸어야 할 길은 아들과의 생이별의 현실을 마음에 그냥 수용하여 받아들이고 새로 결혼하여 낳은 아이들과 더 기쁘게 살고 더 행복하게 살아야만 그녀의 아픔이 치유될 것이다. 설사 흉노 땅에 놓아둔 아이들에게 너무 미안하고 또 그리움에 억장이 무너진다 할지라도 말이다. 운명의 수레바퀴를 따라 흉노땅에 남겨진 아이들 역시 그들의 삶을 계속 영위하고 있으리라.

****

타인의 결핍, 다시 말해서 타인의 상실, 고통, 좌절, 실패, 실연, 궁핍 등에 대한 진지한 응시와 성찰, 그리고 따뜻한 위로가 시의 시작이요 마지막이라고 생각된다. 우는 자와 함께 울며 쓴 것이 곧 시이기에 또한 읽는 이의 마음을 울릴 수가 있다. 따라서 죽음과 같은 커다란 슬픔이 시를 통하지 않는다면 어떻게 노래될 수 있고 위로받을 수 있겠는가?

'메멘토 모리(Memento mori)'란 말은 라틴어로서 '죽음을 기억하라', 또는 '너는 반드시 죽는다는 것을 기억하라', '네가 죽을 것을 기억하라'를 뜻하는 말로서 너도 언젠가는 죽을 것이니 겸손하게 행동하라는 뜻이 담겨 있는 말이다. 이 말에는 또한 항상 죽음을 기억하면서 현실의 삶을 충실하게 살라는 말로 바꿀 수도 있을 것이다. 잘 죽기 위해서는 잘 살아야 한다는 말이다.

'아름다운 이 세상 소풍 끝내는 날'

아무리 슬프다지만 죽음이란 모두에게 공평하게 다가오는 것이어서 회피할 수가 없다는 것을 우리 모두는 알고 있는데, 그렇다면 피할 수 없이 맞이해야 하는 죽음을 우리는 어떻게 대해야 할까? 우리나라 천상병 시인의 시 <귀천>은 평소 세속적 가치를 따르며 삶을 살 것인지, 아니면 근원적이며 초월적 가치를 따라 살 것인지, 그가 지닌 가치관에 따라 죽음을 대하는 태도도 완전히 달라질 수 있음을 설파해 주고 있다.

나 하늘로 돌아가리라.
새벽빛 와 닿으면 스러지는
이슬 더불어 손에 손을 잡고,
나 하늘로 돌아가리라.
노을빛 함께 단둘이서
기슭에서 놀다가 구름 손짓하면은,

나 하늘로 돌아가리라.
아름다운 이 세상 소풍 끝내는 날,
가서, 아름다웠더라고 말하리라…

천상병 시인은 등단 초기부터 가난과 주벽, 해학과 기행으로 고은, 김관식 시인 등과 더불어 문단의 기인으로 알려졌다. 이 시가 우리에게 주는 감동과 경이로움은 바로 수많은 고통과 좌절을 맛보고 궁핍을 겪어야 했던 천상병 시인이 자신의 생애를 소풍처럼 아름다웠노라고 고백하고 있다는 점이다.

우리가 부정할 수 없는 사실 하나는 인간의 세계는 삶을 위한 투쟁과 갈등이 치열하게 전개되는 곳이며, 그 세계를 얼마나 잘 살았는지를 정하는 성공의 조건은 주로 부와 명예, 권력과 같은 세속적 가치들을 얼마나 실현했느냐 하는 정도에 따라 가늠된다는 것이다. 이런 세속적 가치를 믿고 따르는 우리는 부와 명예, 권력을 획득하면 행복해지고 그렇지 않으면 불행해지며, 또 그런 가치를 기준으로 죽음을 바라보면 죽음은 정말 가슴 아픈 일일 수밖에 없다. 그 가치를 믿으며 그토록 열심히 추구하였던 부와 명예,

권력을 영원히 맘껏 누려야 하는데 놓고 가야하니 슬플 수밖에 없는 것이다.

하지만 천상병 시인처럼 인생을 잠시 소풍을 나와 실컷 놀다가 집으로 돌아가는 것이라고 생각한다면 어떨까? 세속적 욕망과 가치를 초월하여 자기 삶의 근원적이고 본질적인 가치를 영원한 천상에 두고 이 세상은 단지 잠시 소풍을 즐기기 위해 놀러 온 곳일 뿐이라는 생각을 견지한다면 죽음은 그 본원적이며 영원한 가치가 존재하는 집으로 돌아가는 하나의 계기이자 사건일 수밖에 없다. 그러니 그에게는 오직 아쉬움은 있을지언정 슬픔은 없고, 즐거운 추억은 있을지언정 고통의 기억일랑 간직할 필요가 없는 것이다. 이승에서의 삶은 소풍이기에 즐거우며 아름답고 저승에서의 삶은 영원한 천상의 복락을 누리는 곳이기에 또 즐겁고 아름다운 곳이리라. 물론 이를 위해서는 하나의 전제가 분명히 존재한다. 세속적 가치와 욕망을 초월해야만 비로소 삶은 그 자체로 즐거운 놀이가 되고 유희가 되며 소풍이 될 수 있다는 것이다.

'그분과의 만남을 위해 내려주시는 마지막 선물이 죽음'

이렇듯 인생을 소풍으로 간주한다면 죽음 역시 우리 앞에 놓인 심연처럼 건널 수 없는 강이 아니라 그저 하나의 계기이자 사건으로서 받아들일 만한 그 무엇이 되게 될 것이다. 죽음이 그럴진대 사라지는 이슬과 노을빛, 그리고 떨어지는 꽃잎과 낙엽, 소멸하는 그 모든 것들이 단지 허무하게 존재하는 것들이 아니라 다 돌아가야 할 곳으로 돌아가는 일상적인 순환 속에 있다는 것을 자연스럽게 받아들일 수 있지 않을까 생각된다.

기본적으로 인생은 나그네의 길이기에 우리들은 모두 순례자라고 아니할 수 없다. 그런데 나그네로서 걷는 이 길을 천상병 시인처럼 즐거운 소풍으로 간주하는 사람이 있는가 하면 또한 방랑으로 간주하는 경우도 많다. 우리나라 인기 가수 최희준이 부른 <하숙생>을 보자. "인생은 나그네길. 어디서 왔다가 어디로 가는가? 구름이 흘러가듯 떠돌다 가는 길에 정일랑 두지 말자 미련일랑 두지말자 인생은 나그네길 구름이 흘러가듯 정처 없이 흘러서 간다."

소풍은 오고가는 목적지가 분명하다고 한다면 방랑은 정처가 없다. 소풍이 아쉽기는 하지만 즐거운 행위라면 방랑은 호기심으로 설레기는 하지만 고달픈 행위이다. 우리가 나그네로서 인생을 방랑으로 간주할 것인가, 아니면 소풍으로 대할 것인가 하는 것은 바로 자신의 인생의 가치를 어디에 둘 것인지와 긴밀하게 관련이 있다. 근원적이고 초월적인 가치를 우위에 두고 살 것인지, 부귀와 명예, 권력 등의 세속적인 가치가 생을 좌우하게 할 것인지 무엇을 선택하는지에 따라 인생은 소풍이 되기도 하고 방랑이 되기도 할 텐데 그에 대한 책임은 곧 선택을 한 나 스스로가 져야 하는 일이다. 그러니 고심하고 신중해야 하지 않겠는가!

영원한 이별이라 생각하지 말자. 이 삶이 아름다운 소풍이고 선물이었다면 이제 죽음은 선물을 주었던 그분이 진정한 만남을 위해 다시 내려 주는 마지막 선물일 것이기에! 그리하여 죽음은 더 이상 마지막이 아니라 그분을 만나는 새로운 시작이 될 것이기에!

참고문헌

百度, http://www.baidu.com

네이버, http://www.naver.com

成百曉 역주, ≪詩經集傳(上·下)≫, 傳統文化硏究會, 1994. 서울.

안동림 역주, ≪莊子≫, 현암사, 1977. 서울.

周振甫等 撰寫, ≪唐詩鑑賞辭典≫, 上海辭書出版社, 2001年. 上海.

車柱環, ≪中國詩論≫, 서울大出版部, 1989, 서울.

李炳漢 編著, ≪中國 古典詩學의 理解≫,通文館, 1992, 서울.

李炳漢, ≪漢詩批評의 體例硏究≫, 通文館, 1985, 서울.

李炳漢 編著, ≪中國 古典詩學의 理解≫, 通文館, 1992, 서울

黃永武, ≪中國詩學≫(鑑賞篇·設計篇), 巨流圖書公司, 1980, 臺灣.

지영재 편역, ≪중국시가선≫, 을유문화사, 1981. 서울.

김학주·이영주·안병국·김성곤 공저, ≪중국명시감상≫, 한국방송통신대학교출판부, 2004.

서성 역주, ≪양한시집(兩漢詩集)≫, 보고사, 2007. 서울

이병한·이영주 역해, ≪唐詩選≫, 서울대학교출판부, 1998, 서울.

신하윤 편저, ≪이백시선≫, 문이재, 2002.

김의정 편저, ≪두보시선≫, 문이재, 2002.

이종진 편저, ≪이상은시선≫문이재, 2002.

안이루 지음, 심규호 옮김, ≪인생이 첫만남과 같다면≫, 에버리치홀딩스, 2006.

송봉모, ≪상처와 용서≫, 바오로딸, 2004.

법륜, ≪스님의 주례사≫, 휴, 2012.

정호승, ≪내 인생에 용기가 되어준 한마디≫, 비채, 2013.

옥한흠, ≪고통에는 뜻이 있다≫, 국제제자훈련원, 2014.

황위펑, 서은숙 역, ≪시는 붉고 그림은 푸르네≫, 학고재, 2003.

황위펑, 서은숙 역, ≪시는 붉고 그림은 푸르네2≫, 학고재, 2003.

南北 編著, ≪詩情畵意總關禪≫, 齊魯書社, 2006. 中國 山東.

정선용 엮음, 이미란 찍음, ≪외로운 밤 찬 서재서 당신 그리오≫, 일빛, 2011.

송철규, ≪스토리를 파는 나라 중국≫, 차이나하우스, 2014.

정재찬, ≪시를 잊은 그대에게≫, 휴머니스트, 2015.

왕수이자오 지음, 조규백 옮김, ≪소동파평전≫, 돌베개, 2015년.

알프레다 머크(Alfreda Murck; 姜斐德), 〈畵可以怨否?ー‘瀟湘八景’ 與北宋謫遷詩畵〉, ≪臺灣大學美術史硏究集刊≫ 第4期, 1997.

衣若芬, 〈‘瀟湘’山水畵之文學意象情境探微〉, ≪中國文哲硏究集刊≫ 第二十期, 2002年 3月.

衣若芬, 〈漂流與回歸ー宋代題 ‘瀟湘’ 山水畵詩之抒情底蘊〉, ≪中國文哲硏究集刊≫ 第二十一期, 2002年 9月.

졸저, ≪중국시의 세계≫, 신아사, 2012.

졸저, ≪중국 시론의 해석과 전망≫, 신아사, 2012.

졸저, ≪중국문학 비평용어의 개념분석≫, 해람기획, 2013.

졸저(공저), ≪중국어이야기≫, 차이나하우스, 2016.

졸저(공저), ≪한손에 잡히는 중국≫, 차이나하우스, 2016.

졸역(공역), ≪원매의 강남 산수 유람시≫, 지식을만드는지식, 2013.

졸역(공역), ≪바다의 달을 줍다≫(명대여성작가총서4, 서원시선, 1), 사람들, 2013.

졸역(공역), ≪귓가에 금작화 나풀거리고≫(명대여성작가총서5, 서원시선, 2), 사람들, 2013.

졸고, 〈의경의 개념 분석〉, 《중국학보》 제43집, 한국중국학회, 1999.

졸고, 〈중국 선진시기 시대정신에 따른 심미적 사유규범의 형성에 관한 연구〉, 《중어중문학》
　　　제26집, 한국중어중문학회, 2000.

인용 시문의 제목 색인

(중국 시문은 색인의 편의를 위해 원제의 우리말 독음을 기준으로 한다.)

한시로 들려주는 인생 이야기

2019년 2월 28일 초판 1쇄 발행

지은이 | 최 일 의
펴낸이 | 이 건 웅
펴낸곳 | 차이나하우스

등 록 | 제 303-2006-00026호
주 소 | 서울시 영등포구 영등포동 8가 56-2
전 화 | 02-2636-6271
팩 스 | 0505-300-6271
이메일 | lchinanstory@naver.com
ISBN | 979-11-85882-66-6 *03820

값: 16,800원